Mensaje en una botella

Mensaje en una botella

Nicholas Sparks

Traducción de Ana Duque

Rocaeditorial

Título original: *Message in a bottle*

© 1998, Nicholas Sparks

This edition published by arrangement
with Grand Central Publishing, New York, USA.
All rights reserved.

Primera edición: mayo de 2012

© de la traducción: Ana Duque
© de esta edición: Roca Editorial de Libros, S. L.
Av. Marquès de l'Argentera, 17, pral.
08003 Barcelona
info@rocaeditorial.com
www.rocaeditorial.com

Impreso por Rodesa
Villatuerta (Navarra)

ISBN: 978-84-9918-459-3
Depósito legal: B-8.538-2012
Código IBIC: FA; FRD

Para Miles y Ryan

Prólogo

*L*a botella fue arrojada al mar una cálida noche de verano, pocas horas antes de que empezase a llover. Como todas las botellas, era frágil y se rompería en caso de dejarla caer al suelo desde cierta altura. Pero pocas cosas navegan mejor que una botella bien cerrada. Podía flotar con seguridad en medio de un huracán o de una tormenta tropical, o cabecear en lo más alto de los remolinos más peligrosos. En cierto modo, era el medio ideal para el mensaje que llevaba en su interior, un mensaje enviado para cumplir una promesa.

Al igual que todas las botellas que navegan a la deriva en el océano, su rumbo era impredecible. Los vientos y las corrientes juegan un importante papel en la dirección que puedan tomar; las tormentas y otras cosas que el hombre arroje al mar también pueden afectar su trayectoria. Puede ocurrir que una red de pesca enganche una botella y la arrastre a decenas de millas en dirección contraria a la que llevaba. Como consecuencia, dos botellas arrojadas al océano simultáneamente y en el mismo lugar pueden acabar varadas en continentes distintos, en puntos opuestos del globo. No hay forma de prever hacia dónde viajará una botella, y eso forma parte del misterio.

Dicho misterio ha intrigado a mucha gente desde que existen, pero muy pocos han procurado profundizar en él. En 1929, un grupo de científicos alemanes decidió intentar seguir la trayectoria de una botella determinada, que arrojaron al sur del océano Índico con una nota en la que se solicitaba a quien la encontrara que anotase el lugar en el que había aparecido y volviera a arrojarla al mar. En 1935 ya había dado la vuelta al mundo. Había recorrido unas dieciséis mil millas, la mayor distancia que se ha registrado oficialmente.

Existen referencias históricas a los mensajes en botellas desde hace varios siglos, en las que intervienen además algunos personajes famosos. Ben Franklin, por ejemplo, utilizó botellas con mensaje para recopilar información básica sobre las corrientes en la Costa Este a mediados del siglo XVIII, información que se sigue utilizando en la actualidad. Incluso la Marina de Estados Unidos se sirve de botellas para recopilar información sobre mareas y corrientes, que se utiliza con frecuencia para determinar la dirección de las mareas negras.

El mensaje más famoso de la historia fue enviado en 1784 por un joven marinero, Chunosuke Matsuyama, que arribó a un arrecife de coral en el que permaneció sin agua ni comida tras haber naufragado su barco. Antes de morir grabó en un trozo de madera el relato de lo que había acontecido, y después lo introdujo en una botella. En 1935, ciento cincuenta años después de haber sido arrojada al mar, la botella llegó a una pequeña localidad costera de Japón, precisamente en la que había nacido Matsuyama.

Sea como sea, la botella arrojada al mar en aquella cálida noche de verano no contenía información sobre un naufragio, ni tenía una finalidad científica, sino que llevaba un mensaje que cambiaría la vida de dos personas para siempre, dos personas que de otro modo nunca se hubieran encontrado; por eso podría decirse que su mensaje era providencial. Durante seis días derivó poco a poco hacia el noreste, arrastrada por los vientos de un sistema de altas presiones que se situaba sobre el golfo de México. Después de siete días el viento amainó, y la botella viró directamente hacia el este, hasta quedar atrapada en la corriente del golfo, donde empezó a ganar velocidad, desplazándose unas setenta millas diarias hacia el norte.

Dos semanas y media después de que iniciara su viaje, la botella seguía en la corriente del golfo. Pero cuando llevaba diecisiete días en el mar, de nuevo una tormenta, esta vez situada en mitad del Atlántico, trajo consigo vientos de dirección este lo bastante fuertes para sacar la botella de la corriente y empezar a desviarla hacia Nueva Inglaterra. Fuera de la corriente del golfo, la botella perdió velocidad y empezó a zigzaguear en distintas direcciones en las proximidades de la costa de Massachusetts durante cinco días, hasta que quedó atrapada por la red de un pescador, John Hanes. La encontró rodeada por numerosas percas y la arrojó a un lado mientras examinaba sus capturas. El destino quiso que la botella no se rompiera, pero quedó relegada al olvido cerca de la proa del barco durante toda la tarde, mientras la embarcación ponía rumbo de regreso a la bahía de Cape Cod. A las ocho y media de aquella tarde, cuando el pesquero ya había entrado en la bahía, Hanes tropezó con la botella mientras fumaba un cigarrillo. La sostuvo en sus manos, pero no advirtió nada en su interior bajo la trémula luz del ocaso, así que volvió a arrojarla por la borda sin pensárselo dos veces. De ese modo se decidió la suerte de la botella, que llegaría a uno de los pueblecitos que salpicaban la bahía.

Sin embargo, su viaje todavía no había acabado. Siguió a la deriva durante unos cuantos días más, como si estuviera eligiendo su destino antes de fijar su rumbo, y al final varó en una playa cercana a Chatham.

Y allí fue donde, después de veintiséis días y setecientas treinta y ocho millas, concluyó su viaje.

Capítulo 1

Soplaba una fría brisa propia del mes de diciembre. Theresa Osborne tenía los brazos cruzados mientras miraba hacia la lejanía por encima del agua. Cuando llegó, hacía ya un rato, todavía quedaban unas cuantas personas caminando por la orilla, pero ya se habían ido todas al advertir que el cielo se estaba nublando. Ahora se encontraba sola en la playa, observando todo lo que había a su alrededor. El océano reflejaba el color del cielo, y parecía acero líquido, mientras las olas morían en la orilla con una cadencia regular. Las gruesas nubes cada vez estaban más bajas, y la niebla empezaba a espesarse, de manera que ahora resultaba imposible distinguir el horizonte. En otro lugar, en otro momento, habría podido sentir la majestuosidad de la belleza que la rodeaba, pero mientras estaba allí, de pie en la playa, se dio cuenta de que no sentía nada en absoluto. Por decirlo de algún modo, era como si sintiera que en realidad no estaba en esa playa, como si todo fuera tan solo un sueño.

Había conducido hasta allí por la mañana, aunque apenas recordaba nada del trayecto. En el momento en que decidió viajar hasta aquel lugar, había planeado quedarse a pasar la noche. Había hecho los preparativos necesarios y estaba deseando pasar una noche fuera de Boston, pero, al observar los remolinos que hacían las aguas agitadas, se dio cuenta de que en realidad no quería quedarse. Volvería a casa en cuanto hubiera hecho lo que tenía que hacer, aunque se le hiciera tarde.

Cuando sintió que estaba lista, Theresa empezó a caminar poco a poco hacia la orilla. Bajo el brazo llevaba una bolsa que había preparado cuidadosamente aquella mañana. Comprobó que no había olvidado nada. No le había dicho a nadie lo que llevaba en esa bolsa, ni lo que se proponía hacer ese día. En lugar de eso, había explicado que iba a hacer las compras de Navidad. Era la excusa perfecta y, aunque estaba segura de que, de haber dicho la verdad, todos lo hubieran entendido perfectamente, no quería compartir aquel viaje con nadie. Había empezado ella sola, y deseaba concluir todo aquello del mismo modo.

Suspiró y echó un vistazo al reloj. Muy pronto empezaría a subir la marea, y entonces por fin sería el momento. Buscó un lugar cómodo para sentarse, sobre una pequeña duna. Se acomodó en la arena y abrió la bolsa. Rebuscó entre su contenido y encontró el sobre que estaba buscando. Tomó aire y lo abrió poco a poco.

En su interior había tres cartas cuidadosamente dobladas, que había leído más veces de las que podía recordar. Las sostuvo entre sus manos, observándolas con atención, mientras seguía sentada en la arena.

En aquella bolsa había otras cosas, pero todavía no estaba preparada para prestarles atención, así que siguió concentrada en las cartas. Su autor había utilizado una pluma, que debía de perder tinta, pues el escrito presentaba varios borrones. El papel de cartas, con un dibujo de un velero en la esquina superior derecha, empezaba a perder color: el paso del tiempo lo desdibujaba. Sabía que había de llegar un día en el que sería imposible leer aquellas palabras, pero albergaba la esperanza de que tras ese viaje no sentiría la necesidad de leerlas tan frecuentemente.

Cuando acabó de mirarlas, volvió a introducirlas en el sobre con el mismo cuidado con el que las había extraído. Una vez que hubo devuelto el sobre a la bolsa, volvió a observar la playa. Desde donde estaba sentada podía ver el lugar donde había empezado todo.

Recordó que había salido a correr al alba. Podía evocar aquella mañana de verano con claridad. Era el comienzo de un bonito día. Mientras contemplaba el mundo a su alrededor, pudo oír los graznidos agudos de las golondrinas de mar y el murmullo de las olas al lamer la orilla. Aunque estaba de vacaciones, se había levantado temprano para correr sin tener que esquivar a los veraneantes. Dentro de unas pocas horas, la playa estaría atestada de turistas tumbados en sus toallas bajo el cálido sol de Nueva Inglaterra. Cape Cod siempre estaba lleno de gente en aquella época del año, pero la mayoría de los veraneantes solían levantarse un poco más tarde, por lo que en aquel momento podía disfrutar de la sensación de correr sobre la arena dura y lisa que había dejado la marea. A diferencia de las aceras por las que corría habitualmente, la arena cedía lo justo para que las rodillas no le dolieran, como le pasaba a veces después de correr sobre el asfalto.

Siempre le había gustado correr; era un hábito que había adquirido en el instituto, cuando participaba en las carreras de atletismo y de campo a través. Aunque ya no competía y rara vez cronometraba sus salidas, al salir a correr sentía, como ya en pocas ocasiones, que podía estar a solas con sus pensamientos. Entonces tenía tiempo para meditar; por eso le gustaba correr sola. Nunca había podido entender a la gente que prefería hacerlo acompañada, en grupos.

A pesar de lo mucho que quería a su hijo, estaba contenta de que Kevin no estuviera con ella. Todas las madres necesitan desconectar de vez en cuando, y ella se había propuesto relajarse mientras estuviera allí. Nada de partidos de fútbol ni de competiciones de natación por las tardes, ni la MTV como ruido de fondo, ni tendría que ayudarle a hacer los deberes o levantarse en mitad de la noche para consolarle cuando le daban calambres en las piernas. Le había llevado al aeropuerto hacía tres días para que subiera a un avión con destino a California, donde vivía su padre, el ex de Theresa. Solo cuando ella se lo recordó, Kevin se dio cuenta de que no le había dado ni un abrazo ni un beso de despedida.

—Perdona, mamá —dijo, mientras la rodeaba con sus brazos y le daba un beso—. Te quiero. No me eches mucho de menos, ¿vale? —Después se dio media vuelta, le dio el billete a la azafata y se dirigió casi dando brincos hacia el avión, sin mirar atrás.

No le tenía rencor porque casi hubiera olvidado despedirse. Con sus doce años, estaba pasando por esa edad difícil en la que los niños piensan que abrazar y besar a su madre en público no es «guay». Además, tenía la cabeza en otras cosas. Desde Navidad estaba deseando hacer aquel viaje. Su padre le llevaría al Gran

15

Cañón, después pasarían una semana haciendo *rafting* por el río Colorado, y por último irían a Disneyland. Era el viaje de los sueños de cualquier niño, y Theresa se alegraba por él. A pesar de que no volvería hasta al cabo de seis semanas, sabía que era bueno que Kevin pasara algún tiempo con su padre.

Theresa y David mantenían una relación relativamente buena desde que se habían divorciado hacía tres años. Aunque no había sido el mejor marido del mundo, era un buen padre. Nunca se olvidaba de enviar un regalo de cumpleaños o de Navidad, llamaba todas las semanas y cruzaba todo el país varias veces al año para pasar unos cuantos fines de semana con su hijo. Y por supuesto, las visitas establecidas por el juez: seis semanas en verano, una de cada dos Navidades y la semana de vacaciones escolares de Semana Santa. Annete, la nueva mujer de David, estaba muy ocupada con su bebé, pero Kevin se sentía a gusto con ella, y nunca había vuelto a casa enojado o sintiéndose ignorado. Al contrario, solía relatar entusiasmado las visitas a su padre y lo bien que se lo había pasado. A veces ella sentía una punzada de celos, pero hacía todo lo posible para disimularla ante Kevin.

Ahora, en la playa, Theresa corría a buen ritmo. Deanna la esperaría hasta que acabase de correr, antes de desayunar. Sabía que Brian ya no estaría en casa, y Theresa estaba deseando salir a pasear con ella. Eran una pareja mayor, ambos tenían casi sesenta años, pero Deanna era su mejor amiga.

Era la editora jefe del periódico para el que trabajaba, y desde hacía años viajaba a Cape Cod con su marido. Siempre se alojaban en el mismo lugar, la casa Fisher. Cuando se enteró de que Kevin pasaría gran parte del verano en California con su padre, insistió en que Theresa los acompañara.

—Brian va a jugar al golf todos los días, y me gustaría tener compañía —arguyó—. Además, ¿qué vas a hacer, si no? Tienes que salir de tu apartamento de vez en cuando.

Theresa sabía que tenía razón y, después de pensárselo unos días, aceptó.

—Estoy tan contenta —había dicho Deanna, con una expresión victoriosa—. Te va a encantar.

Theresa tuvo que admitir que era un lugar precioso. La casa Fisher era la antigua residencia de un capitán de barco, restaurada con buen gusto y situada en el borde de un acantilado rocoso con vistas a la bahía de Cape Cod. Al distinguirla a lo lejos, Theresa bajó el ritmo. A diferencia de los jóvenes que aceleraban al acercarse a su destino, ella prefería reducir la intensidad y tomárselo con calma. A sus treinta y seis años, ya no se recuperaba tan rápido como antes.

A medida que la respiración se iba normalizando, Theresa empezó a plantearse qué haría el resto del día. Había llevado consigo los cinco libros que había querido leer durante el pasado año, sin haber encontrado el momento. Tenía la sensación de que ya no tenía tiempo para nada, entre Kevin y su inagotable energía, las tareas del hogar y el trabajo que se amontonaba constantemente en su escritorio. Era columnista del *Boston Times* y trabajaba siempre bajo presión para poder publicar tres columnas a la semana. Muchos de sus compañeros pensaban que lo tenía fácil: solo tenía que escribir trescientas palabras y tenía el resto del día libre; pero no era así de ninguna manera. Ya no resultaba fácil ser constantemente original al escribir sobre la educación de los hijos, en especial si quería seguir publicando en varios medios. Su columna «Educación infantil moderna» ya aparecía en sesenta periódicos de todo el país, aunque la mayoría de ellos solo publicaban una o dos de sus columnas en una semana concreta. Y como solo hacía dieciocho meses que había empezado a recibir ofertas de colaboración, y por tanto era una recién llegada en muchas publicaciones, no podía permitirse ni siquiera unos pocos días libres. El espacio para columnas en la mayoría de los periódicos era extremadamente limitado, y cientos de columnistas se disputaban aquellas escasas oportunidades.

17

Theresa redujo la marcha a un paso tranquilo y se detuvo al ver una golondrina de mar que sobrevolaba en círculos por encima de su cabeza. Había mucha humedad y se llevó el antebrazo a la cara para secarse el sudor. Respiró profundamente, retuvo el aire un momento y espiró antes de mirar hacia las aguas. Puesto que era temprano, el océano todavía presentaba un color gris opaco, que cambiaría cuando el sol empezara a subir. Tenía un aspecto tentador. Enseguida se quitó las zapatillas deportivas y los calcetines, y se dirigió a la orilla para dejar que las pequeñas olas le lamieran los pies. El agua resultaba refrescante. Pasó varios minutos caminando arriba y abajo por la orilla. De pronto se sintió satisfecha de haberse tomado el tiempo necesario para escribir unas cuantas columnas adicionales durante los últimos meses, por lo que ahora podía permitirse olvidar el trabajo durante esa semana. No recordaba cuándo había sido la última vez que no había tenido un ordenador cerca, ni una reunión a la que asistir, ni un plazo que cumplir, y el hecho de abandonar el escritorio durante unos cuantos días era una sensación liberadora. Casi se sentía como si volviera a tener su propio destino bajo control, como si se le ofreciera un nuevo comienzo en el mundo.

Cierto, era consciente de que tenía un montón de cosas pendientes por hacer en casa. Las paredes del baño necesitaban una renovación, había que enmasillar los agujeros de los clavos, y al resto del apartamento no le irían mal unos cuantos retoques. Hacía un par de meses que había comprado papel pintado y un poco de pintura, barras para las toallas y pomos de puertas, y un nuevo espejo de tocador, así como todas las herramientas que necesitaba, pero ni siquiera había abierto los paquetes. Siempre quedaba pendiente para el próximo fin de semana, pero sus fines de semana los tenía tan ocupados como sus días laborables. Los materiales que había comprado seguían dentro de las bolsas en las que los había llevado a casa, detrás de la aspiradora, y cada vez que abría la puerta del armario, parecían reírse de sus buenas intenciones. Quizá cuando regresara a casa, pensó para sí misma...

Volvió la cabeza y vio a un hombre de pie, un poco más allá, en la playa. Era mayor que ella, de unos cincuenta años, y su rostro estaba muy moreno, como si viviera allí todo el año. No parecía moverse, simplemente estaba de pie en el agua y dejaba que las olas le acariciaran los pies. Theresa se dio cuenta de que tenía los ojos cerrados, como si estuviera disfrutando de la belleza del mundo sin necesidad de mirarla. Llevaba unos vaqueros desteñidos, remangados hasta las rodillas, y una camisa holgada que no se había molestado en meter por dentro de los pantalones. Al observarlo, de pronto deseó ser una persona diferente. ¿Cómo debía de ser caminar por la playa sin ninguna preocupación? ¿Cómo sería estar en un lugar tranquilo cada día, lejos del ajetreo y el bullicio de Boston, para apreciar simplemente lo que la vida tenía que ofrecer?

Se adentró en el agua un poco más para imitar a aquel hombre, con la esperanza de sentir lo mismo que él. Pero, al cerrar los ojos, solo podía ver a Kevin. Dios sabía que deseaba pasar más tiempo con él, y que sobre todo quería ser más paciente cuando estaban juntos. Quería ser capaz de sentarse a hablar con él, o de jugar los dos al Monopoly, o simplemente ver la televisión juntos sin sentir la necesidad de levantarse del sofá para hacer algo más importante. En ocasiones se sentía como un poco falsa cuando repetía a Kevin que él siempre ocupaba el primer puesto y que la familia era lo más importante que iba a tener en el mundo.

Pero el problema era que siempre tenía algo que hacer. Lavar los platos, limpiar el baño, vaciar el cajón del gato; el coche exigía su revisión, había que hacer la colada y pagar las facturas. Aunque Kevin ayudaba mucho en las tareas de casa, también estaba casi tan ocupado como ella con la escuela, amigos y otras actividades. Hasta tal punto que las revistas iban a parar a la basura sin haberlas leído, las cartas quedaban sin respuesta; a veces, en momentos como aquel, le preocupaba la sensación de que se le estaba escapando la vida.

Pero ¿cómo podría cambiar las cosas? Su madre siempre le decía: «Afronta los días de uno en uno», pero ella nunca había tenido que trabajar fuera de casa, ni que criar a un hijo fuerte y seguro de sí mismo, aunque también cariñoso, sin la ayuda de un padre. No entendía las presiones a las que Theresa debía hacer frente día a día. Tampoco podía entenderla su hermana pequeña, Janet, quien había seguido los pasos de su madre. Estaba felizmente casada desde hacía casi once años y tenía tres hijas maravillosas que eran buena prueba de ello. Edward no era un hombre brillante, pero era honesto, trabajaba con ahínco, y podía cubrir las necesidades de su familia sin que Janet tuviera que trabajar. En ocasiones, Theresa pensaba que tal vez le gustara tener una vida similar, aunque eso significara abandonar su carrera.

Pero eso no era posible. No desde que se había divorciado de David hacía tres años, cuatro si contaba el año que estuvieron separados. No odiaba a su exmarido por lo que había hecho, pero el respeto que había sentido hacia él se había esfumado. El adulterio, ya fuera de una sola noche o de una aventura más larga, era algo que no podía aceptar. Tampoco le había hecho sentirse mejor

19

que David no se casara con la mujer con la que había estado viéndose durante dos años. La confianza se había quebrado de manera irreparable.

David regresó a su ciudad natal en California un año después de su separación, y había conocido a Annette pocos meses más tarde. Su nueva mujer era muy religiosa y poco a poco había conseguido que él se interesara por la religión. A Theresa siempre le había parecido que David, agnóstico durante toda su vida, ansiaba encontrar algo que diera significado a su vida. Ahora acudía a la iglesia con regularidad, y además ayudaba al pastor en calidad de consejero matrimonial. A menudo se preguntaba qué podría decirle a alguien que hacía lo mismo que él había hecho, y cómo podría ayudar a los demás si él no había sido capaz de reprimirse. No lo sabía y, en realidad, tampoco le importaba. Se daba por satisfecha con que David siguiera ocupándose de su hijo.

Por supuesto, cuando se separaron, muchas de sus amistades se resintieron. Desde que no tenía pareja, se sentía fuera de lugar en las fiestas de Navidad de sus amigos o cuando se organizaba una barbacoa. Con todo, había conservado algunas amistades, de las que oía mensajes en su contestador, en los que proponían que se encontrasen para comer o en los que la invitaban a cenar. De vez en cuando aceptaba, pero generalmente buscaba excusas para no hacerlo. A sus ojos, aquellas amistades ya no eran como antes, cosa que era evidente. Las cosas cambian, la gente cambia, y el mundo seguía girando al otro lado de la ventana.

Desde que se divorció, solo había tenido un par de citas. No es que no fuera atractiva. Sí lo era, o por lo menos eso le decían con frecuencia. Tenía el cabello castaño oscuro, cortado justo por encima de los hombros, y liso como la seda. Los ojos, marrones con vetas de color avellana que reflejaban la luz del sol, eran la parte de su cuerpo que más cumplidos recibía. Puesto que salía a correr todos los días, estaba en forma, y parecía más joven de lo que era. No se sentía vieja, pero últimamente, cuando se miraba al espejo, tenía la impresión de que su verdadera edad le estaba dando alcance. Una nueva arruga en el rabillo del ojo, una cana que parecía haber crecido en una sola noche, y un aspecto ligeramente cansado provocado por su actividad frenética.

Sus amigos pensaban que estaba loca. «Tienes mejor aspecto que hace años», insistían, y además Theresa seguía advirtiendo las miradas de algunos hombres con los que se cruzaba en el supermercado. Pero ya no tenía veintidós años, ni nunca los volvería a tener. A veces pensaba que tampoco le gustaría volver a tener esa edad, incluso aunque hubiera sido posible, a menos que pudiera llevarse con ella su experiencia. En caso contrario, seguramente volvería a quedar cautivada por otro David, algún hombre atractivo que ansiara disfrutar de las cosas buenas de la vida con la presunción subyacente de que no era necesario respetar las reglas del juego. Pero las reglas sí eran importantes, sobre todo las que afectaban al matrimonio. Había algunas que se suponía que nadie debía saltarse. Su padre y su madre no lo hicieron, su hermana y su cuñado tampoco, al igual que Deanna y Brian. ¿Por qué él sí pudo hacerlo? Se preguntaba, además, mientras estaba ahí de pie entre las olas, por qué siempre acababa pensando en lo mismo, incluso después de tanto tiempo.

Suponía que tenía algo que ver con el hecho de que, cuando los papeles del divorcio finalmente llegaron, se había sentido como si una pequeña parte de sí misma hubiera muerto. La ira que había sentido al principio dejó paso a la tristeza, que ahora se había transformado en una especie de tedio, por decirlo de algún modo. A pesar de que siempre estaba en movimiento, tenía la impresión de que ya no le sucedía nada especial. Cada día que pasaba se parecía mucho al anterior, y le costaba distinguirlos. En una ocasión, haría cosa de un año, pasó quince minutos sentada ante su escritorio intentando recordar cuál había sido la última cosa que había hecho de forma espontánea. No se le ocurrió nada.

Los primeros meses lo había pasado mal. Para entonces, la ira había remitido y no sentía la necesidad de tomarla con David y hacerle pagar por lo que había hecho. Lo único que podía hacer era sentir lástima de sí misma. El hecho de que Kevin siempre estuviera a su lado no cambiaba su percepción de sentirse absolutamente sola en el mundo. Durante una época no podía dormir más que unas pocas horas y, cuando estaba en el trabajo, en ocasiones tenía que abandonar su escritorio y se sentaba en su coche para llorar durante un rato.

Ahora ya habían transcurrido tres años y, sinceramente, no sabía si podría volver a amar a alguien como había amado a David. Cuando apareció en su fiesta de la hermandad femenina al principio de su tercer año en la universidad, una sola mirada le

21

bastó para saber que quería estar con él. La pasión de su juventud le había parecido entonces extremadamente potente y arrolladora. Podía pasarse la noche en vela en su cama pensando en él, y cuando caminaba por el campus sonreía tan a menudo que los demás estudiantes le devolvían la sonrisa al verla.

Sin embargo, esa clase de amor no es duradera, o por lo menos a esa conclusión había llegado. Con los años, apareció otro tipo de vínculo. Ambos crecieron, pero en direcciones opuestas. Le costaba recordar qué era lo que, en un primer momento, les había hecho sentirse tan atraídos. Con la perspectiva del tiempo, Theresa creía que David se había convertido en una persona totalmente distinta, aunque no podía concretar el momento en que empezó a cambiar. Pero todo es posible cuando la llama que alimenta una relación se extingue, como en su caso ocurrió. Un encuentro casual en el videoclub, una conversación que derivó en un almuerzo y finalmente en citas en hoteles por todo Boston.

Lo más injusto de toda aquella situación era que ella, a veces, todavía le echaba de menos, o más bien las cosas que le gustaban de él. Estar casada con David era cómodo, como la cama en la que dormía desde hacía años. Se había acostumbrado a tener una persona a su lado con la que pudiera hablar o a la que pudiera escuchar. Se había acostumbrado a levantarse con el aroma del café recién hecho por la mañana, y echaba de menos la presencia de otro adulto en su apartamento. Añoraba muchas cosas, pero sobre todo la intimidad propia de los abrazos y susurros a puerta cerrada.

Kevin todavía no era lo bastante mayor para entender todo aquello y, aunque le amaba profundamente, no era la clase de amor que anhelaba. Sus sentimientos hacia Kevin eran de amor maternal, tal vez el amor más profundo y sagrado que existe. Todavía le gustaba ir a su habitación cuando ya dormía, y sentarse en su cama para mirarlo, sin más. Kevin siempre tenía un aspecto tan sosegado, y era tan hermoso, con la cabeza sobre la almohada y el edredón arrebujado a un lado. Durante el día parecía estar constantemente activo, pero, por la noche, al verlo dormido, tranquilo, Theresa volvía a sentir lo mismo que cuando todavía era un bebé. Aquella sensación maravillosa, sin embargo, no cambiaba el hecho de que, cuando abandonaba su cuarto, Theresa bajaba al salón para tomarse un vaso de vino con su gato *Harvey* como única compañía.

Todavía soñaba con enamorarse de alguien, alguien que la tomara en sus brazos y le hiciera sentir que era la única persona que importaba. Pero era difícil, por no decir imposible, encontrar a alguien que valiera la pena a esas alturas. La mayoría de los hombres en la treintena que conocía ya estaban casados, y los divorciados parecían buscar alguien más joven a quien pudieran moldear a su gusto. Solo quedaban los hombres de más edad y, aunque no descartaba poder enamorarse de alguien mayor que ella, tenía que pensar en su hijo. Quería un hombre que tratase a Kevin como se merecía, y no simplemente como al subproducto no deseado de una relación. Pero la realidad es que los hombres mayores con frecuencia ya tenían hijos, y muy pocos parecían estar dispuestos a tener que educar a un adolescente de los años noventa. «Yo ya he hecho mi trabajo», le informó tajantemente uno de los tipos con los que había salido. No volvió a verlo.

Reconocía que también añoraba las relaciones íntimas que implicaban el amor, la confianza y el cariño hacia otra persona. No había estado con ningún hombre desde que se había divorciado de David. Por supuesto, podría haberlo hecho. No resultaba difícil para una mujer atractiva encontrar a alguien con quien irse a la cama, pero ese no era su estilo. No había sido educada de ese modo y no pretendía cambiar ahora. El sexo era demasiado importante, demasiado especial, como para compartirlo con cualquiera. De hecho, solo había mantenido relaciones con dos hombres en su vida: David, claro está, y Chris, su primer novio de verdad. No deseaba ampliar la lista simplemente por unos pocos minutos de placer.

Así que aquella semana de vacaciones en Cape Cod, sola en el mundo y sin ningún hombre a la vista en el futuro cercano, deseaba hacer algunas cosas solo para ella. Leer buenos libros, relajarse, tomar un vaso de vino sin el resplandor de la televisión al fondo, escribir cartas a amigos de los que hacía mucho que no sabía nada, levantarse tarde, comer mucho y correr por las mañanas antes de que los veraneantes llegaran a la playa y la estropearan. Deseaba experimentar de nuevo la libertad, aunque fuera por poco tiempo.

También quería ir de compras. Pero no a JCPenney, ni a Sears,

23

ni otras tiendas que anunciaban zapatillas Nike, o camisetas de los Chicago Bulls, sino a tiendas pequeñas, esas que Kevin aborrecía. Quería probarse vestidos nuevos y comprar un par que resaltaran su figura, simplemente para sentirse viva y deseable. Tal vez incluso fuera a la peluquería. Hacía años que no cambiaba de estilo de peinado y estaba harta de tener el mismo aspecto todos los días. Y si algún tipo simpático le pedía salir con ella durante esa semana, quizás aceptara, aunque solo fuera como excusa para ponerse las prendas nuevas que pretendía comprar.

Con optimismo renovado, se volvió para ver si el hombre con los vaqueros remangados seguía allí, pero se había ido tan sigilosamente como había llegado. Y para ella también había llegado el momento de irse. Sus piernas se habían quedado rígidas debido al agua fría, y sentarse para ponerse las zapatillas le costó más de lo que esperaba. Puesto que no tenía toalla, vaciló un instante antes de ponerse los calcetines, y después decidió que no tenía por qué hacerlo. Estaba de vacaciones en la playa, no necesitaba zapatos ni calcetines.

Con las zapatillas en la mano, inició el camino de regreso a la casa. Mientras caminaba cerca de la orilla vio una roca medio enterrada en la arena, a poca distancia del lugar en que la marea había llegado a su punto más alto aquella mañana. Pensó que era extraño, como si ese no fuera el lugar que le correspondía.

Al acercarse, le pareció que tenía un aspecto distinto. Era alargada y sin asperezas, y al aproximarse un poco más se dio cuenta de que no era una roca. Era una botella, probablemente abandonada por un turista negligente o uno de los adolescentes locales que acudían a la playa por la noche. Miró por encima del hombro, vio un cubo de basura atado con una cadena a la torre del socorrista y decidió hacer su buena obra del día. Pero al llegar hasta ella, le sorprendió que estuviera tapada con un corcho. La alzó para examinarla a contraluz y vio un papel en su interior, enrollado y atado con un cordón.

Durante un segundo sintió que su corazón se aceleraba al venirle a la memoria un recuerdo. Cuando tenía ocho años, de vacaciones en Florida con sus padres, junto con una amiga había enviado una carta por mar, pero nunca había recibido respuesta. Era una carta sencilla, de niña, pero recordaba que, cuando volvieron a casa, durante semanas corría al buzón con la esperanza de que

24

alguien la hubiera encontrado y respondiera a su carta desde el lugar en el que esta hubiera salido a la superficie. Se sintió decepcionada al ver que no llegaba respuesta, y poco a poco el recuerdo de aquella carta se desvaneció, hasta que la olvidó por completo. Pero ahora volvía con toda claridad. ¿Quién la había acompañado, aquel día? Una niña de su edad... ¿Tracey?... No... ¿Stacey?... ¡Sí, Stacey! Eso. Era rubia..., estaba pasando el verano con sus abuelos..., y..., y..., y ya no podía recordar nada más, por mucho que se esforzara.

Empezó a tirar del corcho, casi esperando que fuera la misma botella que ella había arrojado, aunque sabía que era imposible. Pero probablemente la habría lanzado al mar otro niño y, en caso de que pidiera una respuesta, le contestaría. Incluso quizá le enviaría algún *souvenir* y una postal de Cape Cod.

El corcho estaba metido a presión, y los dedos resbalaron al intentar extraerlo. No podía agarrarlo con fuerza. Clavó sus cortas uñas en la parte del corcho que sobresalía, y lentamente hizo girar la botella. Nada. Cambió la posición de las manos y volvió a intentarlo. Apretó con más fuerza y colocó la botella entre las piernas para ayudarse haciendo palanca y, cuando estaba a punto de dejarlo por imposible, el corcho cedió un poco. Volvió a cambiar la posición de las manos como al principio..., retorció el corcho..., hizo girar la botella poco a poco..., el corcho cedió un poco más... y de repente la presión desapareció y la parte restante del tapón salió fácilmente.

Dio la vuelta a la botella y le sorprendió que el papel cayera en la arena, al lado de sus pies, casi de inmediato. Al inclinarse para recogerlo, se dio cuenta de que estaba muy bien atado, y por esa razón había salido con tanta facilidad.

Desató el hilo con cuidado, y lo primero que le llamó la atención al desenrollar la carta fue el papel. No era papel de cartas de niños. Era un papel caro, grueso y resistente, con la silueta de un velero estampado en relieve en la esquina superior derecha. Y el papel estaba arrugado, parecía antiguo, como si hubiera estado en el mar durante un siglo.

Se sorprendió a sí misma conteniendo la respiración. Tal vez era realmente antiguo. Podría ser, se contaba que había botellas que habían varado en la orilla después de haber estado cien años en el mar, y este podía ser uno de esos casos. Quizás había dado con un verdadero hallazgo. Pero al examinar su contenido, se dio cuenta de que se equivocaba. En la esquina superior izquierda del papel podía leerse la fecha: «22 de julio de 1997».

Hacía poco más de tres semanas.

«¿Tres semanas? ¿Eso es todo?»

Siguió leyendo. El mensaje era largo, se extendía por ambas caras del papel, y no parecía pedir ninguna respuesta. Echando un rápido vistazo, no vio ninguna dirección ni número de teléfono, pero supuso que debían de estar incluidos en el texto del mensaje.

Al sostener el mensaje en sus manos le pudo la curiosidad. Fue entonces, a la luz del amanecer de un cálido día en Nueva Inglaterra, cuando leyó por primera vez la carta que cambiaría su vida para siempre.

22 de julio de 1997

Queridísima Catherine:

Te echo de menos, cariño, como siempre, pero hoy especialmente, pues el océano ha cantado para mí, y la canción relataba nuestra vida juntos. Casi puedo sentirte a mi lado mientras escribo esta carta, casi puedo oler el aroma de las flores silvestres que siempre me recuerda a ti. Pero ahora, estos recuerdos no me satisfacen. Tus visitas se han ido distanciando, y a veces me siento como si la mejor parte de mi ser se estuviera desvaneciendo lentamente.

Pero sigo intentándolo. Por la noche, cuando estoy solo, te llamo, y cuando mi dolor parece tornarse insoportable, tú siempre encuentras la manera de volver a mí. La pasada noche, en mis sueños, te vi en el embarcadero, cerca de Wrightsville Beach. El viento revolvía tus cabellos, y tus ojos reflejaban la luz del ocaso. Me quedo embelesado al verte apoyada en la baranda. Eres hermosa, pienso mientras te miro, una visión que ya no encuentro en nadie más. Poco a poco empiezo a caminar hacia ti y, cuando por fin te vuelves hacia mí, me doy cuenta de que hay otros observándote. «¿La conoces?», me preguntan en un murmullo celoso, y mientras me sonríes, respondo simplemente la verdad: «Mejor que a mi propio corazón».

Me detengo cuando llego hasta ti y te abrazo. Anhelo este momento más que cualquier otra cosa. Solo vivo para eso y, cuando me abrazas, me abandono a ese instante, y me siento de nuevo en paz.

Levanto una mano y rozo tu mejilla suavemente, mientras tú inclinas la cabeza y cierras los ojos. Mis manos son ásperas, tu piel suave, y por un momento me pregunto si apartarás el rostro, pero, por supuesto, no lo haces. Nunca lo hiciste, y es en momentos como este cuando soy consciente de cuál es mi propósito en la vida.

Estoy aquí para amarte, para rodearte con mis brazos, para protegerte. Estoy aquí para aprender de ti y recibir tu amor. Estoy aquí porque es el único lugar en el que puedo estar.

Pero entonces, como siempre cuando estamos juntos, empieza a levantarse la niebla. Es una niebla distante que se alza desde el horizonte, y me doy cuenta de que empiezo a tener miedo a medida que se acerca. Lentamente llega hasta nosotros, y envuelve el mundo a nuestro alrededor, rodeándonos como para impedirnos escapar. Como una nube en forma de ola, lo cubre todo, cerrando el espacio, hasta que solo quedamos nosotros dos.

Siento un nudo en la garganta y las lágrimas anegan mis ojos porque sé que ha llegado el momento de que te vayas. Tu mirada en ese momento me atormenta. Siento tu tristeza y mi soledad, y el dolor acallado durante este tiempo vuelve a anidar en mi corazón y se hace más intenso cuando me abandonas. Entonces retrocedes con los brazos todavía extendidos y te adentras en la niebla, porque es tu lugar, y no el mío. Deseo acompañarte, pero como única respuesta niegas con un movimiento de cabeza, porque ambos sabemos que es imposible.

Me quedo observándote con el corazón roto mientras te desvaneces y me veo a mí mismo esforzándome por recordar cada detalle de esos momentos, cada detalle de ti. Pero enseguida, demasiado rápido, tu imagen desaparece y la niebla regresa a su lejano hogar; entonces me encuentro solo en el embarcadero y no me importa lo que piensen los demás, cuando dejo caer la cabeza y lloro, lloro, lloro.

GARRETT

Capítulo 2

—¿*H*as estado llorando? —preguntó Deanna cuando Theresa entró por la terraza trasera, con la botella y el mensaje. Todavía confusa, había olvidado deshacerse de ella.

Ella se sintió avergonzada y se enjugó las lágrimas mientras su amiga dejaba a un lado el periódico y se ponía en pie. Aunque tenía sobrepeso (Theresa ya la había conocido así), rodeó la mesa ágilmente con una expresión preocupada en su rostro.

—¿Te encuentras bien? ¿Qué te ha pasado? ¿Te has hecho daño? —Tropezó con una silla al alargar los brazos para coger la mano de Theresa.

Ella negó con la cabeza.

—No, nada de eso. Solo que me encontré esta carta y..., no sé, después de leerla, no pude evitarlo.

—¿Una carta? ¿Qué carta? ¿Estás segura de que estás bien? —Deanna agitaba compulsivamente la mano que le quedaba libre mientras formulaba aquellas preguntas.

—Estoy bien, de veras. La carta estaba dentro de la botella. La encontré en la playa. Cuando la abrí y la leí... —Su voz se fue apagando, y la expresión en el rostro de Deanna se relajó un poco.

—Oh..., menos mal. Por un momento pensé que había pasado algo horrible, que alguien te había atacado a algo así.

Theresa se apartó un mechón de pelo que el viento había arrojado sobre su cara y sonrió.

—No, simplemente la carta me ha afectado mucho. Es una tontería, lo sé. No debería haberme puesto tan sensible. Siento haberte asustado.

—¡Bah! —dijo Deanna encogiéndose de hombros—. No tienes que pedirme perdón. Me alegro de que estés bien. —Hizo una breve pausa—. ¿Dices que la carta te ha hecho llorar? ¿Por qué? ¿Qué decía?

Theresa se secó las lágrimas y le dio la carta, mientras se dirigía a la mesa de hierro forjado, en la que Deanna estaba leyendo cuando llegó. Todavía se sentía avergonzada por haber llorado, así que intentó serenarse.

Deanna leyó la carta despacio; al terminar, alzó la vista hacia Theresa. También tenía los ojos llorosos. Le consoló no ser la única que se había emocionado.

—Es… preciosa —dijo por fin Deanna—. Es de las cosas más conmovedoras que he leído en mi vida.

—Lo mismo pensé yo.

—¿Y la encontraste en la playa? ¿Mientras corrías?

Theresa asintió.

—No entiendo cómo pudo llegar hasta aquí. La bahía queda resguardada del resto del océano, y nunca antes he oído hablar de Wrightswille Beach.

—Yo tampoco lo entiendo, pero parecía como si hubiera llegado a la arena durante la noche. En un primer momento casi pasé de largo, antes de darme cuenta de lo que era.

Deanna deslizó un dedo por encima del texto del mensaje, y de pronto se detuvo.

—Me pregunto quiénes serán. Y qué hace la carta dentro de una botella.

—No lo sé.

—¿No sientes curiosidad?

En realidad, Theresa sí tenía curiosidad. Inmediatamente después de haberla leído, volvió a leerla, y hasta una tercera vez. ¿Cómo debía de ser que alguien la quisiera a una de ese modo?

—Un poco. Pero ¿acaso importa? No hay manera de averiguarlo.

—¿Qué vas a hacer con ella?

—Guardarla, supongo. En realidad, ni siquiera había pensado en ello.

—Mmm —murmuró Deanna con una sonrisa indescifrable. Y preguntó—: ¿Qué tal tu salida?

Theresa dio un sorbo al vaso de zumo que se había servido.

—Muy bien. La salida del sol fue realmente especial. Parecía que el mundo estaba en llamas.

—Te lo pareció porque estabas mareada por la falta de oxígeno. Correr tiene ese efecto.

Theresa sonrió, divertida.

—Entonces, ¿debo suponer que no me acompañarás en mis salidas esta semana?

Deanna alargó el brazo para coger su taza de café con una expresión de indecisión en el rostro.

—No tienes la menor posibilidad. Mi ejercicio se limita a pasar la aspiradora por la casa los fines de semana. ¿Puedes imaginarme corriendo, jadeando y resoplando? Probablemente tendría un ataque al corazón.

—Resulta tonificante, cuando te acostumbras.

—Puede que sea cierto, pero no soy joven y esbelta como tú. La única vez que recuerdo haber corrido fue cuando era una niña y el perro del vecino se escapó del patio. Corrí tan rápido que casi mojé los pantalones.

Theresa soltó una carcajada.

—Bueno, ¿cuál es el plan del día?

—Pensé que podríamos ir de compras y comer en la ciudad. ¿Te apetece?

—Es exactamente lo que esperaba que dijeras.

Las dos mujeres hablaron de los lugares a los que irían. Después Deanna se puso en pie y fue adentro a por otra taza de café. Theresa la observó hasta que desapareció en el interior de la casa.

Deanna tenía cincuenta y ocho años, la cara redondeada, y sus cabellos estaban tornándose gradualmente grises. Llevaba el pelo corto, peinado de forma sencilla; era la mejor persona que había conocido. Era una entendida en música y arte; en el trabajo, la música de Mozart y Beethoven siempre salía flotando de su despacho hacia el caos de la sala de redacción. Vivía en un mundo de optimismo y buen humor, y todos los que la conocían la adoraban.

Cuando Deanna volvió a la mesa, se sentó y miró hacia el otro lado de la bahía.

—¿No te parece el lugar más hermoso que has visto nunca?

—Sí. Me alegro mucho de que me hayas invitado.

—Lo necesitabas. Hubieses estado absolutamente sola en tu apartamento.

—Me recuerdas a mi madre.

—Me lo tomaré como un cumplido.

Deanna alargó el brazo por encima de la mesa para volver a coger la carta. Al examinarla, arqueó las cejas, pero no dijo nada. Theresa tuvo la impresión de que la carta había despertado en ella algunos recuerdos.

—¿Qué pasa?

—Estaba pensando... —dijo lentamente.

—¿Qué?

—Bueno, cuando estaba adentro empecé a pensar en esta carta. Me preguntaba si no deberíamos publicarla en tu columna de esta semana.

—¿De qué estás hablando?

Deanna se inclinó sobre la mesa.

—De lo que acabo de decirte. Creo que deberíamos publicarla en tu columna de esta semana. Estoy segura de que habrá mucha gente a la que le encantará leerla. Es verdaderamente insólita. La gente necesita leer cosas así de vez en cuando. Y es tan conmovedora. Me imagino a cientos de mujeres recortándola para ponerla en la puerta de la nevera, y para que sus maridos puedan verla cuando vuelvan a casa del trabajo.

—Ni siquiera sabemos quiénes son. ¿No crees que antes deberíamos pedirles permiso?

—Esa es la cuestión. No podemos. Puedo hablar con el abogado del periódico, pero estoy segura de que es legal. No usaremos sus nombres reales, y mientras no nos atribuyamos el mérito de la autoría, ni divulguemos su posible procedencia, estoy segura de que no será un problema.

—Sé que probablemente es legal, pero no estoy segura de que sea ético. Quiero decir que se trata de una carta muy personal. No estoy segura de que deba publicarse de forma que todo el mundo pueda leerla.

—Es una historia de interés humano, Theresa. A la gente le encanta esta clase de cosas. Además, no hay nada en ella de lo que alguien pueda avergonzarse. Es una carta hermosa. Y recuerda, ese tal Garrett envió la carta en una botella que arrojó al océano. Debía de ser consciente de que podía llegar a cualquier sitio.

Theresa movió la cabeza para dar a entender que ella no estaba tan segura de eso.

—No sé, Deanna...

—Bueno, piénsalo. Consúltalo con la almohada, si lo necesitas. Creo que es una buena idea.

Efectivamente, Theresa pensó en la carta mientras se desvestía y entraba en la ducha. Pensó en el hombre que la había escrito, Garrett, si es que ese era su nombre. ¿Y quién era Catherine, si es que existía? Su amante, o su esposa, estaba claro, pero aparentemente ya no estaban juntos. Se preguntó si habría muerto, o ¿acaso había sucedido algo que les había obligado a separarse? ¿Y por qué había metido la carta en una botella para que fuera a la deriva? Todo era demasiado extraño. Su instinto de periodista tomó el relevo y pronto pensó que el mensaje tal vez no significaba nada. Podría tratarse de alguien que quisiera escribir una carta de amor y no tuviera a quién enviársela. Incluso podría haberla escrito alguien que sintiera una especie de placer indirecto al hacer llorar a mujeres solitarias en playas lejanas. Pero al evocar las palabras en su mente, se dio cuenta de que tales conjeturas eran poco probables. El texto de la carta salía sin duda alguna del corazón. ¡Y pensar que había sido un hombre quien la había escrito! En todos sus años de vida, nunca había recibido una carta que se pareciera ni remotamente a aquella. Las cartas que le habían enviado para expresar sentimientos conmovedores siempre venían acompañadas del logo de las tarjetas de felicitación Hallmark. David nunca había escrito mucho, al igual que los demás hombres con los que había salido. ¿Cómo debía de ser un hombre semejante?, se preguntó. ¿Sería tan cariñoso en persona como la carta daba a entender?

Se lavó y se aclaró el cabello, y las preguntas se deslizaron fuera de su mente arrastradas por el agua fría que resbalaba por su piel. Se lavó el resto del cuerpo con una manopla y un jabón hidratante, permaneció bajo el agua más tiempo del que acostumbraba, y al final salió de la ducha.

Se miró en el espejo mientras se secaba con la toalla. No estaba tan mal para ser una madre de treinta y seis años con un hijo adolescente, pensó para sí misma. Nunca había tenido demasiado pecho y, aunque eso le había molestado cuando era más joven, ahora se alegraba porque no tenía los senos caídos como muchas mujeres de su edad. Tenía el abdomen plano y las piernas largas y delgadas, gracias a todo el ejercicio que había hecho durante tantos años. Tampoco eran muy patentes las patas de gallo, aunque eso no tenía demasiada importancia. En conjunto, le gustaba el aspecto que tenía esa mañana, y atribuyó aquella actitud poco corriente de aceptarse a sí misma a estar de vacaciones.

Tras aplicarse un poco de maquillaje, se puso unos pantalones cortos de color beis, una blusa blanca sin mangas y sandalias marrones. Dentro de una hora haría calor y humedad, y quería estar cómoda durante su paseo por Provincetown. Miró por la ventana del baño hacia el exterior, vio que el sol estaba aún más alto y anotó mentalmente que debía ponerse protección. En caso contrario, se le quemaría la piel, y sabía por experiencia que esa era la forma más rápida de estropear unas vacaciones en la playa.

Afuera, en la terraza, Deanna había preparado el desayuno en la mesa. Había melón y pomelos, además de panecillos tostados. Theresa tomó asiento y extendió queso bajo en calorías sobre los panecillos. Deanna estaba haciendo una de sus innumerables dietas. Las dos mujeres hablaron durante un buen rato. Brian había salido a jugar al golf, de acuerdo con su plan para todos los días de aquella semana, y tenía que ir muy temprano porque tomaba una medicación que según decía Deanna: «afecta de forma terrible a la piel si pasa demasiado tiempo al sol».

Brian y Deanna estaban juntos desde hacía treinta y seis años. Enamorados desde la universidad, se habían casado el verano siguiente a su graduación, justo después de que él aceptara un trabajo en un despacho contable en el centro de Boston. Ocho años más tarde, Brian se convirtió en socio de la empresa y se compraron una espaciosa casa en Brookline, en la que habían vivido desde hacia veintiocho años.

Siempre habían querido tener hijos, pero después de seis años de matrimonio Deanna no se había quedado embarazada. Acudieron a un ginecólogo y supieron que las trompas de Falopio de Deanna estaban obstruidas y que por eso no podía concebir. Intentaron adoptar un niño durante varios años, pero la lista de espera parecía interminable. Con el tiempo perdieron la esperanza. En una ocasión su amiga le había confesado a Theresa que habían pasado unos años difíciles, en los que su matrimonio estuvo a punto de fracasar. Pero su compromiso, aunque se había visto amenazado, continuó siendo sólido. Deanna se volcó en el trabajo para llenar el vacío en su vida. Empezó en el *Boston Times* cuando era poco habitual que allí trabajasen mujeres. Poco a poco ascendió en la empresa. Cuando llegó al puesto de editora jefe, hacía ya diez años, empezó a tomar bajo su protección a otras mujeres periodistas. Theresa había sido su primera discípula.

Cuando Deanna subió para ducharse, Theresa hojeó el periódico brevemente y después miró el reloj. Se puso en pie para buscar el teléfono y llamar a David. Todavía era pronto en California, solo las siete de la mañana, pero sabía que toda la familia estaría despierta.

Kevin se levantaba siempre al amanecer. Por una vez se sentía agradecida de que fuera otro quien compartiera aquella maravillosa experiencia con su hijo. Deambuló por la sala con el teléfono hasta que Annette descolgó. Theresa pudo oír la televisión de fondo y el llanto de un bebé.

—Hola. Soy Theresa. ¿Está Kevin?

—Oh, hola. Por supuesto. Espera un momento.

El teléfono hizo un ruido metálico al dejarlo sobre la mesa y Theresa oyó a Annette llamando a su hijo:

—Kevin, es para ti. Theresa está al teléfono.

El hecho de que no hubiera dicho «tu mamá» la hirió más de lo que esperaba, pero no tenía tiempo de pensar en ello.

A Kevin le faltaba el aliento cuando cogió al teléfono.

—Eh, mamá. ¿Cómo estás? ¿Qué tal tus vacaciones?

Sintió una punzada de soledad al oír su voz. Seguía siendo aguda, infantil, pero el cambio era tan solo cuestión de tiempo.

—Muy bien, pero solo llevo aquí desde anoche. No he hecho gran cosa, aparte de salir a correr esta mañana.

—¿Había mucha gente en la playa?

—No, pero vi unas cuantas personas que iban hacia la playa cuando acabé de correr. ¿Cuándo te vas con tu padre?

—Dentro de un par de días. No empieza las vacaciones hasta

el lunes, que es cuando nos iremos. Ahora mismo se está preparando para ir a la oficina y adelantar trabajo, para no tener nada pendiente cuando nos vayamos. ¿Quieres hablar con él?

—No, no es necesario. Solo te llamaba para decirte que espero que te lo pases muy bien.

—Será muy guay. He visto un folleto sobre el viaje por el río. Algunos de los rápidos tienen muy buena pinta.

—Bueno, ten cuidado.

—Mamá, ya no soy un niño.

—Lo sé. Pero tienes que tranquilizar a tu madre, es una anticuada.

—Vale, lo prometo. Llevaré el chaleco salvavidas todo el tiempo. —Hizo una breve pausa—. Pero ya sabes que no tendremos teléfono, así que no te podré llamar hasta que regrese.

—Me lo imaginaba. Pero seguro que será muy divertido.

—Será increíble. Me gustaría que pudieras venir con nosotros. Nos lo pasaremos muy bien.

Theresa cerró los ojos un instante antes de responder, un truco que le había enseñado su terapeuta. Cuando Kevin hacía algún comentario sobre la posibilidad de que los tres volvieran a estar juntos, siempre intentaba asegurarse de no decir nada que pudiera lamentar después. Su tono de voz fue el más optimista que pudo encontrar.

—Tu padre y tú tenéis que pasar un poco de tiempo juntos. Sé que te ha echado mucho de menos. Tenéis que poneros al día. Él estaba tan ilusionado como tú por hacer este viaje.

«Bueno, no ha sido tan difícil.»

—¿Te lo dijo?

—Sí. Unas cuantas veces.

Kevin guardó silencio.

—Te echo de menos, mamá. ¿Puedo llamarte en cuanto vuelva para contarte el viaje?

—Por supuesto. Puedes llamarme cuando quieras. Me encantará que me lo cuentes. —Después de una pausa, añadió—: Te quiero, Kevin.

—Yo también, mamá.

Colgó con una sensación triste y feliz a la vez, que era como normalmente se sentía cuando hablaba por teléfono con su hijo cuando el chico estaba con su padre.

35

—¿Quién era? —oyó preguntar a Deanna, que estaba tras ella. Había bajado las escaleras vestida con una blusa amarilla atigrada, pantalones rojos, calcetines blancos y unas zapatillas Reebok. Su vestimenta decía a gritos: «¡Soy una turista!». Theresa se esforzó por contener la risa.

—Era Kevin. Le he llamado.

—¿Cómo está? —Abrió el armario y sacó una cámara para rematar el conjunto.

—Está bien. Se va dentro de un par de días.

—Bien, eso está bien. —Se colgó la cámara al cuello—. Y ahora que este tema ya está resuelto, tenemos pendientes unas cuantas compras. Hemos de hacer que parezcas una mujer nueva.

Ir de compras con Deanna era toda una experiencia.

Una vez en Provincetown, pasaron toda una mañana y parte de la tarde entrando en varias tiendas. Theresa se compró tres conjuntos nuevos y un bañador antes de que Deanna la arrastrara a una tienda de lencería que se llamaba Nightingales.

En aquel establecimiento, su amiga se volvió loca. No buscaba nada para ella, por supuesto, sino para Theresa. Escogía ropa interior transparente de encaje con sujetador a juego de los estantes y se la mostraba a Theresa para su evaluación: «Esto es bastante sexy», decía, o: «¿Verdad que no tienes nada en este color?».

Por supuesto, cuando hacía aquellos comentarios había otras personas en la tienda que podían oírlos. Theresa no podía evitar reírse con cada uno de ellos. La desinhibición de Deanna era uno de los rasgos de su personalidad que más le gustaban. Realmente no le importaba lo que los demás pudieran pensar; a menudo deseaba parecerse más a ella.

Tras comprar dos de las propuestas de Deanna, ya que después de todo estaba de vacaciones, las dos pasaron un rato en una tienda de música. Deanna quería comprar el último CD de Harry Connick Jr. «Es muy mono», dijo como explicación. Y Theresa compró un CD de *jazz* de una de las primeras grabaciones de John Coltrane. Cuando regresaron a casa, Brian estaba leyendo el periódico en la sala de estar.

—Hola, estaba empezando a preocuparme por vosotras. ¿Cómo os ha ido el día?

—Muy bien —respondió Deanna—. Hemos comido en Provincetown y fuimos un rato de compras. ¿Qué tal el golf?

—Bastante bien. Si no hubiera tenido que hacer un golpe sobre par adicional en los últimos dos hoyos, hubiera conseguido un ochenta.

—Bueno, tendrás que practicar un poco más para mejorar.

Brian se rio.

—¿No te importaría?

—Por supuesto que no.

El hombre sonrió mientras retomaba su lectura del periódico haciendo crujir sus páginas, satisfecho con la perspectiva de poder pasar más tiempo en el campo de golf esa semana. Deanna reconoció la señal de que quería seguir leyendo y susurró al oído de Theresa: «Sigue mi consejo. Deja a un hombre que juegue al golf y nunca te montará un numerito por nada».

Theresa les dejó solos durante el resto de la tarde. Puesto que hacía calor, se puso el nuevo bañador recién comprado, cogió una toalla, una pequeña silla plegable y la revista *People*, y se dirigió a la playa.

Hojeó ociosamente la revista y leyó algunos de los artículos, aunque en realidad no le interesara nada la vida de los ricos y los famosos. A su alrededor, podía escuchar las risas de los niños jugando en el agua y llenando sus cubos con arena. A un lado había dos chicos y un hombre, seguramente su padre, construyendo un castillo cerca de la orilla. El rumor de las olas era relajante. Dejó la revista en su regazo y cerró los ojos, con la cara vuelta hacia el sol.

Quería volver al trabajo con un poco de color, aunque solo fuera para que pareciera que se había tomado algún tiempo para no hacer nada. Incluso en el trabajo, la veían como la clase de persona que siempre tiene que hacer algo. Si no estaba preparando su columna semanal, estaba trabajando en la columna para el dominical, o investigando en Internet, o enfrascada en publicaciones sobre desarrollo infantil. Estaba suscrita a todas las revistas importantes sobre puericultura y educación infantil, así como las dedicadas a mujeres trabajadoras. También estaba suscrita a publicaciones médicas, que estudiaba regularmente en busca de temas que pudieran serle útiles.

El contenido de la columna nunca era predecible. Tal vez esa era una de las razones por las que tenía tanto éxito. En ocasiones respondía preguntas; a veces informaba de los últimos descubrimientos sobre desarrollo infantil y sus implicaciones. Muchas de sus columnas versaban sobre las alegrías de educar a los niños, mientras que otras describían las dificultades. Escribía sobre la lucha de las madres solteras, tema que parecía tocar la fibra sensible de las mujeres de Boston. Su columna la había convertido en una celebridad local, por decirlo de algún modo, algo que nunca hubiera imaginado. Pero aunque en un principio le había gustado ver su foto encabezando sus escritos, o recibir invitaciones para fiestas privadas, siempre tenía tanto que hacer que parecía no disponer de tiempo para disfrutar de su éxito. Ahora lo veía como otra de las características de su trabajo, agradable, pero que no significaba gran cosa.

Después de haber tomado el sol durante una hora, Theresa se dio cuenta de que tenía calor y se dirigió al agua. Entró en el mar hasta la altura de las caderas; cuando vio que se aproximaba una ola pequeña se sumergió. El agua fría le hizo proferir un grito ahogado cuando sacó la cabeza. Un hombre de pie cerca de ella se rio entre dientes.

—Refrescante, ¿verdad? —dijo, y ella asintió con la cabeza al tiempo que cruzaba los brazos sobre el pecho.

Era un tipo alto de cabello oscuro, del mismo color que el suyo, y por un momento se preguntó si estaría ligando con ella. Pero había unos niños cerca de ellos que muy pronto acabaron con aquella ilusión al gritar «¡Papá!». Después de pasar unos cuantos minutos más en el agua, salió y volvió a su silla. La playa se estaba quedando vacía. Recogió sus cosas y emprendió el regreso.

En la casa, Brian estaba mirando una partida de golf en la televisión y Deanna leía una novela con la foto de un joven y atractivo abogado en la cubierta. Deanna alzó la vista del libro.

—¿Qué tal la playa?

—Fantástica. El sol era muy agradable, pero el agua impresiona un poco cuando te sumerges en ella.

—Siempre es así. No entiendo a la gente que se queda dentro un buen rato.

Theresa colgó la toalla en un perchero al lado de la entrada. Habló volviendo la cabeza por encima del hombro.

—¿Qué tal el libro?

Deanna cerró el libro en sus manos y miró la portada.

—Fantástico. Me recuerda a Brian hace unos años.

Su marido profirió un gruñido sin apartar la vista de la televisión.

—¿Eh?

—Nada, cariño. Solo estaba recordando. —Volvió su atención hacia Theresa, con los ojos brillantes—. ¿Te apetece jugar al *gin rummy*?

A Deanna le encantaban los juegos de naipes de cualquier clase. Era miembro de dos clubs de *bridge*, jugaba a los corazones como una campeona y mantenía un registro de todas las veces que ganaba un solitario. Pero era al *gin rummy* a lo que jugaba con Theresa cuando tenían algo de tiempo libre, porque era el único en el que su amiga tenía una oportunidad real de ganar.

—Claro.

Deanna estaba encantada. Hizo una marca en la página, dejó el libro a un lado y se puso en pie.

—Tenía la esperanza de que dijeras que sí. Las cartas están sobre la mesa, afuera.

Theresa se anudó la toalla por encima del bañador y fue hacia la mesa en la que habían tomado el desayuno. Deanna se reunió con ella, trayendo consigo dos latas de Coca-Cola Light, y se sentó frente a ella mientras Theresa quitaba el mantel. Barajó las cartas y las repartió. Deanna alzó la vista.

—Parece que te ha dado el sol en la cara. El sol debía ser bastante fuerte.

Theresa empezó a colocar sus cartas.

—Me sentía como en un horno.

—¿Conociste a alguien interesante?

—La verdad es que no. Simplemente leí un poco y me relajé al sol. Casi todos estaban con sus familias.

—Vaya.

—¿Por qué dices eso?

—Bueno, esperaba que conocieras a alguien especial esta semana.

—Tú eres especial.

—Ya sabes a qué me refiero. Esperaba que encontraras a un hombre. Uno que te quitara el aliento.

Theresa la miró sorprendida.

—¿Qué te ha hecho pensar eso?

—El sol, el océano, la brisa. No sé. Tal vez sea la dosis extra de radiación, que está ablandando mi cerebro.

—La verdad es que no he estado buscando, Deanna.

—¿Nunca?

—No demasiado.

—¡Ajá!

—No es para tanto. No ha pasado tanto tiempo desde que me divorcié.

Theresa puso el seis de diamantes. Su amiga lo cogió antes de arrojar el tres de trébol. Deanna habló en el mismo tono que su madre cuando conversaban sobre ese tema.

—Han pasado casi tres años. ¿No tendrás a alguien en la reserva que me has estado ocultando?

—No.

—¿Nadie?

Deanna robó carta, dudó un instante y se descartó del cuatro de corazones.

—No. Pero no es solo cuestión mía, ya sabes. Es difícil conocer gente en estos tiempos. Y no es que tenga demasiado tiempo para salir y relacionarme.

—Ya lo sé, de veras. Es solo que tienes tanto que ofrecer. Sé que hay alguien para ti en algún lugar.

—Estoy segura de ello. Pero todavía no lo he conocido.

—¿Acaso has estado buscando?

—Cuando puedo. Pero mi jefa es muy exigente, ya sabes. No me da ni un momento de descanso.

—Tal vez debería hablar con ella.

—Tal vez —corroboró Theresa, y ambas profirieron una carcajada.

Deanna robó carta y se deshizo del siete de picas.

—¿Has salido con alguien?

—En realidad no. No desde que Matt Como-Se-Llame

me dijo que no quería salir con una mujer que tuviera hijos.

Deanna frunció el ceño durante unos momentos.

—A veces los hombres pueden comportarse como auténticos imbéciles, y ese es el ejemplo perfecto. Es la clase de tipo cuya cabeza debería estar en una pared con una placa en la que pudiera leerse «típico macho egocéntrico». Pero no todos son así. Hay muchos hombres de verdad ahí fuera, hombres que se enamorarían de ti en un abrir y cerrar de ojos.

Theresa cogió el siete y tiró el cuatro de diamantes.

—Esa es la razón por la que me gustas, Deanna. Dices unas cosas tan bonitas...

Deanna robó de nuevo de la baraja.

—Pero es cierto. Créeme. Eres guapa, inteligente y tienes éxito en tu trabajo. Podría encontrar una docena de hombres a los que les encantaría salir contigo.

—No lo pongo en duda. Pero eso no significa que tuvieran que gustarme.

—No me estás dando la menor oportunidad.

Theresa se encogió de hombros.

—Tal vez no. Pero eso no significa que vaya a acabar mis días sola en alguna pensión para solteronas. Créeme, me encantaría volver a enamorarme, encontrar a un hombre maravilloso y vivir con él feliz para siempre. Es solo que no es una prioridad en este momento. Ahora mismo Kevin y el trabajo absorben todo mi tiempo.

Deanna no quiso responder inmediatamente. Arrojó el dos de picas.

—Creo que tienes miedo.

—¿Miedo?

—Segurísimo. Aunque eso no tiene nada de malo.

—¿Por qué lo dices?

—Porque sé que David te hizo mucho daño, y también sé que, si yo estuviera en tu situación, tendría miedo de que volviera a pasarme lo mismo. Es la naturaleza humana. Gato escaldado del agua fría huye, como dice el refrán. Y así es.

—Probablemente tengas razón. Pero estoy segura de que si llega el hombre adecuado, lo reconoceré. Tengo fe.

—¿Qué clase de hombre estás buscando?

—No lo sé...

41

—Seguro que lo sabes. Todas sabemos más o menos lo que queremos.

—No todas.

—Seguro que sí. Empieza por lo más evidente y, si así tampoco puedes, empieza por pensar quién o qué no quieres, como por ejemplo... ¿Te parecería bien que fuera de una banda de moteros?

Theresa sonrió y robó carta. Estaba empezando a ligar una buena jugada. Una carta más y habría ganado. Se descartó de la jota de corazones.

—¿Por qué te interesa tanto?

—Oh, ¿por qué no le das ese gusto a una vieja amiga?

—De acuerdo. No debería estar en una banda de moteros, eso seguro —dijo negando con la cabeza. Reflexionó un momento—. Mmm... Supongo que, sobre todo, debería ser una clase de hombre que me fuera fiel, que «nos» fuera fiel, a lo largo de toda la relación. Ya he conocido a la otra clase de hombre y no podría pasar por algo semejante otra vez. Y creo que también me gustaría alguien más o menos de mi edad, si no fuera demasiado pedir. —Theresa hizo una pausa y frunció el ceño levemente.

—¿Y?

—Dame un segundo, estoy pensando. No es tan fácil como parece. Supongo que debería conformarme con los clichés típicos: que sea atractivo, amable, inteligente y encantador, ya sabes, todas esas cosas buenas que a las mujeres nos gustan de los hombres.

Volvió a hacer una pausa. Deanna cogió la jota. Por su expresión se diría que disfrutaba poniendo a Theresa en aquella encrucijada.

—¿Y?

—Tendría que pasar tiempo con Kevin, como si fuera su propio hijo; eso es realmente importante. ¡Ah!, también tendría que ser romántico. Me encantaría recibir flores de vez en cuando. Y además atlético. No puedo respetar a un hombre si puedo ganarle un pulso.

—¿Eso es todo?

—Sí, eso es todo.

—Vamos a ver si lo he entendido bien: quieres un hombre

fiel, encantador, atractivo, de treinta y pico años, que sea además inteligente, romántico y que esté en forma. Y también tiene que ser bueno con Kevin, ¿no es así?

—Lo has pillado.

Tomó aire mientras disponía su juego sobre la mesa.

—Bueno, por lo menos no eres tiquismiquis. *Gin.*

Tras perder contundentemente al *gin rummy*, Theresa se fue adentro para empezar a leer uno de los libros que había traído consigo. Se sentó en el banco al lado de la ventana, en la parte trasera de la casa, mientras Deanna retomaba la lectura de su libro. Brian había encontrado otro torneo de golf y pasó la tarde viéndolo, absorto, haciendo comentarios en voz alta cuando algo llamaba su atención.

Aquella tarde, a las seis, cuando acabó el golf, Brian y Deanna fueron a pasear por la playa. Theresa se quedó en la casa y los observó desde la ventana mientras andaban de la mano por la orilla. Tenían una relación ideal, pensó mientras los miraba. A pesar de tener intereses completamente distintos, parecía que era precisamente eso lo que los mantenía tan unidos, en lugar de hacer que se distanciasen.

Tras la puesta de sol, los tres fueron hasta Hyannis y cenaron en Sam's Crabhouse, un famoso restaurante que se merecía su buena reputación. Estaba abarrotado, por lo que tuvieron que esperar una hora para conseguir una mesa, pero los cangrejos al vapor y la mantequilla clarificada hicieron que la espera valiera la pena. La mantequilla estaba aromatizada con ajo; entre los tres dieron cuenta de seis cervezas en dos horas. Hacia el final de la cena, Brian preguntó por la carta que había encontrado en la playa.

—La leí cuando volví de jugar al golf. Deanna la había puesto en la nevera.

Su amiga se encogió de hombros y rio. Se volvió hacia Theresa con una mirada en los ojos que decía «Te dije que habría gente que lo haría», pero no dijo nada.

—La encontré en la playa cuando estaba corriendo.

Brian acabó su cerveza y siguió hablando.

—Un carta muy impactante. Me pareció tan triste...

43

—Lo sé. Así me sentí cuando la leí.

—¿Sabes dónde está Wrightsville Beach?

—No. Ni siquiera me sonaba.

—Está en Carolina del Norte —dijo Brian mientras extraía un cigarrillo de un bolsillo—. Una vez fui allí para jugar al golf. Un buen campo. Con pocos desniveles, pero se podía jugar.

Deanna metió baza con un movimiento de cabeza.

—Para Brian, todo está relacionado de algún modo con el golf.

—¿Exactamente en qué parte de Carolina del Norte? —preguntó Theresa.

El hombre encendió el cigarrillo y dio una calada. Respondió mientras echaba el humo.

—Cerca de Wilmington, o incluso puede que forme parte del municipio, no estoy seguro de cuáles son sus límites. En coche está a hora y media, más o menos, al norte de Myrtle Beach. ¿Has oído hablar de la película *El cabo del miedo*?

—Claro.

—El río Cape Fear está en Wilmington: allí es donde se rodaron ambas versiones de la historia. De hecho, ha sido el escenario de muchas películas. La mayoría de los principales estudios de cine tienen una delegación en la ciudad. Wrightsville Beach es una isla cercana a la costa. Muy urbanizada, casi se ha convertido en un centro turístico. Allí es donde se alojan muchas estrellas de cine durante los rodajes.

—¿Cómo es posible que nunca haya oído hablar de ese lugar?

—No lo sé. Supongo que Myrtle Beach le hace sombra, pero en el sur es bastante popular. Las playas son muy bonitas, de arena blanca y aguas cálidas. Es un lugar fantástico para pasar una semana, si alguna vez tienes la oportunidad.

Theresa no respondió. Deanna volvió a hablar con un tono un tanto travieso.

—Así que ahora sabemos de dónde es nuestro escritor misterioso.

Theresa se encogió de hombros.

—Supongo que sí, pero tampoco podemos estar seguros. Podría tratarse de un lugar en el que pasaba las vacaciones o en el que estaba de visita. Nada nos asegura que viva allí.

Deanna negó con la cabeza.

—No lo creo. Por la manera como está escrita la carta, parece como si su sueño fuera demasiado real para desarrollarse en un lugar en el que solo hubiera estado un par de veces.

—Realmente has pensado largo y tendido sobre ello, ¿me equivoco?

—Instintos. Aprendes a escucharlos. Apostaría a que su casa está en Wrightsville Beach o Wilmington.

—¿Y qué?

Deanna alargó el brazo hasta la mano de Brian para coger el cigarrillo, dio una larga calada y se lo quedó como si fuera suyo. Hacía años que hacía lo mismo. Ya que no lo encendía, oficialmente no se consideraba adicta al tabaco. Brian, como si nada, encendió otro. Deanna se inclinó hacia delante.

—¿Has vuelto a considerar la posibilidad de publicar la carta?

—Para ser sincera todavía no. No sé si es una buena idea.

—¿Y si no utilizamos sus nombres, sino solo sus iniciales? Podríamos cambiar incluso el nombre de Wrightsville Beach, si así lo prefieres.

—¿Por qué es tan importante para ti?

—Porque sé reconocer una buena historia cuando la veo. Además, creo que sería de gran importancia para muchas personas. Hoy en día, la gente está tan ocupada que parece que el romanticismo está agonizando lentamente. Esta carta demuestra que todavía existe.

Theresa empezó a jugar con un mechón de su cabello con aire ausente. Era una costumbre que tenía desde que era pequeña, que se repetía cada vez que reflexionaba sobre alguna cuestión. Después de un rato, finalmente respondió.

—De acuerdo.

—¿Lo harás?

—Sí, pero tal como has dicho, solo usaremos sus iniciales y omitiremos la parte en la que se menciona Wrightsville Beach. Escribiré un par de líneas como introducción.

—Me alegro tanto —exclamó Deanna con entusiasmo de niña—. Sabía que lo harías. La enviaremos por fax mañana.

Aquella noche, Theresa escribió a mano la introducción de la columna en un papel de cartas que encontró en el cajón del es-

45

critorio en el estudio. Cuando terminó, fue a su habitación, depositó las dos páginas sobre la mesita de noche y se acurrucó en la cama. Aquella noche tuvo un sueño agitado.

Al día siguiente, Theresa y Deanna fueron a Chatham para mecanografiar la carta en una copistería. Puesto que ninguna de ellas había traído su portátil, y Theresa insistía en que la columna no debía incluir ciertas informaciones, parecía la opción más lógica. Cuando la columna estuvo lista, la enviaron por fax. Saldría publicada en el periódico al día siguiente.

Pasaron el resto de la mañana y de la tarde como el día anterior: fueron de compras, se relajaron en la playa, mantuvieron una agradable conversación y disfrutaron de una cena deliciosa. Cuando el periódico llegó a primera hora del día siguiente, Theresa fue la primera en leerlo. Se había levantado muy pronto y había vuelto de correr antes de que Deanna y Brian se despertaran. Abrió el periódico y leyó la columna:

46

> Hace cuatro días, mientras estaba de vacaciones, escuchando en la radio viejas canciones, sonó Sting cantando *Message in a bottle*. Incitada por aquella apasionada balada, corrí a la playa para encontrar mi propia botella. Al cabo de pocos minutos encontré una; por supuesto, en su interior había un mensaje. (En realidad, no escuché aquella canción: me lo he inventado para conseguir mayor dramatismo. Pero sí que es cierto que encontré una botella con un mensaje muy conmovedor.) No he sido capaz de quitármelo de la cabeza, y aunque no suelo escribir sobre estas cosas, en una época en la que el amor eterno y el compromiso parecen escasear, espero que este mensaje os parezca tan significativo como me lo pareció a mí.

El resto de la columna lo ocupaba la carta. Cuando Deanna se reunió con Theresa para desayunar, lo primero que hizo fue leer la columna.

—Maravilloso —dijo al terminar de leer—. Ha quedado mejor de lo que pensaba. Vas a recibir un montón de cartas por esta columna.

—¿Tú crees?

—Claro que sí. Estoy segura.

—¿Más de lo normal?

—Por toneladas. Lo presiento. De hecho, voy a llamar a John hoy mismo. Haré que lo cuelgue en Internet, un par de veces esta semana. Puede que incluso la publiquen en dominicales.

—Ya veremos —dijo Theresa mientras comía un panecillo, no muy segura de si debía creer en las palabras de Deanna. Sin embargo, en el fondo, le podía la curiosidad.

Capítulo 3

*E*l sábado, después de ocho días de vacaciones en Cape Cod, Theresa regresó a Boston.

Abrió la puerta de su apartamento y *Harvey* salió corriendo del dormitorio. Se restregó contra la pierna de su ama, ronroneando suavemente. Ella lo tomó en sus brazos y fue a la nevera. Cogió un trozo de queso y se lo dio al gato mientras le acariciaba la cabeza, agradecida a su vecina Ella por haber aceptado cuidarlo mientras estaba fuera. Cuando hubo dado cuenta del queso, *Harvey* saltó desde los brazos de Theresa y se dirigió con paso tranquilo a las puertas correderas de cristal que conducían al patio trasero. El aire del apartamento estaba viciado tras tantos días cerrado, así que abrió las puertas para ventilarlo.

Tras deshacer las maletas y recoger las llaves y el correo de casa de Ella, se sirvió un vaso de vino, fue hacia el equipo de música y puso el CD de John Coltrane que había comprado. Mientras el *jazz* inundaba la habitación, miró el correo. Como de costumbre, se trataba principalmente de facturas, así que las dejó para otro momento.

Había ocho mensajes en el contestador. Dos de ellos eran de hombres con los que había salido en el pasado y que le pedían que devolviera la llamada cuando pudiera. Reflexionó brevemente y decidió que no lo haría. Ninguno de los dos le resultaba atractivo y no le apetecía salir solo porque tenía un hueco en su agenda. También tenía mensajes de su madre y de su hermana, y anotó mentalmente que las llamaría la próxima semana. No había ninguna llamada de Kevin. En esos momentos debía estar haciendo *rafting*, de acampada con su padre en algún lugar de Arizona.

Sin Kevin, la casa parecía más silenciosa de lo habitual. Y también ordenada, lo cual lo hacía todo un poco más fácil. Era agradable llegar a casa y solo tener que limpiar de vez en cuando lo que una misma ensuciaba.

Pensó en las dos semanas de vacaciones que todavía le quedaban ese año. Iría a la playa con su hijo, se lo había prometido. Pero aún le quedaría otra semana. Podría tomársela en Navidad, pero ese año Kevin estaría con su padre, así que no tenía mucho sentido. Odiaba pasar las Navidades sola, siempre habían sido sus vacaciones preferidas, pero no tenía elección, así que decidió que no valía la pena seguir pensando en ello. Tal vez iría a las Bermudas o a Jamaica, o a alguna isla del Caribe, pero tampoco quería ir sola, y no se le ocurría quién podría acompañarla. Janet tal vez, pero era improbable. Las tres niñas la tenían muy ocupada, y Edward normalmente no podía tomarse tantos días libres. Quizá podría emplear aquella semana para hacer los arreglos que tenía pendientes en la casa..., pero le parecía una lástima. ¿Quién quería pasar su tiempo libre pintando y empapelando paredes?

Se dio por vencida y decidió que, si no se le ocurría nada, guardaría aquella semana para el año siguiente. Tal vez podría ir con Kevin a Hawái un par de semanas.

Se fue a la cama con una de las novelas que había empezado a leer en Cape Cod. Leía rápido y sin distracciones, y casi había llegado a las cien páginas antes de sentirse cansada. A medianoche apagó la luz. Aquella noche soñó que caminaba por una playa desierta, pero no supo por qué.

La cantidad de correspondencia que la aguardaba sobre la mesa el lunes por la mañana era abrumadora. Había casi doscientas cartas cuando llegó; otras cincuenta llegaron a lo largo del día con el correo. En cuanto entró en la oficina, vio a Deanna señalando orgullosa las cartas amontonadas.

—¿Lo ves? Te lo dije —anunció con una sonrisa.

Theresa pidió que no le pasaran llamadas y empezó a abrir el correo inmediatamente. Todo eran reacciones a la carta publicada en su columna. La mayoría de mujeres, aunque también había algunas escritas por hombres. Le sorprendió la coincidencia de opi-

49

niones. Las leyó una por una. Todas ellas le contaban hasta qué punto les había conmovido aquella carta anónima. En varios casos le preguntaban si sabía quién era el autor; de hecho, unas cuantas mujeres sugerían que, si el escritor estaba soltero, les gustaría casarse con él.

Descubrió que casi todos los dominicales de todo el país habían publicado su columna, por lo que había cartas procedentes incluso de Los Ángeles. Seis hombres reclamaban la autoría de la carta; cuatro de ellos exigían el pago de derechos de autor. Uno incluso la amenazaba con emprender acciones legales. Pero al examinar la caligrafía, comprobó que en ningún caso se parecía ni remotamente a la del autor de la carta.

A mediodía fue a comer a su restaurante japonés favorito. Unas cuantas personas que estaban comiendo en mesas contiguas mencionaron que también habían leído la columna. «Mi mujer la ha pegado en la puerta del frigorífico», comentó un hombre. Theresa no pudo evitar una carcajada.

Al final de su jornada laboral, casi había terminado con el montón y se sentía agotada. No había podido trabajar en su próxima columna y volvía a sentir tensión en la nuca, como le solía pasar cuando se acercaba el plazo de entrega. A las cinco y media empezó a preparar una columna sobre el hecho de que Kevin estuviera ausente y qué suponía para ella. Iba mejor de lo que esperaba y casi había terminado cuando sonó el teléfono.

Era la recepcionista del periódico.

—Eh, Theresa, sé que me pediste que no te pasara llamadas, y así lo he hecho —empezó a decir—. No ha sido fácil, por cierto; has tenido unas sesenta llamadas. El teléfono no ha parado de sonar.

—¿Qué pasa?

—Hay una mujer que no para de llamar. Es la quinta vez hoy; la semana pasada también llamó un par de veces. No me quiere dar su nombre, pero a estas alturas ya reconozco su voz. Dice que tiene que hablar contigo.

—¿No puedes pedirle que te deje un recado?

—Ya lo he intentado, pero es muy insistente. Sigue pidiéndome que la ponga en espera hasta que tengas un minuto. Dice que, aunque sea una conferencia, esperará.

Theresa reflexionó un momento mientras miraba fijamente la pantalla del ordenador. La columna estaba casi lista, solo faltaban un par de párrafos más.

—¿Puedes pedirle un número en el que pueda localizarla?

—No, tampoco quiere darme ningún número. Es muy reservada.

—¿Sabes qué quiere?

—No tengo ni idea. Pero suena coherente, no como la mayoría de la gente que ha llamado hoy. Llamó un tipo que quería casarse conmigo.

Theresa se rio.

—De acuerdo, dile que se mantenga a la espera. La atenderé dentro de un par de minutos.

—De acuerdo.

—¿En qué línea está?

—En la cinco.

—Gracias.

Theresa acabó la columna rápidamente. Volvería a repasarla en cuanto colgara el teléfono.

Pulsó el botón de la línea cinco al descolgar el aparato.

—Hola.

Durante unos instantes, no se oyó nada. Después, una voz suave y melódica preguntó:

—¿Hablo con Theresa Osborne?

—Sí. —Theresa se reclinó en su silla y empezó a retorcer un mechón de su cabello.

—¿Es usted la persona que escribió la columna sobre el mensaje en la botella?

—Sí. ¿Cómo puedo ayudarla?

La persona al otro lado hizo de nuevo una pausa. Theresa podía oír su respiración, como si estuviera pensando sus próximas palabras. Después de un instante, preguntó:

—¿Podría decirme los nombres que aparecen en la carta?

Theresa cerró los ojos y dejó de jugar con su pelo. «Otra curiosa», pensó. Volvió la vista a la pantalla y empezó a repasar la columna.

—No, lo siento; no puedo. No quiero hacer pública esa información.

Su interlocutora volvió a guardar silencio. Theresa empezó a perder la paciencia. Comenzó a releer en pantalla el primer párrafo. Entonces la persona al otro lado la sorprendió.

—Por favor —dijo—, tengo que saberlo.

Theresa apartó la mirada de la pantalla. Por el tono pudo intuir que hablaba más que en serio. Pero había algo más, aunque no podía decir de qué se trataba exactamente.

—Lo siento —dijo Theresa por fin—, de veras no puedo.

—¿Podría responder una pregunta?

—Quizá.

—¿La carta estaba dirigida a Catherine y firmada por un hombre llamado Garrett?

Theresa se incorporó en su asiento.

—¿Quién habla? —preguntó con repentino apremio, y mientras decía esas palabras se dio cuenta de que aquella mujer ya sabía la verdad.

—¿Estoy en lo cierto?

—¿Quién habla? —preguntó nuevamente, esta vez con más amabilidad. Oyó a la persona al otro lado de la línea tomar aire antes de responder.

—Me llamo Michelle Turner y vivo en Norfolk, Virginia.

—¿Cómo sabe eso de la carta?

—Mi marido trabaja en la Marina y está destinado aquí. Hace tres años, mientras paseaba por la playa, encontré una carta similar a la que usted encontró estando de vacaciones. Tras leer su columna, supe que el autor era el mismo. Las iniciales coinciden.

Theresa enmudeció por un momento. No era posible, pensó. ¿Hacía tres años?

—¿Cómo es el papel en que está escrita?

—El papel es beis y tiene un barco estampado en la esquina superior derecha.

Theresa sintió que se le aceleraba el corazón. Pero le seguía pareciendo imposible.

—En la carta que encontró también hay un velero estampado, ¿verdad?

—Sí, en efecto —susurró Theresa.

—Lo sabía. Lo supe en cuanto leí su columna. —Por el tono de voz de Michelle parecía como si se hubiera librado de una pesada carga.

—¿Todavía tiene la carta? —preguntó Theresa.

—Sí. Mi marido nunca la ha visto, pero yo la releo de vez en cuando. Es un poco distinta de la publicada en su columna, pero los sentimientos son los mismos.

—¿Podría enviarme una copia?

—Claro —dijo, y a continuación hizo una pausa—. Es increíble, ¿no cree? Me refiero al hecho de que yo encontrara una carta hace tanto tiempo, y ahora usted haya encontrado otra.

—Sí —murmuró Theresa—, es increíble.

Tras darle el número de fax a Michelle, Theresa apenas consiguió releer la nueva columna. Michelle tenía que ir a una copistería para enviar la carta por fax. Ella, por su parte, se sorprendió a sí misma levantándose de su escritorio cada cinco minutos para comprobar si había llegado algún fax, mientras esperaba la carta. Cuarenta y seis minutos después oyó resucitar el aparato de fax. La primera página en pasar era la cubierta oficial de presentación del servicio de correos, dirigida a Theresa Osborne del *Boston Times*.

Observó cómo caía en la bandeja y oyó el sonido del fax mientras reproducía la carta línea a línea. Era bastante rápido, solo tardaba diez segundos por página, pero incluso aquella breve espera se le hizo demasiado larga. Después empezó a imprimirse una tercera página; se dio cuenta de que, al igual que la carta que había encontrado, esta también debía de estar escrita por ambas caras.

Cuando el fax emitió el pitido que indicaba el final de la transmisión, recogió las páginas impresas y las llevó a su escritorio sin leerlas, las puso boca abajo durante un par de minutos, mientras intentaba calmar su respiración. «Solo es una carta», se dijo a sí misma.

Respiró profundamente y retiró la cubierta del fax. Con tan solo echar un vistazo, vio el velero estampado, que le demostraba que se trataba del mismo autor. Puso la página bajo la luz y empezó a leer.

6 de marzo de 1994

Mi querida Catherine:

¿Dónde estás? Mientras estoy aquí, sentado en una casa a oscuras, me pregunto por qué nos hemos visto obligados a separarnos.

Desconozco la respuesta a estas preguntas, por mucho que me esfuerce en comprender. La razón es obvia, pero mi mente me obliga a rechazarla y me siento desgarrado por la ansiedad durante todas las horas de vigilia. Sin ti estoy perdido. Como si no tuviera alma, como si fuera a la deriva y no tuviera un hogar, un pájaro solitario volando a ninguna parte. Soy todo eso, y nada a la vez. Así es, mi amor, mi vida sin ti. Cómo anhelo que vuelvas a enseñarme a vivir de nuevo.

Intento recordar cómo éramos entonces, cuando estábamos en la cubierta del *Happenstance*, barrida por la brisa. ¿Recuerdas cómo trabajábamos juntos? Mientras hacíamos las reparaciones, nos convertimos en parte del océano, porque ambos sabíamos que era el océano el que nos había unido. En momentos semejantes comprendí el significado de la verdadera felicidad. De noche, navegábamos sobre las oscuras aguas y yo contemplaba tu belleza reflejada por la luz de la luna. Te observaba sobrecogido y en mi corazón era consciente de que siempre estaríamos juntos. Me pregunto si siempre será así, cuando dos personas están enamoradas. No lo sé, pero, si mi vida desde que te fuiste de mi lado sirve como prueba, entonces creo que sé la respuesta. A partir de ahora, sé que estaré solo.

Pienso en ti, sueño contigo, te evoco cuando más te necesito. Es lo único que puedo hacer, pero no es suficiente. Nunca será suficiente, estoy seguro de ello; sin embargo, ¿qué más puedo hacer? Si estuvieras aquí, me lo dirías, pero me siento burlado incluso en eso. Siempre sabías qué palabras eran las más apropiadas para aliviar el dolor que sentía. Siempre sabías cómo hacerme sentir bien.

¿Es posible que sepas cómo me siento sin ti? En mis sueños, me gusta pensar que es así. Antes de estar juntos, pasé por la vida sin un sentido, sin un fin. Sé que de algún modo iba a tu encuentro, con cada paso que di desde que aprendí a andar. Estábamos destinados a estar juntos.

Pero ahora, solo en casa, me he dado cuenta de que el destino puede herir a una persona en la misma medida en que puede bendecirla, y me sorprendo a mí mismo preguntándome por qué, de todas las personas en el mundo que hubieran podido ser objeto de mi amor, tuve que enamorarme de alguien que me sería arrebatado.

GARRETT

Cuando acabó de leer la carta, se reclinó en la silla y se llevó los dedos a los labios. Los ruidos de la sala de redacción parecían provenir de algún lugar lejano. Buscó su bolso, extrajo la primera carta y la puso al lado de la que acababa de recibir. Volvió a leer la primera, después la otra, y repitió el proceso en orden inverso, mientras se sentía como si fuera una *voyeur*, como si estuviera espiando un momento privado, cargado de misterio.

Abandonó el escritorio con una extraña sensación de desaliento. En la máquina de bebidas compró un zumo de manzana, mientras intentaba analizar sus sentimientos. Pero al volver a su mesa, de repente sintió que le temblaban las piernas y se dejó caer en la silla. Pensó que, de no haberse encontrado justo delante de su asiento, se hubiera desplomado en el suelo.

Con la esperanza de aclarar sus ideas, empezó a ordenar con aire ausente el caos de su mesa. Guardó los bolígrafos en el cajón, archivó los artículos que había utilizado en su investigación, recargó la grapadora y afiló los lápices para colocarlos después dentro de una taza sobre la mesa. Cuando terminó, todo estaba en su sitio, con excepción de las dos cartas, que no había tocado.

Hacía poco más de una semana que había encontrado la primera; su contenido la había impactado, pero su pragmatismo la había obligado a intentar desvincularse. Pero ahora, después de haber encontrado esa segunda carta, probablemente escrita por la misma persona, le parecía imposible conseguirlo. Se preguntó si habría más cartas parecidas. Y qué clase de hombre se dedicaba a enviarlas en botellas. Parecía casi imposible que otra persona, hacía ya tres años, hubiera encontrado otra carta y la hubiera guardado en un cajón porque también le había conmovido. Y sin embargo, era real. Pero ¿qué significaba todo aquello?

Era consciente de que no debía afectarle tanto, pero así era. Se pasó las manos por el cabello y recorrió con su mirada la sala de redacción. Todos parecían estar muy ocupados. Abrió la lata de zumo de manzana y tomó un trago, mientras intentaba descifrar los pensamientos que asaltaban su mente. Todavía no estaba segura de qué se trataba; su único deseo era que nadie se acercara a su mesa en los próximos minutos, hasta que tuviera una mejor visión de conjunto. Guardó ambas cartas en el bolso, mientras seguía dando vueltas a la primera frase de la que acababa de recibir.

«¿Dónde estás?»

Cerró el programa que utilizaba para escribir sus columnas. Y entonces, a pesar de sus recelos, abrió un navegador para entrar en Internet.

Tras unos momentos de vacilación, escribió WRIGHTSVILLE BEACH en el programa de búsqueda y pulsó la tecla INTRO. Sabía que al cabo de menos de cinco segundos aparecería una lista de temas relacionados entre los que podría elegir.

Tres resultados que contienen las palabras «Wrightsville Beach».
Resultados de 1 a 3.
Categorías de ubicación - Sitios de ubicación - Páginas Web Mariposa.
Categorías de ubicación.
Regional: Estados Unidos: Carolina del Norte: Ciudades: Wrightsville Beach
Sitios de ubicación
Regional: Estados Unidos: Carolina del Norte: Ciudades: Wilmington: Real Estate
- Ticar Real Estate Company / otras delegaciones en Wrightsville Beach y Carolina Beach
Regional: Estados Unidos: Carolina del Norte: Ciudades: Wrightsville Beach: Alojamiento
- Cascade Beach Resort

Con la mirada fija en la pantalla, de pronto se sintió ridícula. Incluso aunque Deanna tuviera razón y Garrett viviera en algún lugar en la región de Wrightsville Beach, era prácticamente imposible localizarlo. ¿Por qué entonces estaba intentando encontrarle?

Por supuesto, sabía la razón. El autor de las cartas era un hombre que amaba profundamente a una mujer, un hombre que ahora estaba solo. De niña había llegado a creer en la existencia de un hombre ideal, el príncipe o el caballero de los cuentos infantiles. En el mundo real, sin embargo, simplemente no había hombres así. Las personas reales tenían jornadas laborales reales, necesidades reales, así como expectativas reales sobre cómo deberían comportarse los demás. Ciertamente, también había hombres buenos, que amaban con todo su corazón y se mantenían firmes incluso cuando había que hacer frente a grandes obstáculos. La clase de hombre que había deseado conocer desde que se divorció de David. Pero ¿cómo podría encontrar a un hombre semejante?

Ahora sabía que existía uno así y que estaba solo. Se le hizo un nudo en el estómago. Parecía evidente que Catherine, fuera quien fuera, probablemente estaba muerta, o como mínimo en paradero desconocido. Y sin embargo, Garrett seguía amándola hasta tal punto que le escribía cartas por lo menos desde hacía tres años, con lo que demostraba que era capaz de amar a alguien con pasión y, sobre todo, de mantener el compromiso, incluso mucho después de que su amada hubiera desaparecido.

«¿Dónde estás?»

Aquella frase seguía resonando en su cabeza, como la primera canción que se oye en la radio por la mañana y que se repite en la mente hasta la tarde.

«¿Dónde estás?»

No lo sabía, pero aquel hombre existía, y una de las primeras cosas que había aprendido en la vida era que, si descubres algo que te emociona, más vale intentar averiguar de qué se trata. Si uno se limita a ignorar esa sensación, nunca sabrá qué hubiera podido pasar, y en muchos casos eso es peor que descubrir que te estabas equivocando desde el principio. Porque, si te equivocas, es posible seguir adelante sin volver la vista atrás, preguntándote qué hubiera podido pasar.

Pero ¿adónde llevaría todo aquello? ¿Y qué significaba? ¿Acaso el hallazgo de la carta tenía algo que ver con el destino, o se trataba de una mera coincidencia? Pensó que quizá se trataba simplemente de un recordatorio de aquello que echaba de menos en su vida. Se retorció un mechón de cabello con aire ausente mientras consideraba la última cuestión. De acuerdo, decidió. Puedo aceptarlo.

Pero sentía curiosidad acerca del escritor misterioso, y no tenía sentido negarlo, como mínimo a sí misma. Y puesto que nadie más lo entendería (si ni siquiera ella podía comprenderlo, ¿cómo podrían los demás?), en ese momento resolvió no hablar con nadie de sus sentimientos.

«¿Dónde estás?»

En su interior, sabía que la búsqueda en Internet y su fascinación por Garrett no conducían a ningún sitio. Poco a poco aquel suceso se convertiría en una especie de insólita anécdota que con-

57

taría de vez en cuando. Seguiría con su vida, escribiendo su columna, pasando los días con Kevin y haciendo todas las cosas que una madre sin pareja debe hacer.

Y casi tenía razón. Habría seguido con su vida tal como la imaginaba de no haber sido porque tres días más tarde ocurrió algo que hizo que se lanzara a lo desconocido con tan solo una maleta llena de ropa y un montón de papeles que podían tener o no tener algún significado.

Descubrió una tercera carta de Garrett.

Capítulo 4

*E*l día que descubrió la tercera carta, por supuesto, no había podido imaginar que fuera a ocurrir nada extraordinario. Era un día típico de verano en Boston, cálido y húmedo, con las mismas noticias de costumbre: unas cuantas agresiones y, por la tarde, dos asesinatos.

Theresa estaba en la sala de redacción, documentándose sobre el autismo en niños. El *Boston Times* contaba con una excelente base de datos de artículos publicados en años anteriores en una amplia gama de revistas. Mediante su ordenador podía acceder a la biblioteca de la Universidad de Harvard o de Boston; además tenía a su disposición cientos de miles de artículos, lo cual hacía que cualquier búsqueda resultara mucho más fácil y rápida que algunos años atrás.

Al cabo de un par de horas había podido encontrar casi treinta artículos escritos en los últimos tres años, publicados en periódicos de los que nunca había oído hablar, y por sus titulares seis de ellos parecían lo bastante interesantes como para poder serle útiles. Puesto que tenía que pasar por Harvard de camino a casa, decidió aprovechar para recogerlos.

Cuando estaba a punto de apagar el ordenador, de repente, un pensamiento asaltó su mente y se detuvo.

«¿Por qué no? —se preguntó a sí misma—. Es una posibilidad muy remota, pero ¿qué puedo perder?» Se sentó ante el escritorio, accedió nuevamente a la base de datos de Harvard y escribió: «MENSAJE EN UNA BOTELLA».

Dado que los artículos en el sistema de la biblioteca estaban clasificados por temas o titulares, escogió hacer una criba por titulares para acelerar la búsqueda. La temática solía ofrecer un mayor número de resultados, pero descartar los que no le interesaban era un proceso laborioso; además, en ese momento no disponía de tanto tiempo. Después de pulsar la tecla INTRO, se reclinó en la silla y esperó la respuesta del ordenador.

El resultado la sorprendió: una docena de artículos diferentes escritos sobre ese tema en los últimos años, en su mayoría de publicaciones científicas, cuyos titulares parecían sugerir que las botellas se habían empleado en varios proyectos de investigación sobre las corrientes oceánicas.

No obstante, había tres artículos que parecían interesantes, así que anotó sus títulos con la intención de recogerlos de paso.

Había mucho tráfico, por lo que tardó más de lo que esperaba en llegar a la biblioteca y copiar los nueve artículos seleccionados. Llegó tarde a casa. Después de hacer un pedido en el restaurante chino local, se sentó en el sofá con los tres artículos sobre mensajes en botellas ante ella.

En primer lugar, leyó un artículo publicado en la revista *Yankee* en marzo del año anterior. Hacía un recorrido histórico sobre los mensajes en botellas y recogía la crónica de las botellas que habían llegado a Nueva Inglaterra en los últimos años. Algunas de las cartas encontradas eran memorables. Le gustó especialmente la historia de Paolina y Ake Viking.

El padre de Paolina había encontrado un mensaje en una botella escrito por Ake, un joven marinero sueco. Ake, aburrido durante sus numerosas travesías por mar, solicitaba respuesta de cualquier mujer hermosa que encontrara su carta. El padre de Paolina le entregó el mensaje, y ella respondió a Ake. Una carta llevó a la siguiente. Cuando Ake finalmente pudo viajar a Sicilia para conocerla, ambos se dieron cuenta de que estaban enamorados; se casaron poco después.

Hacia el final del artículo, había un par de párrafos dedicados a otro mensaje que había llegado a las playas de Long Island:

> En la mayoría de los mensajes enviados en una botella normalmente se solicita a la persona que lo encuentre que responda, con la esperanza de llegar a mantener correspondencia para toda la vida. Sin embargo, en ocasiones, el autor no desea respuesta alguna. El año pasado se encontró una carta semejante en una botella que ha-

bía llegado a la costa de Long Island: se trata de un conmovedor tributo a un amor perdido. En ella podía leerse: «Sin ti entre mis brazos, siento un vacío en mi alma. Me sorprendo a mí mismo buscando tu rostro entre la multitud; sé que es imposible, pero no lo puedo evitar. Mi búsqueda en pos de ti es eterna y está condenada al fracaso. Ya sé que hablamos de cómo actuaríamos si las circunstancias nos obligaban a separarnos, pero no puedo mantener la promesa que te hice aquella noche. Lo siento, mi amor, pero nunca habrá nadie que pueda reemplazarte. Las palabras que murmuré a tu oído eran un disparate y debería haberme dado cuenta en ese momento. Tú, y solo tú, has sido el único objeto de mi deseo; ahora que te has ido, no quiero encontrar a otra. "Hasta que la muerte nos separe", susurramos en la iglesia, y he llegado a creer que aquellas palabras siempre serán ciertas, hasta que por fin llegue el día en el que yo también abandone este mundo».

Theresa dejó de comer y puso el tenedor en la mesa.

«¡No puede ser!» Se encontró a sí misma mirando fijamente las palabras. «Simplemente no puede ser...»

Pero...

Pero... ¿quién podría ser, sino él?

Se enjugó la frente, consciente de que de repente le temblaban las manos. ¿Otra carta? Volvió a la portada del artículo para ver quién era su autor: el doctor Arthur Shendakin, profesor de Historia en el Boston College, lo cual significaba...

«Debe de vivir cerca de aquí.»

Se puso en pie de un salto y cogió la guía de teléfonos del estante situado al lado de la mesa del comedor. La hojeó en busca de aquel nombre. Había casi una docena de Shendakins, pero solo dos de ellos parecían poder corresponder al autor. Ambos tenían como inicial la letra «A». Antes de marcar el primer número miró el reloj. Las nueve y media. Era tarde, pero tampoco una hora intempestiva. Marcó el primer número. Respondió una mujer que la informó de que se había equivocado de número. Al colgar, se dio cuenta de que tenía la boca seca. Fue a la cocina por un vaso de agua. Dio un buen trago, respiró profundamente y volvió a coger el teléfono.

Se aseguró de que estaba marcando el número correcto y esperó a que el teléfono empezara a dar señal.

61

Un tono.

Dos.

Tres.

Al cuarto empezó a perder la esperanza, pero al quinto oyó que alguien descolgaba.

—¿Sí? —respondió un hombre. Por la voz, pensó que debía de tener unos sesenta años.

Se aclaró la voz.

—Hola, soy Theresa Osborne del *Boston Times*. ¿Es usted Arthur Shendakin?

—Sí —respondió él con un tono de sorpresa en su voz.

«Tranquila», se dijo a sí misma.

—Hola. Le llamaba porque desearía saber si se trata del mismo Arthur Shendakin que escribió un artículo publicado el año pasado en la revista *Yankee*, sobre mensajes enviados en botellas.

—Sí, soy yo. ¿Cómo puedo ayudarla?

Sentía que le sudaban las manos.

—Tengo cierta curiosidad sobre uno de los mensajes que según usted encontró en Long Island. ¿Recuerda la carta de la que le hablo?

—¿Puedo preguntarle por qué tiene tanto interés?

—Bueno —empezó a explicar Theresa—, el *Times* está pensando en la posibilidad de escribir un artículo sobre el mismo tema, y nos interesaría contar con una copia de esa carta.

Hizo una mueca de vergüenza ante su propia mentira, pero pensó que peor sería decir la verdad. Hubiera sonado fatal: «Ah, hola, estoy obsesionada con un hombre misterioso que envía mensajes en botellas y me preguntaba si no sería también el autor de la carta que usted encontró…».

—Bueno, no sé —respondió Shendakin poco a poco—. Fue precisamente esa carta la que me inspiró para escribir aquel artículo… Tendría que pensarlo.

Theresa sintió un nudo en la garganta.

—Entonces, ¿todavía tiene la carta?

—Sí. La encontré hace un par de años.

—Señor Shendakin, sé que es una petición fuera de lo normal, pero le informo de que estamos dispuestos a pagarle una pequeña suma si nos permite utilizar la carta. Y además, no necesitamos la carta original. Bastará con una copia, así que en realidad no tendrá que desprenderse de ella.

Estaba segura de que la respuesta le había sorprendido.

—¿De cuánto estamos hablando?

«No lo sé, me lo estoy inventando. ¿Cuánto quiere?»

—Estamos dispuestos a ofrecerle trescientos dólares, y, por supuesto, se le atribuirá el hallazgo de la carta.

Su interlocutor hizo una breve pausa para considerar la propuesta. Theresa insistió antes de que el hombre tuviera tiempo de negarse.

—Señor Shendakin, estoy segura de que en parte está preocupado por la posibilidad de que su artículo presente alguna semejanza con lo que el periódico pretende publicar. Le aseguro que no tendrán nada que ver. Nuestro artículo tratará, sobre todo, acerca de la dirección en la que viajan las botellas, ya sabe, las corrientes oceánicas y ese tipo de cosas. Solo queremos algunas cartas reales para ofrecer un aspecto humano a nuestros lectores.

«¿Cómo se me ha ocurrido todo esto?»

—Bueno…

—Por favor, señor Shendakin. Significaría mucho para mí.

El hombre guardó silencio por un momento.

—¿Solo una copia?

«¡Sí!»

—Sí, por supuesto. Puedo facilitarle un número de fax, o si lo prefiere puede enviarla por correo. ¿Quiere que extendamos el cheque a su nombre?

Hizo una pausa de nuevo antes de responder.

—Supongo que sí. —Por el tono de voz, parecía como si le hubieran acorralado en una esquina y no supiera cómo escapar.

—Gracias, señor Shendakin. —Antes de que pudiera cambiar de opinión, Theresa le dio el número de fax, anotó su dirección y pensó que al día siguiente le enviaría un giro postal. Si le enviaba un cheque de su cuenta personal tal vez sospecharía algo.

A la mañana siguiente, después de dejar un recado en el despacho del profesor en el Boston College en el que le informaba de que ya le había enviado el giro, se dirigió al trabajo con un torbellino en la cabeza. Que pudiera existir una tercera carta casi le hacía imposible pensar en nada más. De hecho, no tenía ninguna garantía de que el autor de la carta fuera la misma persona, pero, en caso de que así fuera, no sabía cuál sería el siguiente paso. Pensó en Garrett casi toda la noche, intentando imaginar su aspecto, qué era lo que le gustaba hacer… No podía comprender el alcance de sus sentimientos; finalmente decidió dejar que la carta determinara el rumbo de las cosas. Si no era de Garrett, acabaría con aquello de una vez por todas. No utilizaría el ordenador para dar con él, no buscaría pruebas de la existencia de otras cartas. Y en caso de que siguiera obsesionada con el tema, se desharía de las otras dos cartas. La curiosidad era positiva mientras no se apoderara de su vida. No podía permitir que tal cosa ocurriera.

Pero, por otra parte, si la carta era de Garrett…

Seguía sin saber qué era lo que haría en ese caso. En parte, tenía la esperanza de equivocarse, para no tener que tomar ninguna decisión.

Cuando llegó a su mesa, esperó deliberadamente antes de dirigirse al aparato de fax. Encendió el ordenador, llamó a dos médicos con los que tenía que hablar sobre la columna que estaba preparando e hizo un par de anotaciones sobre otros posibles temas. Cuando dio por terminadas aquellas gestiones tan poco productivas, casi se había convencido a sí misma de que el autor de la carta no sería el mismo. «Probablemente hay miles de cartas flotando en el océano —se dijo a sí misma—. Lo más seguro es que sea de otra persona.»

Cuando no se le ocurrió ninguna otra cosa que hacer, se dirigió por fin hacia el aparato de fax y empezó a examinar el montón de faxes recibidos. Todavía no habían sido clasificados. Como mínimo, había varias docenas dirigidos a distintas personas. Cuando ya había comprobado la mitad del montón, encontró uno con una portada en la que figuraba su nombre como destinataria. Había dos páginas más; al examinarlas con más detenimiento, lo primero que advirtió, al igual que en las dos cartas anteriores, fue el dibujo del velero estampado en la esquina superior derecha. Aquella carta era más corta que las anteriores, por lo que pudo leerla antes de volver a su escritorio. El último párrafo coincidía con el que Arthur Shendakin había incluido en su artículo.

25 de septiembre de 1995

Querida Catherine:

Ha pasado un mes desde que te escribí, pero me parece mucho más tiempo. La vida pasa ahora como el paisaje que veo desde la ventanilla del coche. Respiro, y como, y duermo, como siempre, pero no parece haber un objetivo importante en mi vida que requiera de mí. Simplemente me dejo llevar por los mensajes que te escribo. No sé adónde voy ni cuándo llegaré.

Ni siquiera el trabajo alivia mi dolor. Salgo a bucear por placer, o para enseñar a otros, pero, cuando regreso a la tienda, me parece vacía sin ti. Organizo el almacén y hago los pedidos, como siempre, pero a veces todavía miro por encima de mi hombro y te llamo sin darme cuenta. Mientras te escribo esta carta, me pregunto cuándo dejaré de hacerlo, si es que llega ese día.

Sin ti entre mis brazos, siento un vacío en mi alma. Me sorprendo a mí mismo buscando tu rostro entre la multitud; sé que es imposible, pero no lo puedo evitar. Mi búsqueda de ti es eterna y está condenada al fracaso. Ya sé que hablamos de cómo actuaríamos si las circunstancias nos obligaban a separarnos, pero no puedo mantener la promesa que te hice aquella noche. Lo siento, mi amor, pero nunca habrá nadie que pueda reemplazarte. Las palabras que murmuré a tu oído eran un disparate y debería haberme dado cuenta en ese momento. Tú, y solo tú, has sido el único objeto de mi deseo, y ahora que te has ido, no quiero encontrar a otra. «Hasta que la muerte nos separe», susurramos en la iglesia, y he llegado a creer que aquellas palabras siempre serán ciertas, hasta que por fin llegue el día en el que yo también abandone este mundo.

GARRETT

—Deanna, ¿tienes un momento? Necesito hablar contigo.

La mujer alzó la vista del ordenador y se quitó las gafas.

—Por supuesto. ¿Qué pasa?

Theresa puso las tres cartas sobre la mesa de Deanna sin decir una palabra. Ella las cogió una a una, boquiabierta.

—¿De dónde has sacado estas otras?

Theresa le explicó cómo las había conseguido. Cuando acabó, Deanna leyó las cartas en silencio. Theresa se sentó en la silla al otro lado de la mesa.

—Bueno —dijo, mientras dejaba a un lado la última carta—, parece ser que has estado guardando un secreto, ¿no?

Theresa se encogió de hombros. Su amiga siguió hablando.

—Pero hay algo más, aparte del hecho de que has encontrado las cartas, ¿no es cierto?

—¿Qué quieres decir?

—Quiero decir —dijo con una sonrisa traviesa— que no has entrado en mi despacho por haber encontrado estas cartas, sino porque ese tal Garrett te interesa.

Theresa abrió la boca, pasmada. Deanna se rio.

—No me mires como si estuvieras sorprendida, Theresa. No soy del todo idiota. Sabía que tenías algo entre manos durante estos últimos días. Has estado muy distraída, como si estuvieras a cientos de kilómetros de distancia. Iba a preguntarte, pero me imaginé que me lo contarías cuando estuvieras preparada para hacerlo.

—Pensé que no se me notaba tanto.

—Tal vez de cara a los demás. Pero yo te conozco desde hace demasiado tiempo como para no darme cuenta de que te pasa algo. —Volvió a sonreír—. Cuéntame, ¿qué sucede?

Theresa reflexionó un momento.

—Es muy raro. Me refiero a que no puedo dejar de pensar en él. No sé por qué. Es como si volviera a estar en el instituto y hubiera perdido la cabeza por alguien a quien todavía no conozco. Peor aún; no solo no he hablado nunca con él, sino que ni siquiera sé qué aspecto tiene. No sé nada de él. Podría ser un hombre de setenta años.

Deanna se reclinó en la silla y asintió pensativa.

—Es cierto…, pero no creo que sea tan mayor; ¿tú sí?

Theresa negó con un lento movimiento de cabeza.

—La verdad es que no.

—Yo tampoco —dijo Deanna mientras volvía a coger las cartas—. Habla de cómo se enamoraron cuando eran jóvenes, pero no dice que tuvieran hijos. Enseña buceo y escribe sobre Catherine como si hubiera estado casado durante muy poco tiempo. Dudo de que sea tan viejo.

—Eso mismo pensé yo.

—¿Quieres saber lo que opino?

—Claro que sí.

Deanna pronunció las palabras lentamente:

—Creo que deberías ir a Wilmington para intentar encontrar a Garrett.

—Pero todo parece tan... ridículo, hasta para mí...

—¿Por qué?

—Porque no sé nada de él.

—Theresa, sabes bastante más sobre Garrett que yo sobre Brian antes de conocerle. Además, no te he dicho que te cases con él, solo que intentes encontrarlo. Puede que descubras que no te gusta en absoluto, pero por lo menos así lo sabrás, ¿no te parece? Quiero decir, ¿qué hay de malo en ello?

—Y si... —Hizo una pausa, y Deanna acabó por ella la frase:

—¿Y si no es como imaginas? Theresa, puedo garantizarte que no es como tú te imaginas. Nadie lo es. Pero en mi opinión, eso no tiene nada que ver con tu decisión. Si crees que quieres saber más, ve a su encuentro. Lo peor que puede pasar es que descubras que no es el tipo de hombre que buscas. ¿Y qué harás entonces? Regresarás a Boston, pero por lo menos tendrás una respuesta. ¿Qué daño puede hacerte eso? Probablemente no será peor que la ansiedad por la que estás pasando ahora.

—¿No crees que es una locura?

Deanna negó con la cabeza, pensativa.

—Theresa, hace mucho tiempo que pienso que ya es hora de que empieces a buscar otro hombre. Tal como te dije cuando estábamos de vacaciones, mereces encontrar a otra persona con la que compartir tu vida. Pero no sé cómo acabará todo este asunto sobre Garrett. Si tuviera que apostar, diría que probablemente no conducirá a nada. Pero eso no significa que no debas intentarlo. Si toda la gente que desea hacer algo pero piensa que va a fracasar ni siquiera lo intentara, ¿dónde estaríamos ahora?

Theresa guardó silencio.

—Estás siendo demasiado lógica sobre todo esto...

Deanna hizo caso omiso de sus protestas.

—Soy mayor que tú: he pasado por muchas cosas. Una de las cosas que he aprendido en la vida es que a veces tienes que arriesgar. Y en mi opinión, en este caso el riesgo no es tan grande. Me refiero a que no vas a abandonar a tu esposo y a tu familia para ir en busca de esta persona, ni tampoco vas a dejar tu trabajo y trasladarte a la otra punta del país. Tu situación es envidiable. No tienes nada que perder, así que no exageres. Si piensas que debes ir, ve. Si no quieres ir, no lo hagas. Es así de simple, de veras. Además, Kevin no está y te quedan todavía muchos días de vacaciones este año.

Theresa empezó a retorcerse un mechón de pelo con un dedo.

—¿Y mi columna?

—No te preocupes por eso. Todavía tenemos la que escribiste y que no utilizamos porque en su lugar publicamos la carta. Y si hace falta, podemos repetir algunas de hace un par de años. La mayoría de los periódicos todavía no habían elegido tu columna por aquel entonces, así que probablemente no notarán la diferencia.

—Haces que parezca tan fácil.

—Es fácil. Lo difícil ahora es encontrarlo. Pero creo que estas cartas dan algunas pistas que pueden sernos útiles. ¿Qué me dices de hacer un par de llamadas y buscar un poco en Internet?

Ambas guardaron silencio un buen rato.

—De acuerdo —dijo Theresa por último—. Pero espero no tener que arrepentirme.

68

—Bueno —preguntó Theresa a Deanna—, ¿por dónde empezamos?

Arrastró la silla hasta el otro lado de la mesa, al lado de su amiga.

—En primer lugar —empezó a decir Deanna—, comencemos con aquello de lo que ya estamos bastante seguras. Para empezar, creo que podemos afirmar que Garrett es su verdadero nombre. Así es como firmó todas las cartas. No creo que se molestara en utilizar un nombre falso. Podría haberlo hecho si se tratara de una única carta, pero tenemos tres cartas, por lo que estoy casi segura de que se trata de su nombre de pila, o tal vez incluso de su segundo nombre. Sea como sea, le llaman así.

—Y —añadió Theresa—, probablemente vive en Wilmington o Wrightsville Beach, o en algún pueblo cercano.

Deanna asintió.

—Todas sus cartas hablan sobre el océano o de temas relacionados con él; además, lo utiliza para enviar sus mensajes en botellas. Por el tono de las cartas, parece que las escribe cuando se siente solo o cuando piensa en Catherine.

—Eso mismo creo yo. No parece mencionar ocasiones especiales en las cartas. Hablan de su vida diaria, y de lo mal que lo está pasando.

—Bien, estamos de acuerdo —dijo Deanna, asintiendo. Se estaba entusiasmando por momentos—. Menciona además un barco…

—El *Happenstance* —dijo Theresa—. La carta dice que repararon juntos el barco en el que solían salir a navegar. Así que probablemente se trata de un velero.

—Anota eso —ordenó Deanna—. Puede que podamos descubrir algo más sobre ese barco haciendo un par de llamadas desde aquí. Quizás exista un registro de barcos en el que aparezcan inscritos por su nombre. Creo que podríamos llamar al periódico local para averiguarlo. ¿Había algo más en la segunda carta?

—No se me ocurre nada. Pero en la tercera carta hay un poco más de información. Por su contenido podemos deducir dos cosas.

Deanna intervino:

—Una, que Catherine en efecto ha muerto.

—Y también que da la impresión de que es el dueño de una tienda de submarinismo en la que solía trabajar con Catherine.

—Anota eso también. Creo que podemos averiguar más cosas al respecto sin movernos de aquí. ¿Algo más?

—No lo creo.

—Bueno, para ser el principio no está mal. Puede que resulte más fácil de lo que imaginábamos. Empecemos por hacer unas cuantas llamadas.

En primer lugar, Deanna llamó al *Wilmington Journal*, el periódico local. Se identificó y preguntó si podía hablar con alguien familiarizado con el tema náutico. Después de que la pasaran de un lado a otro un par de veces, se encontró hablando con Zack Norton, que cubría la información sobre pesca deportiva y otros deportes acuáticos. Tras explicarle que deseaba saber si existía algún registro de nombres de embarcaciones, Zack le comunicó que no había nada parecido.

—Los barcos se registran con un número de identificación,

69

casi como los coches —dijo el hombre, con un acento característico, arrastrando las palabras—, pero, si sabe el nombre del propietario, podría encontrar el nombre de la embarcación en el formulario de inscripción, si es que está registrado. No es una información imprescindible, pero, de todos modos, mucha gente la incluye en el registro. —Deanna garabateó las palabras «Barcos no se registran por nombre» en el bloc de notas y se lo mostró a su amiga.

—Es un callejón sin salida —dijo Theresa en voz baja.

Deanna puso la mano sobre el auricular y susurró:

—Quizá, pero tal vez no. No te des por vencida tan fácilmente.

Tras agradecer a Zack Norton por haberle dedicado su tiempo, Deanna colgó el teléfono y repasó la lista de pistas. Reflexionó unos instantes y decidió llamar a información para pedir los números de teléfonos de las tiendas de submarinismo de la región de Wilmington. Theresa observó cómo Deanna escribía los nombres y los números de las once tiendas registradas en ese servicio.

—¿Puedo hacer algo más por usted? —preguntó el operador.

—No, gracias, ha sido de gran utilidad.

Colgó de nuevo. Theresa la miró con curiosidad.

—¿Qué vas a decir cuando cojan el teléfono?

—Voy a preguntar por Garrett.

El corazón le dio un brinco a Theresa.

—¿Así, sin más?

—Así, sin más —dijo Deanna, sonriendo mientras marcaba un número. Hizo una señal a Theresa para que escuchara la conversación en otro terminal—. Por si se pone él —añadió, y ambas esperaron en silencio a que alguien respondiera en Atlantic Adventures, el primer nombre que les habían facilitado.

Cuando por fin cogieron el teléfono, Deanna respiró hondo y preguntó con amabilidad si Garrett estaba disponible para darle algunas clases.

—Lo siento, me parece que le han dado el número equivocado —dijo una voz rápidamente.

Deanna pidió disculpas y colgó.

Las cinco llamadas siguientes tuvieron como resultado la misma respuesta. Deanna no se desanimó y marcó el siguiente número de la lista. Esperaba recibir alguna respuesta semejante, así que le sorprendió que la persona al otro lado vacilase un momento.

—¿Se refiere a Garrett Blake?

«Garrett.»

Theresa casi se cae de la silla al oír aquel nombre. Deanna respondió afirmativamente. Su interlocutor siguió hablando.

—Trabaja para Island Diving. Pero tal vez nosotros podamos ayudarla. Muy pronto empieza un nuevo curso.

Deanna se excusó rápidamente.

—No, lo siento. De veras, le prometí a Garrett que haría el curso con él. —Al colgar el teléfono, se dibujó una amplia sonrisa en su cara.

—Nos estamos acercando.

—No puedo creer que sea tan fácil…

—Si lo piensas bien, no ha sido tan fácil, Theresa. No hubiera sido posible si alguien no hubiera encontrado las demás cartas.

—¿Crees que se trata del mismo Garrett?

Deanna ladeó la cabeza mientras arqueaba una ceja.

—¿Tú no?

—Todavía no estoy segura. Tal vez.

Deanna quitó importancia a su respuesta.

—Bueno, lo descubriremos enseguida. Esto empieza a ser divertido.

Volvió a llamar a información para pedir el número del registro de embarcaciones de Wilmington.

Después de marcar el teléfono correspondiente, se presentó ante la mujer que había cogido el teléfono y preguntó si podía hablar con alguien que le confirmase cierta información.

—Mi marido y yo estábamos de vacaciones —explicó—, cuando nuestro barco tuvo una avería. Encontramos a un hombre muy amable que nos ayudó a regresar a tierra. Se llama Garrett Blake. Creo que el nombre de su velero era *Happenstance*, pero quiero asegurarme antes de escribir mi artículo.

Deanna prosiguió con su relato, impidiendo que la mujer al otro lado de la línea metiera baza. Le contó que habían pasado mucho miedo y lo mucho que había significado para ella que Garrett hubiera acudido en su ayuda. Después empezó a alabar la amabilidad de los sureños y en especial la de los habitantes de Wilmington, e insistió en que deseaba escribir un artículo sobre la hospitalidad sureña y la generosidad de los desconocidos, de modo que al final la mujer del registro estaba más que dispuesta a ayudar.

—Puesto que solo desea verificar una información y no está pidiendo ningún otro dato, estoy segura de que no habrá ningún problema. Espere un segundo.

Deanna tamborileó con los dedos sobre la mesa mientras escuchaba la música de fondo de Barry Manilow. La mujer del registro volvió a ponerse al aparato.

—Bueno, vamos a ver.

Deanna la oyó teclear algo, y después un extraño pitido. Tras unos pocos instantes, la mujer dijo las palabras que Deanna y Theresa querían oír.

—Sí, así es. Garrett Blake. Mmm... El nombre es correcto, como mínimo así consta en el registro, que también incluye el nombre de la embarcación, *Happenstance*.

Deanna agradeció efusivamente a la mujer del registro la información y le pidió su nombre, «para poder escribir sobre otra persona que era un ejemplo paradigmático de hospitalidad». Tras repetirlo para comprobar que lo había escrito correctamente, colgó el teléfono con una expresión radiante en su rostro.

—Garrett Blake —dijo con una sonrisa victoriosa—. Nuestro escritor misterioso se llama Garrett Blake.

—No puedo creer que hayas dado con él.

Deanna asintió como si hubiera logrado algo de lo que no había estado muy segura.

—Créelo. Esta anciana todavía sabe cómo encontrar información.

—Eso es cierto.

—¿Hay algo más que desees saber?

Theresa reflexionó un momento.

—¿Puedes averiguar algo más sobre Catherine?

Deanna se encogió de hombros y se preparó para su nuevo cometido.

—No lo sé, pero podemos intentarlo. Podemos llamar al periódico y preguntar si consta algo sobre ella en los archivos. Si la muerte fue accidental, puede que haya algún informe al respecto.

Deanna llamó de nuevo al periódico y preguntó por el Departamento de Documentación. Pero tras hablar con un par de personas, le comunicaron que los periódicos de los últimos años estaban archivados en microfichas y que no era fácil acceder a la información sin una fecha específica. Deanna preguntó por la persona con la que Theresa podría contactar cuando estuviera allí, en caso de que quisiera buscar la información por sí misma.

—Creo que esto es todo lo que podemos hacer desde aquí. El resto depende de ti, Theresa. Pero al menos sabes dónde puedes encontrarle.

Deanna le ofreció la nota con el nombre. Theresa vaciló. Su amiga la miró un momento y volvió a dejar la nota sobre la mesa. Volvió a descolgar el teléfono.

—¿A quién estás llamando ahora?

—A mi agencia de viajes. Necesitarás un vuelo y alojamiento.

—Todavía no he dicho que tenga intención de ir.

—Oh, sí que irás.

—¿Cómo puedes estar tan segura?

—Porque no pienso tenerte sentada sin hacer nada en la sala de redacción durante todo el próximo año preguntándote qué hubiera pasado. No trabajas bien cuando estás distraída.

—Deanna…

—No digas mi nombre con ese tono. Sabes que la curiosidad te volverá loca. Ya me está afectando a mí.

—Pero…

—Pero nada. —Hizo una breve pausa y habló con más suavidad—: Theresa, recuerda: no tienes nada que perder. Lo peor que puede pasar es que vuelvas a casa dentro de un par de días. Eso es todo. No vas en busca de una tribu de caníbales. Solo vas a averiguar si tu curiosidad estaba justificada.

Ambas guardaron silencio mientras se miraban fijamente a los ojos. Deanna tenía una leve sonrisa de suficiencia dibujada en la cara. Theresa sintió que se le aceleraba el pulso cuando se dio cuenta de lo irrevocable de la decisión. «Dios mío, voy a hacerlo. No puedo creer que vaya a seguir adelante.»

Sin embargo, hizo una última tentativa desganada de encontrar una excusa.

—Ni siquiera sé qué podría decirle si llego a conocerle…

—Estoy segura de que se te ocurrirá algo. Ahora deja que haga esta llamada. Coge tu bolso. Voy a necesitar un número de tarjeta de crédito.

73

En la cabeza de Theresa se desató un torbellino: «Garrett Blake. Wilmington. Island Diving. Happenstance». Las palabras bombardeaban su mente, como si estuviera ensayando su papel en una representación.

Abrió el último cajón de su escritorio, que estaba cerrado con llave y en el que guardaba su bolso, y se detuvo un momento antes de volver al despacho de Deanna. Pero algo se había apoderado de su voluntad, así que al final entregó a Deanna una tarjeta de crédito.

A la tarde siguiente saldría para Wilmington, en Carolina del Norte.

Deanna le dijo que podía tomarse el resto del día libre, y el siguiente también. Al salir de la oficina, Theresa se sintió como si la hubieran acorralado para obligarla a hacer algo, con una táctica parecida a la que ella había empleado con el anciano señor Shendakin.

Pero a diferencia del señor Shendakin, en su interior ella se sentía contenta de haberse dejado acorralar. Después de que el avión aterrizara al día siguiente en Wilmington, Theresa Osborne se registró en un hotel, mientras no dejaba de preguntarse adónde conduciría todo aquello.

Capítulo 5

*T*heresa se despertó temprano, como de costumbre, y se levantó para mirar por la ventana. El sol de Carolina del Norte arrojaba prismas dorados a través de la bruma matinal. Abrió la puerta del balcón para ventilar la habitación.

Ya en el baño, se quitó el pijama, abrió el grifo de la ducha y entró en ella. Pensó en lo fácil que había sido llegar hasta allí. Aún no habían pasado cuarenta y ocho horas desde que Deanna y ella se habían sentado a examinar las cartas, a hacer llamadas de teléfono y a buscar a Garrett. Cuando llegó a casa, fue a hablar con Ella, quien de nuevo aceptó cuidar a *Harvey* y recoger su correspondencia.

Al día siguiente fue a la biblioteca para informarse sobre submarinismo. Le pareció lo más lógico. Los años que había dedicado al periodismo le habían enseñado a no dar nada por supuesto, a idear un plan y a estar siempre preparada para cualquier cosa.

El plan por el que finalmente se había decidido era muy simple. Iría a Island Diving y echaría un vistazo al establecimiento, con la esperanza de poder ver a Garrett Blake. Si resultaba ser un hombre de setenta años o un estudiante de veinte, daría media vuelta y volvería a casa. Pero si su instinto no se equivocaba y era un hombre de su edad, intentaría hablar con él. Por esa razón había dedicado algo de tiempo a aprender un poco sobre submarinismo: quería dar la impresión de que sabía algo del tema. Probablemente podría averiguar más cosas sobre él si le hablaba de algún tema de su interés, sin tener que explicar demasiado de ella misma. Entonces podría evaluar mejor la situación.

¿Y después? Esa era la parte de la que no estaba tan segura. No quería decirle a Garrett la verdad desnuda, la razón por la que había ido hasta allí; parecería una locura: «Hola, leí las cartas para Catherine y, puesto que sé hasta qué punto la amabas, pensé que tal vez eres el hombre que he estado buscando». No, eso quedaba descartado. Había otra posibilidad, pero no sonaba mucho mejor: «Hola, soy del *Boston Times* y encontré tus cartas. ¿Podría escribir un artículo sobre ti?». Tampoco le parecía una buena idea, al igual que las demás ocurrencias que se le habían pasado por la cabeza.

Pero no había viajado desde tan lejos para darse por vencida a las primeras de cambio, a pesar de que no supiera qué decir. Además, tal como Deanna había dicho, si no funcionaba, simplemente regresaría a Boston.

Salió de la ducha, se secó antes de extenderse un poco de crema hidratante en los brazos y las piernas, y se puso una blusa blanca de manga corta, unos *shorts* vaqueros y unas sandalias blancas. Quería tener un aspecto informal y lo consiguió. No quería llamar la atención de buenas a primeras. Después de todo, no sabía con lo que se iba a encontrar. Quería aprovechar la oportunidad para evaluar la situación por sí misma.

Cuando estaba a punto de salir, buscó la guía de teléfonos, la hojeó y garabateó en un trozo de papel la dirección de Island Diving. Respiró profundamente y empezó a caminar por el vestíbulo del hotel. Volvió a repetirse a sí misma esa especie de mantra que habían sido las palabras de Deanna.

Hizo una primera parada en un pequeño supermercado, en el que compró un mapa de Wilmington. El dependiente le indicó el camino que debía seguir. Theresa logró no perderse, a pesar de que Wilmington era más grande de lo que había imaginado. Había tráfico en las calles, en especial en los puentes que conducían a las islas cercanas a la costa: Kure Beach, Carolina Beach y Wrightsville Beach. Eran las islas comunicadas con la ciudad mediante puentes. Al parecer, la mayor parte del tráfico se dirigía hacia allí.

Island Diving se encontraba en las proximidades del puerto deportivo. Una vez que hubo atravesado el centro de la ciudad, el tráfico parecía un poco más fluido. Cuando llegó a la calle que buscaba, redujo la marcha y buscó la tienda de submarinismo.

No estaba lejos del último cruce. Tal como esperaba, había unos cuantos coches aparcados cerca del edificio. Encontró un hueco a pocos metros de la entrada.

Se trataba de un edificio de madera antiguo, de colores desvaídos por el salitre y la brisa marina, una de cuyas fachadas daba al canal intracostero del Atlántico. Había un letrero pintado a mano colgado de dos cadenas de metal oxidadas; las ventanas polvorientas parecían haber sobrevivido a mil temporales.

Salió del coche, se apartó el cabello de la cara y se dirigió a la entrada. Se detuvo un momento antes de abrir la puerta para respirar hondo y concentrarse. A continuación, entró en la tienda esforzándose por fingir que estaba allí para comprar algo.

Echó un vistazo a la tienda, caminó por los pasillos y observó cómo los variopintos clientes examinaban algunos artículos y volvían a dejarlos en los estantes. Buscó con la mirada a alguien que pareciera trabajar allí. Lanzó miradas furtivas a todos los hombres que había en el establecimiento, preguntándose: «¿Será ese Garrett?». En su mayoría, sin embargo, parecían ser clientes.

Se dirigió hacia la parte de atrás y de pronto se encontró mirando atentamente toda una serie de artículos de periódicos y revistas, enmarcados y plastificados, expuestos justo encima de los estantes. Tras echar un rápido vistazo, se inclinó hacia delante para examinarlos más de cerca; entonces se dio cuenta de que había dado con la respuesta a su primera pregunta sobre el misterioso Garrett Blake.

Por fin sabía qué aspecto tenía.

El primero era un artículo copiado del periódico que trataba sobre submarinismo; el pie de foto simplemente decía: «Garrett Blake de Island Diving, preparando a sus alumnos para su primera inmersión en el océano».

En aquella foto, Garrett estaba ajustando las correas del arnés que sujetaba la botella de oxígeno a la espalda de un alumno; al verla comprobó que Deanna y ella no se habían equivocado en sus suposiciones. Parecía estar en la treintena, tenía la cara delgada y el pelo corto, de un tono castaño que parecía aclarado por largas horas de exposición al sol. Era unos diez centímetros más alto que el alumno y la camiseta sin mangas dejaba al descubierto los músculos bien definidos de los brazos.

La foto ampliada no era de buena calidad, por lo que no le fue posible determinar el color de los ojos, pero le pareció que la cara también estaba curtida por las horas pasadas a la intemperie. Creyó ver arrugas en el rostro, aunque también podrían deberse a que estaba entrecerrando los ojos debido al sol.

Leyó el artículo con atención, tomando nota mentalmente de los horarios de las clases y algunos detalles sobre el proceso para obtener los certificados. El segundo artículo no incluía ninguna foto, pero hablaba sobre el submarinismo dirigido a visitar pecios, afición popular en Carolina del Norte. Al parecer, había más de quinientos barcos hundidos registrados en la costa de Carolina del Norte, también llamada ahora «el cementerio del Atlántico». Debido a la barrera de islas llamada Outer Banks y a otras situadas en las proximidades de la costa, muchos barcos habían encallado allí durante siglos.

El tercer artículo, que tampoco incluía ninguna foto, versaba sobre el *Monitor*, el primer acorazado federal de la Guerra Civil. Había naufragado en las proximidades del cabo Hatteras en 1862, cuando iba rumbo a Carolina del Sur, mientras era remolcado por un barco de vapor. Al final se había descubierto la ubicación del buque hundido; entonces habían pedido a Garrett Blake y a otros buzos del Duke Marine Institute que se sumergieran en el fondo oceánico para explorar las posibilidades de sacarlo a flote.

El cuarto artículo trataba acerca del *Happenstance*. Incluía ocho fotos del velero desde distintos ángulos, tanto del interior como del exterior, que ofrecían detalles de las tareas de restauración. Descubrió que el velero era una pieza única, ya que estaba construido en su totalidad en madera y había salido de los muelles de Lisboa, en 1927. Diseñado por Herreshoff, uno de los ingenieros marítimos más destacados de la época, tenía una larga historia llena de aventuras (fue utilizado incluso en la Segunda Guerra Mundial para observar las guarniciones alemanas apostadas en las costas de Francia). Por último, llevaron el velero a Nantucket, donde lo adquirió un hombre de negocios de esa zona. Cuando Garrett Blake lo compró, hacía cuatro años, estaba muy deteriorado. Según el artículo, él y su mujer, Catherine, lo habían restaurado.

«Catherine...»

Theresa buscó la fecha en que había sido escrito el artículo. Abril de 1992. El artículo no mencionaba la muerte de Catherine. Así pues, como una de las cartas había sido encontrada hacía tres años en Norfolk, se suponía que debía de haber muerto en algún momento de 1993.

—¿Puedo ayudarla?

Theresa se dio la vuelta instintivamente hacia la voz que oyó a sus espaldas. Un hombre joven le ofreció una sonrisa; se alegró de haber visto una foto de Garrett algunos momentos antes: no era él.

—¿La he asustado? —preguntó.

Ella negó con un movimiento rápido de cabeza.

—No..., solo estaba mirando las fotos.

El joven las miró e hizo un gesto de aprobación con la cabeza.

—Es muy bonito, ¿no le parece?

—¿El qué?

—El *Happenstance*. Garrett, el propietario de la tienda, lo restauró. Es un velero fantástico. Uno de los más bonitos que he visto nunca, ahora que está terminado.

—¿Está aquí? Me refiero a Garrett.

—No, está en el muelle. No estará aquí hasta última hora de la mañana.

—Oh...

—¿Puedo ayudarla en algo? Ya sé que la tienda está un poco revuelta, pero aquí encontrará todo lo que necesita para bucear.

Negó con la cabeza.

—No, en realidad solo estaba mirando.

—De acuerdo, pero, si puedo ayudarla a buscar algo, no dude en preguntarme.

—Lo haré —dijo. El joven asintió risueño, dio media vuelta y se dirigió hacia el mostrador en la entrada de la tienda. Antes de poder reprimirse, se oyó a sí misma diciendo—: ¿Ha dicho que Garrett estaba en el muelle?

El chico se volvió de nuevo y siguió caminando de espaldas mientras respondía.

NICHOLAS SPARKS

—Sí, a un par de manzanas de aquí. En el puerto deportivo. ¿Sabe dónde está?

—Creo que pasé por delante de camino hacia aquí.

—Todavía estará allí como mínimo durante una hora, pero, como le dije, si vuelve más tarde, le encontrará en la tienda. ¿Quiere que le deje un recado?

—No, no es importante.

Pasó los tres minutos siguientes fingiendo estar interesada por diferentes artículos en los estantes, antes de salir de la tienda tras despedirse del joven.

Pero en lugar de ir al coche, se dirigió al puerto deportivo.

Cuando llegó al muelle, miró a su alrededor con la esperanza de localizar el *Happenstance*. Puesto que la inmensa mayoría de los barcos eran blancos y el que buscaba era de madera natural, lo divisó enseguida y se dirigió a la rampa de bajada del embarcadero correspondiente.

Aunque al descender por la rampa estaba nerviosa, los artículos que había leído en la tienda le habían dado un par de ideas para iniciar la conversación. Cuando le encontrara, simplemente le explicaría que después de haber leído el artículo sobre el *Happenstance*, quería ver el velero de cerca. Sonaría convincente, y esperaba que aquello diera pie a una conversación. Entonces ya se habría hecho una idea de cómo era Garrett en persona. Y después… Bueno, después ya vería.

Al acercarse al velero, sin embargo, lo primero que advirtió fue que no parecía haber nadie en él. Ni en cubierta ni tampoco en el embarcadero. Parecía, de hecho, que en toda la mañana nadie había pasado por allí. La embarcación estaba cerrada; las velas, guardadas en sus fundas. Todo parecía estar en orden. Tras buscar algún indicio de que Garrett rondara por allí, comprobó el nombre escrito en la popa del velero. Se trataba en efecto del *Happenstance*. Se apartó un mechón de la cara mientras cavilaba. Le parecía extraño que el joven de la tienda hubiera dicho que Garrett estaba allí.

En lugar de volver a la tienda enseguida, dedicó unos minutos a admirar el velero. Era hermoso, suntuoso y rico en detalles, a diferencia de las demás embarcaciones. Tenía mucho más carácter que los otros veleros amarrados a ambos lados, y supo por qué se había publicado un artículo sobre él en el periódico. De algún modo, le recordaba una versión en miniatura de los barcos piratas que había visto en las películas. Deambuló de arriba abajo durante un rato, examinándolo desde diferentes ángulos y preguntándose cuál debía de haber sido su aspecto antes de restaurarlo. En su mayor parte, parecía nuevo, pero supuso que no habían sustituido la madera en su totalidad. Probablemente la habían lijado, como pudo comprobar al acercarse al casco y observar que estaba mellado, lo cual corroboraba su teoría.

Al final decidió volver a intentarlo en Island Diving un poco más tarde. Obviamente el joven dependiente se había equivocado. Tras echar un último vistazo al velero, dio media vuelta dispuesta a irse del puerto.

Había un hombre en la rampa, a pocos metros de distancia, observándola con atención.

«Garrett...»

Bajo el sol de la mañana, su camisa presentaba un par de manchas de sudor. Era una prenda vieja a la que habían quitado las mangas y que, por tanto, dejaba al descubierto los músculos fuertes de los brazos y los antebrazos. Tenía las manos sucias, probablemente de grasa. El reloj sumergible estaba rayado, como si lo llevara desde hacía años. Vestía pantalones cortos y náuticos sin calcetines, y tenía el aspecto de ser alguien que pasaba la mayor parte de su tiempo, si no todo, cerca del océano.

La miró mientras ella daba inconscientemente un paso hacia atrás.

—¿Puedo ayudarla en algo? —preguntó mientras le ofrecía una sonrisa, pero sin acercarse a ella, como si tuviera miedo de que se sintiera intimidada.

Y así fue como se sintió cuando sus miradas se cruzaron.

Durante un instante, lo único que pudo hacer fue mirarlo fijamente. A pesar de que ya había visto una foto suya, le pareció que era aún más atractivo de lo que esperaba, aunque no hubiera sabido decir por qué. Era alto y de espaldas anchas. No era demasiado guapo. Parecía que el sol y el mar habían curtido su rostro bronceado y de rasgos marcados. Sus ojos no eran tan hipnóticos como los de David, pero había algo irresistible en su mirada. Algo muy masculino en la manera de mirarla, de pie frente a ella.

Theresa recordó su plan y respiró hondo. Señaló hacia el *Happenstance*.

—Solo estaba admirando tu barco. Es muy bonito.

Él se restregó las manos para intentar eliminar en parte el exceso de grasa y dijo educadamente:

—Gracias, muy amable.

La intensa mirada de Garrett le trajo a la mente lo que había pasado en los últimos días: el hallazgo de la botella, la curiosidad creciente, sus pesquisas, el viaje a Wilmington y, por último, su encuentro cara a cara. Abrumada, cerró los ojos y se sorprendió a sí misma luchando por no perder el control. En cierto modo, no había esperado que todo sucediera tan deprisa. De repente, tuvo miedo.

Garrett dio un tímido paso adelante.

—¿Te encuentras bien? —preguntó, preocupado.

Theresa volvió a respirar hondo para intentar relajarse y dijo:

—Sí, creo que sí. Me he mareado un poco.

—¿Estás segura?

Se pasó la mano por el cabello, avergonzada.

—Sí, ya estoy bien. De veras.

—Me alegro —dijo, y a continuación hizo una pausa como para comprobar que no le estaba mintiendo. Cuando se convenció de que ya estaba mejor, preguntó con cierta curiosidad—: ¿Nos hemos visto antes?

Theresa negó con un movimiento lento de cabeza.

—No creo.

—Entonces, ¿cómo sabías que es velero es mío?

—Oh… Vi tu foto en los artículos expuestos en la pared de la tienda, al lado de las fotos del barco —respondió ella, aliviada—. El dependiente me dijo que estarías aquí, así que pensé que podría venir a echarle un vistazo.

—¿Te dijo que estaría aquí?

Theresa hizo una pausa para recordar las palabras exactas.

—En realidad me dijo que estarías en el puerto, y yo supuse que quería decir que estarías en tu barco.

Garrett asintió.

—Estaba en el otro barco, el que utilizamos para bucear.

Un pequeño pesquero hizo sonar la sirena. Garrett se dio la vuelta para saludar al hombre que había en cubierta. Cuando el barco se hubo alejado, se volvió de nuevo hacia ella y de pronto se dio cuenta de lo guapa que era. Era mucho más atractiva de cerca de lo que había imaginado cuando la vio desde el otro lado del puerto. Bajó la mirada inconscientemente y buscó el pañuelo rojo que guardaba en el bolsillo posterior del pantalón, para secarse el sudor de la frente.

—Es un magnífico trabajo de restauración —comentó Theresa.

Sonrió con timidez mientras volvía a guardar el pañuelo.

—Gracias de nuevo.

Theresa había dirigido la mirada hacia el *Happenstance* mientras Garrett respondía. Luego se volvió hacia él.

—Sé que no es asunto mío —dijo sin darle importancia—, pero, ya que estás aquí, ¿te importaría contarme más cosas sobre tu barco?

Por su expresión, Theresa dedujo que no era la primera vez que le pedían esto.

—¿Qué te gustaría saber?

Se esforzó por adoptar un tono coloquial.

—Bueno, por ejemplo, si, como dice el artículo, estaba en tan mal estado cuando lo compraste.

—En realidad, estaba mucho peor. —Avanzó hacia el barco y fue señalando las partes del barco afectadas—. Gran parte de la madera de la proa estaba podrida; además, había unas cuantas vías de agua en los costados. Era casi un milagro que todavía estuviera a flote. Al final reemplazamos buena parte de la madera del casco y la cubierta, lijamos el resto en su totalidad; por último, volvimos a sellarlo y barnizarlo. Y eso solo en el exterior. También tuvimos que restaurar el interior, lo que nos llevó mucho más tiempo.

Aunque Theresa había advertido el uso del plural en su respuesta, decidió no hacer ningún comentario.

—Debía de suponer mucho trabajo.

Theresa sonrió al decir aquella frase. Garrett sintió un cosquilleo en su interior. «Qué guapa es», pensó.

—En efecto, pero valió la pena. Es mucho más divertido navegar en él que en otros veleros.

—¿Por qué?

—Porque las personas que lo construyeron se ganaban la vida con él, y por eso pusieron tanto esmero en su diseño. Eso hace que la navegación sea mucho más fácil.

—Supongo que navegas desde hace mucho tiempo.

—Desde que era un niño.

Theresa asintió. Tras una breve pausa, dio un paso adelante hacia el velero.

—¿Te importa?

Garrett negó con un gesto.

—Adelante.

Theresa se acercó al barco y acarició el casco. Garrett advirtió que no llevaba anillo de casada, aunque eso no quería decir nada. Sin volverse hacia él, Theresa preguntó:

—¿Qué clase de madera es?

—Caoba.

—¿En todo el barco?

—Casi todo, con excepción de los mástiles y parte del mobiliario interior.

Theresa volvió a asentir. Garrett la observó mientras caminaba a lo largo del costado del *Happenstance*. Mientras se alejaba, no pudo evitar fijarse en su figura y en la gracia con la que sus cabellos oscuros rozaban sus hombros. Pero no fue solo su aspecto lo que le llamó la atención, sino la forma de moverse. Era como si supiera exactamente qué es lo que pensaban los hombres cuando estaba a su lado. Sacudió la cabeza para pensar en otra cosa.

—¿Es cierto que lo utilizaron para espiar a los nazis durante la Segunda Guerra Mundial? —preguntó, volviéndose hacia él.

Garrett se rio por lo bajo, mientras intentaba poner en claro sus ideas.

—Eso es lo que me contó su anterior propietario, pero no sé si es cierto o si solo lo dijo para subir el precio.

—Bueno, aunque sea mentira, sigue siendo un barco muy bonito. ¿Cuánto tiempo llevó la restauración?

—Casi un año.

Atisbó por uno de los portillos, pero el interior estaba demasiado oscuro como para verlo con claridad.

—¿En qué barco salías a navegar mientras reparabas el *Happenstance*?

—No salíamos. Entre el trabajo en la tienda, las clases y las reparaciones, no nos quedaba tiempo.

—¿Sufriste síndrome de abstinencia de navegar? —preguntó con una sonrisa y, por primera vez, Garrett se dio cuenta de que estaba disfrutando de la conversación.

—Por supuesto. Pero se me pasó en cuanto acabamos las reparaciones y salimos a navegar en él.

De nuevo utilizaba el plural.

—Me lo puedo imaginar.

Theresa admiró el velero todavía durante unos instantes; después regresó al lado de Garrett. Por un momento, ambos guardaron silencio. Se preguntó si ella se daba cuenta de que la estaba mirando con el rabillo del ojo.

—Bueno —dijo al final Theresa mientras cruzaba los brazos—, seguramente ya te he hecho perder demasiado tiempo.

—No hay problema —respondió Garrett, mientras sentía que volvía a resbalarle el sudor por la frente—. Me encanta hablar de barcos.

—Me gustaría saber más. Siempre pensé que debía ser divertido.

—Hablas como si nunca hubieras salido a navegar.

Theresa se encogió de hombros.

—Pues no. Siempre quise hacerlo, pero nunca se me presentó la oportunidad.

Theresa alzó la mirada hacia él mientras hablaba; cuando sus ojos se encontraron, Garrett tuvo que sacar de nuevo el pañuelo. «Diantre, qué calor hace.» Se secó la frente y antes de poder reprimirse escuchó las palabras saliendo de sus labios:

—Bueno, si quieres probarlo, suelo salir un rato después de trabajar. Si te apetece, puedes acompañarme esta tarde.

No estaba seguro de por qué lo había dicho. Pensó que tal vez deseaba compañía femenina después de tantos años, aunque solo fuera por un rato. O quizá tenía algo que ver con el brillo de los ojos de Theresa cuando hablaba. Fuera como fuera, acababa de invitarla a navegar con él. Ya no podía echarse atrás.

Ella también parecía un poco sorprendida, pero rápidamente decidió aceptar. Después de todo, esa era la razón por la que había ido a Wilmington.

—Me encantaría —dijo—. ¿A qué hora?

Guardó el pañuelo, sintiéndose un poco incómodo por lo que acababa de hacer.

—¿Qué tal a las siete? El sol empieza a bajar a esa hora, y es el momento ideal para salir.

—Me va bien a las siete. Traeré algo de comer.

Para sorpresa de Garrett, Theresa parecía encantada y emocionada a la vez con aquella perspectiva.

—No tienes por qué hacerlo.

—Ya lo sé, pero es lo menos que puedo hacer. Después de todo, tú tampoco tenías por qué invitarme a acompañarte. ¿Te parece bien que traiga unos bocadillos?

Garrett dio un paso atrás, sintiendo de repente la necesidad de poner un poco más de espacio entre los dos.

—Sí, claro. No soy demasiado exigente.

—De acuerdo —dijo Theresa, y después hizo una pausa. Pasó el peso de su cuerpo de una pierna a otra, haciendo tiempo por si Garrett tenía algo que añadir. Pero él no dijo nada, así que Theresa inconscientemente se colocó mejor el bolso en el hombro—. Entonces, nos vemos esta tarde. ¿Quedamos aquí, en el velero?

—Aquí mismo —confirmó Garrett, y al decirlo se dio cuenta de que su voz sonaba tensa. Se aclaró la voz y sonrió levemente—. Será divertido. Te gustará.

—Estoy segura de ello. Hasta luego.

Theresa dio media vuelta y empezó a caminar por el muelle, con el pelo revuelto por el viento. Mientras se alejaba, Garrett se dio cuenta de que había olvidado algo.

—¡Eh! —exclamó.

Theresa se detuvo y se volvió para mirarle, llevándose una mano a los ojos a modo de visera.

—¿Sí?

Incluso a aquella distancia era hermosa.

Garrett avanzó un par de pasos hacia ella.

—Olvidé preguntarte cómo te llamas.

—Theresa. Theresa Osborne.

—Yo me llamo Garrett Blake.

—Muy bien, Garrett; nos vemos a las siete.

A continuación, ella se dio media vuelta y se fue con paso ligero. Garrett observó la figura que se alejaba, mientras intentaba poner en orden sus sentimientos encontrados. Por una parte, se sentía entusiasmado por lo que acababa de pasar; sin embargo, por otra, tenía la impresión de que todo aquello estaba mal. Sabía que no tenía ningún motivo para sentirse culpable, pero no podía evitarlo, por más que lo deseara.

Nunca había podido.

Capítulo 6

*E*l reloj iba a dar las siete, pero para Garrett Blake el tiempo se había detenido hacía tres años, cuando Catherine se disponía a cruzar la calle y un anciano la atropelló al perder el control del coche. De ese modo, la vida de dos familias había cambiado para siempre. Durante las siguientes semanas, la ira hacia el conductor le llevó a planear una venganza que nunca llevó a cabo, básicamente porque la pena le impedía emprender cualquier acción. No podía dormir más de tres horas, se echaba a llorar cuando veía la ropa de Catherine en el armario. Perdió casi diez kilos debido a una dieta que consistía en café y galletas saladas. El mes siguiente empezó a fumar por primera vez en su vida. También se refugió en la bebida, por las noches, cuando el dolor se tornaba tan insoportable que no se veía capaz de afrontarlo sobrio. Su padre se hizo cargo del negocio temporalmente, mientras Garrett pasaba las horas sentado en silencio en el porche de su casa, intentando imaginarse un mundo sin ella. No tenía la voluntad ni el deseo de seguir viviendo; a veces, mientras estaba sentado en el porche, anhelaba que el aire húmedo y salado se lo tragara, para no tener que enfrentarse al futuro él solo.

El hecho de que aparentemente no pudiera recordar una época en la que ella no estuviera presente lo hacía todo aún más difícil. Se conocían de toda la vida, habían ido al mismo colegio durante la infancia, en el tercer curso eran los mejores amigos; en un par de ocasiones Garrett le había regalado una tarjeta por San Valentín. Después se habían distanciado un poco; se veían en la escuela de un curso a otro. Catherine era delgada y desgarbada, la más pequeña de la clase y, aunque Garrett siempre tuvo un lugar en su corazón para ella, no se dio cuenta de que se estaba convirtiendo en una joven atractiva. No fueron a ningún baile del colegio juntos, tampoco al cine, pero después de cuatro años, durante los cuales Garrett se especializó en biología marina en la Universidad de Chapel Hill, un buen día se la encontró en Wrightsville Beach y de pronto se dio cuenta de lo tonto que había sido. Ya no era aquella chica delgaducha que recordaba, sino una mujer hermosa, con una fantástica figura que hacía que tanto hombres como mujeres volvieran la cabeza cuando pasaban por su lado. Era rubia y sus ojos contenían un misterio infinito; cuando Garrett por fin consiguió salir de su aturdimiento y preguntarle qué planes tenía esa noche, empezaron una relación que acabó en matrimonio y duró seis maravillosos años.

En su noche de bodas, a solas en la habitación del hotel iluminada únicamente por la luz de las velas, le enseñó las dos tarjetas de San Valentín que había recibido de él y profirió una carcajada cuando vio la expresión de la cara de Garrett al darse cuenta de qué se trataba. «Claro que las guardé —le susurró al oído mientras le rodeaba con sus brazos—. Era la primera vez que amaba a alguien. Amor es amor, no importa la edad, y sabía que, si te esperaba, algún día volverías a mí.»

Cuando Garrett se sorprendía a sí mismo pensando en ella, la recordaba con el aspecto de aquella noche o de la última vez que salieron a navegar. Todavía recordaba claramente aquella noche, su pelo agitado por la brisa, el rostro arrobado mientras reía a carcajadas.

—¡Mira la espuma de las olas! —exclamaba exultante de pie en la proa del barco. Sujetaba un cabo mientras se dejaba caer con el viento. Sus contornos se recortaban en el cielo rutilante.

—¡Ten cuidado! —gritó Garrett, sujetando firmemente el timón.

Se inclinó aún más, mientras volvía el rostro hacia él con una sonrisa traviesa.

—¡Lo digo en serio! —volvió a gritar Garrett.

Por un instante, tuvo la impresión de que Catherine se iba a soltar del cabo. Rápidamente abandonó el timón, pero de inmediato volvió a oír su risa mientras se volvía a incorporar. Con suma agilidad, ella regresó al timón y le rodeó con sus brazos. Le dio un beso en la oreja y susurró, juguetona:

—¿Te he puesto nervioso?

—Siempre me pones nervioso cuando haces cosas así.

—No seas gruñón —dijo bromeando—. Ahora que por fin te tengo todo para mí.

—Me tienes todas las noches.

—Pero no así —respondió mientras volvía a darle un beso. Tras echar un vistazo a su alrededor, sonrió.

—¿Por qué no arriamos las velas y echamos el ancla?

—¿Ahora?

Catherine asintió con la cabeza.

—A menos, claro está, que prefieras navegar toda la noche. —Con una mirada sutil que no ocultaba nada, abrió la cabina y desapareció en su interior. Cuatro minutos después el velero estaba firmemente anclado y él abría la puerta para unirse a ella...

90

Garrett exhaló el aire enérgicamente para deshacerse del recuerdo, como si fuera humo. Aunque recordaba todo lo que pasó aquella noche, le pareció que con el tiempo cada vez le costaba más visualizar con exactitud el aspecto de Catherine. Sus facciones habían empezado a difuminarse de forma gradual; a pesar de que era consciente de que el olvido ayuda a aliviar las penas, lo que más deseaba era volver a verla. En aquellos tres años tan solo había mirado el álbum de fotos en una ocasión, pero le había dolido tanto que se juró a sí mismo no volver a hacerlo nunca más. Ahora solo podía verla con claridad por la noche, cuando dormía. Le encantaba soñar con ella porque tenía la sensación de que seguía viva. Hablaba y se movía, y podía abrazarla, y por un momento parecía que todo estaba bien en su mundo. Pero el precio que debía pagar por sus sueños era muy caro, ya que al despertar siempre se sentía exhausto y deprimido. A veces iba a la tienda y se encerraba en la oficina durante toda la mañana para no tener que hablar con nadie.

Su padre intentaba ayudarle como buenamente podía. Él también había perdido a su mujer y sabía perfectamente por lo que estaba pasando su hijo. Garrett iba a su casa por lo menos una vez por semana, y siempre disfrutaba de su compañía. Era la única persona con la que se compenetraba, y el sentimiento era recíproco. Hacía ya un año que su padre insistía en que debía volver a salir con alguna mujer. «No está bien que siempre estés solo —le decía—, parece como si te hubieras dado por vencido.» Garrett sabía que había algo de cierto en sus palabras. Pero la verdad desnuda es que no tenía ganas de buscar a ninguna otra persona. No había estado con ninguna mujer desde que Catherine murió y, lo que era aún peor, no lo echaba de menos. Era como si una parte de él hubiera muerto. Cuando Garrett preguntó a su padre por qué debería seguir su consejo, si él tampoco se había vuelto a casar, él se limitaba a desviar la mirada. Pero entonces le dijo algo que los marcó a ambos, algo que posteriormente lamentaría haber dicho.

—¿De veras crees que podría encontrar otra mujer tan fantástica que pudiera ocupar su lugar?

Con el tiempo, Garrett volvió a trabajar en la tienda, en un esfuerzo por reanudar su vida. Se quedaba en la tienda hasta muy tarde, organizando los papeles y remodelando su oficina, simplemente porque era más fácil que volver a casa. Se dio cuenta de que, si regresaba ya entrada la noche y solo encendía unas cuantas luces, resultaba más difícil distinguir sus objetos personales y su presencia no era tan fuerte. Se acostumbró de nuevo a vivir solo, a cocinar, limpiar y hacer la colada, y empezó a cuidar del jardín, algo que solía hacer Catherine, aunque Garrett no disfrutaba de esa actividad tanto como ella.

Pese a que se sentía mejor, a la hora de guardar las cosas de Catherine no conseguía reunir las fuerzas para hacerlo. Al final su padre decidió tomarse la libertad de hacerlo. Garrett pasó un fin de semana buceando y al regresar se encontró una casa desnuda. Sin las cosas de Catherine, la casa parecía vacía; no veía ninguna razón para seguir allí. Vendió la casa al cabo de menos de un mes y se trasladó a una vivienda de menor tamaño en la playa de Carolina Beach, con la ilusión de que finalmente podría seguir adelante. Y en cierto modo lo había conseguido durante aquellos tres años.

Pero su padre no lo había encontrado todo. En una cajita que ocultaba en una rinconera, había guardado las cosas de las que no podía deshacerse: las tarjetas de San Valentín, su anillo de bodas y otros objetos que solo él podía apreciar. A altas horas de la noche, todavía le gustaba sostener aquellas cosas entre las manos. Aunque en ciertas ocasiones su padre comentara que parecía que se estaba recuperando, en esos momentos, allí tumbado, Garrett pensaba que no era así. Para él, nada volvería a ser como antes.

Garrett se dirigió al puerto deportivo con tiempo de sobra para preparar el *Happenstance*. Retiró la funda de las velas, abrió la cabina e hizo una revisión general.

Su padre había llamado justo cuando salía de casa hacia el puerto. Garrett repasó en su mente aquella conversación.

—¿Quieres venir a cenar? —había preguntado.

Garrett respondió que no podía.

—He quedado con alguien para navegar esta noche.

Su padre no dijo nada durante un instante.

—¿Una mujer? —preguntó.

Garrett le explicó de forma escueta cómo había conocido a Theresa.

—Pareces un poco nervioso por esta cita —comentó su padre.

—No, papá, no estoy nervioso. Y no es una cita. Ya te he dicho que solo vamos a navegar. Theresa dijo que no lo había probado nunca.

—¿Es guapa?

—¿Qué importa eso?

—La verdad es que nada. Pero sigue pareciéndome una cita.

—Pues no lo es.

—Si tú lo dices...

Garrett la vio acercarse por el embarcadero poco después de las siete, vestida con pantalones cortos y una camiseta roja sin mangas, con una pequeña cesta de picnic en una mano, y un suéter y una chaqueta en la otra. No parecía tan nerviosa como él. La expresión de su cara no delataba sus pensamientos mientras se acercaba. Cuando Theresa saludó con la mano, Garrett sintió unos remordimientos que le resultaban familiares. Devolvió el saludo mientras acababa de soltar los cabos. Empezó a murmurar para sí mismo, intentando poner orden a sus ideas, cuando ella llegó al barco.

—Hola —saludó alegremente—. Espero que no lleves mucho tiempo esperándome.

Se quitó los guantes mientras respondía.

—Ah, hola. No, no he estado esperando. He venido un poco antes para preparar el velero.

—¿Has acabado?

Garrett dio un vistazo a su alrededor para asegurarse.

—Creo que sí. ¿Te ayudo a subir?

Dejó a un lado los guantes y le tendió la mano. Theresa le dio sus cosas. Garrett las dejó sobre uno de los asientos que había en cubierta. Al darle la mano para ayudarla a subir, Theresa notó los callos de su piel. Una vez a bordo, Garrett retrocedió un paso para dirigirse hacia el timón.

—¿Estás lista para salir?

—Cuando quieras.

—Entonces ponte cómoda mientras saco el barco. ¿Quieres tomar algo antes de salir? Tengo refrescos en la nevera.

Declinó la invitación con un movimiento de cabeza.

—No, gracias.

Echó un vistazo a su alrededor y se sentó en una esquina. Observó cómo Garrett hacía girar la llave y oyó el ruido del motor al ponerse en marcha. A continuación, Garrett abandonó el timón para soltar los dos cabos con los que estaba amarrado el barco. El *Happenstance* poco a poco empezó a separarse del pantalán. Theresa parecía sorprendida.

—No sabía que tuviera motor.

Garrett volvió la cabeza hacia ella y respondió por encima de su hombro, alzando la voz para que pudiera oírle.

—Es un motor pequeño, justo lo necesario para poder entrar y salir del puerto. Compramos uno nuevo cuando restauramos el velero.

El *Happenstance* salió del amarre y luego del puerto deportivo. Una vez que estuvieron en aguas del canal intracostero, Garrett orientó el velero con el viento y paró el motor. Se puso los guantes y empezó a izar las velas con rapidez. La embarcación aprovechó la brisa. Con un rápido movimiento, Garrett llegó hasta donde estaba Theresa, con el cuerpo inclinado muy cerca de ella.

—Cuidado con la cabeza, la botavara te pasará por encima.

Las siguientes acciones se sucedieron frenéticamente. Theresa agachó la cabeza y comprobó que todo sucedía tal como Garrett había dicho. La botavara basculó por encima de ella, llevando consigo la vela que capturaría el viento. Cuando la vela estuvo en la posición correcta, la fijó con los cabos. Antes de que Theresa pudiera parpadear, Garrett estaba al timón, haciendo las correcciones necesarias y comprobando por encima del hombro cómo trabajaba la vela para asegurarse de que todo estaba bien. Todas aquellas maniobras no habían durado más de treinta segundos.

—No sabía que había que hacer las maniobras tan deprisa, pensaba que navegar era un deporte más relajado.

Garrett volvió a mirar por encima del hombro. Catherine solía sentarse en el mismo lugar; bajo la luz del anochecer que empezaba a proyectar sombras ilusorias, por un breve momento le pareció que era ella. Apartó aquel pensamiento y carraspeó.

—Normalmente sí, cuando navegas en mar abierto sin nadie alrededor. Pero ahora estamos en el canal intracostero y tenemos que hacer todo lo posible para fijar un rumbo lejos de las demás embarcaciones.

Garrett sujetaba el timón con firmeza. Theresa percibió que el *Happenstance* iba ganando velocidad. Se levantó de su asiento y empezó a caminar hacia Garrett. Se detuvo a su lado. Notaba la brisa en su rostro, pero le parecía insuficiente para llenar las velas.

—Bueno, creo que ya está —comentó Garrett con una sonrisa, mientras miraba a Theresa—. Ahora no creo que tengamos que hacer una bordada. A menos que cambie la dirección del viento.

Navegaban hacia la ensenada. Theresa sabía que Garrett estaba concentrado en la maniobra, así que guardó silencio de pie junto a él. Le observaba con el rabillo del ojo, las manos fuertes en el timón, balanceando su peso entre las dos piernas para guardar el equilibrio mientras el velero escoraba.

En medio del silencio, Theresa miró a su alrededor. Como la mayoría de los veleros, este también tenía dos cubiertas: la inferior, en la que se encontraban, y la superior, un metro más alta, que se extendía hasta la proa del barco. Bajo ella se encontraba la cabina del velero, con dos pequeños portillos cubiertos por una fina capa de sal que hacía imposible ver el interior. A la cabina se accedía por una puerta de tan poca altura que para entrar había que agachar la cabeza para evitar golpearse con el dintel.

Theresa se volvió hacia Garrett, intentando adivinar su edad. Debía de tener treinta y tantos, pero no podía precisar más, por muy cerca que estuviera de él. Su cara estaba curtida por el viento, lo que le confería un aspecto característico que sin duda le hacía parecer mayor de lo que era en realidad.

Volvió a pensar que no era el hombre más guapo que había visto en su vida, pero tenía un atractivo arrebatador, algo indescriptible.

Deanna la había llamado antes por teléfono; ella le había intentado describir cómo era Garrett, pero le costó mucho, porque no se parecía a la mayoría de los hombres que conocía en Boston. Le dijo que debía de tener la misma edad que ella y que era atractivo a su manera y de complexión atlética, pero de forma natural, como si sus músculos fueran simplemente el resultado de la vida que había elegido. Eso fue todo lo que pudo decirle. Después de observarle de cerca, pensó que no se había equivocado tanto.

Deanna se mostró entusiasmada cuando Theresa le dijo que saldrían a navegar aquella noche, pero a ella le había asaltado la duda inmediatamente después de hablar con su amiga. Por un momento le inquietó el hecho de estar a solas con un hombre en medio del mar, pero se autoconvenció de que sus sospechas eran infundadas. «Es como cualquier otra cita —se repitió a sí misma durante casi toda la tarde—, no le des tanta importancia.» Sin embargo, cuando llegó el momento de salir hacia el puerto, estuvo a punto de echarse atrás. Al final, decidió que tenía que hacerlo, sobre todo por ella misma, pero también porque si no le daría un disgusto tremendo a Deanna.

Cuando se acercaban a la ensenada, Garrett hizo girar la rueda del timón. El velero reaccionó y se alejó de la orilla, para adentrarse en el canal intracostero. Él miró a ambos lados, para comprobar si había otras embarcaciones, mientras enderezaba el timón. A pesar del viento cambiante, parecía tener el velero bajo control. Theresa estaba segura de que sabía exactamente lo que hacía.

Las golondrinas volaban en círculos justo por encima de ellos, mientras el velero surcaba las aguas, surfeando sobre el oleaje. Las velas restallaban cada vez que se llenaban con el viento. El velero cortaba las aguas a buena velocidad. Todo parecía estar en movimiento mientras navegaban bajo el cielo de Carolina del Norte, cada vez más oscuro.

Theresa cruzó los brazos por encima del pecho y fue a buscar la sudadera que había traído consigo. Se la puso, satisfecha de haberla cogido. El aire parecía bastante más fresco que cuando habían zarpado. El sol se ocultaba a mayor velocidad de la que ella imaginaba. La luz del ocaso reflejada en las velas proyectaba sombras por toda la cubierta.

Detrás del velero, el agua se arremolinaba y silbaba. Theresa se acercó a la popa para echar un vistazo. Observar la estela del velero era como un trance hipnótico. Para guardar el equilibrio, se agarró del pasamanos y advirtió por el tacto que todavía quedaba madera por lijar. Examinó el pasamanos con detenimiento y vio una inscripción grabada en él: «Construido en 1934. Restaurado en 1991».

Un barco más grande que pasaba a lo lejos levantó olas que les hicieron cabecear. Theresa regresó al lado de Garrett. Ahora volvía a hacer girar el timón, esta vez con más fuerza. A ella le pareció ver un atisbo de sonrisa mientras Garrett maniobraba hacia mar abierto. Le observó hasta que el velero estuvo fuera de la ensenada.

Por primera vez desde hacía una eternidad, había hecho algo de forma completamente espontánea, algo que no hubiera podido imaginar hacía menos de una semana. Y ahora no sabía qué debía esperar. ¿Y si Garrett no resultaba ser como había imaginado? De ser así, por lo menos volvería a Boston con una respuesta..., pero en ese momento deseaba no tener que volver tan pronto. Habían pasado tantas cosas...

Cuando el *Happenstance* guardaba una distancia prudencial con las demás embarcaciones, Garrett le pidió a Theresa que sujetara el timón.

—Simplemente mantenlo firme —dijo.

A continuación, volvió a corregir las velas, para lo que necesitó menos tiempo que la vez anterior. Regresó al timón y se aseguró de que el velero estaba correctamente orientado; después hizo una lazada alrededor del cabo del foque y la ató al cabrestante de la rueda, sin tensarla, dejando un par de centímetros de cuerda.

—Bueno, esto debería bastar —dijo mientras daba unos golpecitos al timón, para asegurarse de que permanecería fijo en el rumbo—. Ahora podemos sentarnos, si quieres.

—¿No tienes que sujetar el timón?

—Para eso lo he atado. A veces, si el viento cambia continuamente de dirección, no se puede abandonar el timón. Pero esta noche tenemos suerte con el tiempo. Podríamos navegar en la misma dirección durante horas.

Mientras el sol descendía lentamente tras ellos, Garrett se dirigió al lugar en el que Theresa se había sentado antes. Tras asegurarse de que no había nada en el asiento que pudiera mancharle la ropa, se sentaron en aquella esquina, ella en el costado, y él en el asiento de popa, formando un ángulo, de manera que quedaban uno frente al otro. Theresa sintió el viento en la cara, se recogió el pelo y miró hacia las aguas.

97

Garrett la observó mientras lo hacía. Era un poco más baja que él, supuso que debía medir algo más de metro setenta, tenía una cara bonita y una figura que le recordaba a la de las modelos que había visto en algunas revistas. No obstante, además de su evidente atractivo, había algo más que le había llamado la atención. Podía percibir que era inteligente y también segura de sí misma, capaz de avanzar por la vida según sus propias convicciones. Garrett le daba especial importancia a eso. Sin ellas, la belleza no valía gran cosa.

Por alguna razón, Theresa le recordaba a Catherine. Sobre todo la expresión de su rostro. Parecía como si estuviera soñando despierta mientras miraba las aguas. Garrett se dio cuenta de que su mente regresaba al último día en que navegó junto a su mujer. De nuevo se sintió culpable, pero se esforzó por dejar a un lado aquellos sentimientos. Sacudió la cabeza y se ajustó la correa del reloj con un gesto mecánico, soltándola primero, para después volver a ponerla en su posición original.

—Es realmente maravilloso —comentó Theresa por fin, mientras se volvía hacia él—. Gracias por invitarme.

Garrett se sintió aliviado cuando Theresa rompió el silencio.

—De nada. Me gusta tener compañía de vez en cuando.

Sonrió ante la respuesta, preguntándose si lo decía en serio.

—¿Sueles navegar solo?

Theresa se recostó hacia atrás mientras formulaba la pregunta, estirando las piernas por delante de él.

—Normalmente sí. Es un buen truco para desconectar del trabajo. Por muy duro que haya sido el día, en cuanto estoy aquí afuera el viento parece llevarse todo el estrés.

—¿Tan duro es bucear?

—No, el buceo es la parte divertida. Es todo lo demás. El trabajo de oficina, hablar con los clientes que anulan el curso a última hora, asegurarse de que la tienda cuenta con los suministros necesarios. Esas cosas pueden hacer que el día se haga muy largo.

—Ya entiendo. Pero te gusta tu trabajo, ¿no es así?

—Sí, no lo cambiaría por nada. —Hizo una pausa y volvió a ajustarse la correa del reloj—. Y tú, Theresa, ¿qué haces? —Esa era una de las pocas preguntas prudentes que se le habían ocurrido a lo largo del día.

—Soy columnista en el *Boston Times*.

—¿Estás aquí de vacaciones?

Theresa tardó un poco en responder.

—Podríamos decir que sí.

Garrett asintió con la cabeza, puesto que era la respuesta que esperaba.

—¿Sobre qué escribes?

Ella sonrió.

—Sobre la educación de los hijos.

Theresa advirtió una expresión de sorpresa en sus ojos, la misma que había visto en la de los otros hombres con los que había salido.

«Tal vez sea mejor acabar con esto ahora mismo», pensó para sí misma.

—Tengo un hijo —prosiguió—. Ya tiene doce años.

Garrett arqueó las cejas.

—¿Doce?

—Pareces sorprendido.

—Lo estoy. No parece que tengas edad para tener un hijo de doce años.

—Me lo tomaré como un cumplido —dijo con una sonrisa de satisfacción, sin tragarse el anzuelo. Todavía no estaba dispuesta a revelar su edad—. Pero es verdad, tiene doce años. ¿Te gustaría ver su foto?

—Claro —respondió Garrett.

Extrajo una foto de la cartera y se la entregó a Garrett, que la miró durante unos instantes antes de volver a alzar la vista hacia Theresa.

—Tiene tu tono de piel —comentó mientras le devolvía la foto—. Es un chico muy guapo.

—Gracias. —Mientras Theresa guardaba la fotografía, preguntó—: ¿Y tú? ¿Tienes hijos?

—No. —Negó con la cabeza—. No tengo hijos, al menos que yo sepa.

Theresa se rio ante la respuesta.

—¿Cómo se llama?

—Kevin.

—¿Está aquí de vacaciones contigo?

—No, está con su padre en California. Nos divorciamos hace unos cuantos años.

Garrett asintió sin emitir ningún juicio y volvió a mirar por encima del hombro hacia otro velero que navegaba a cierta distancia. Theresa también dirigió la mirada hacia el barco; en medio del silencio se percató de la paz que transmitía el océano en comparación con el canal intracostero. Ahora los únicos ruidos audibles eran el restallido de las velas flameando al viento, además del sonido del agua que el *Happenstance* apartaba al abrirse camino a través del oleaje. Pensó que sus voces también sonaban de una forma distinta en el mar. Ahí fuera adquirían pinceladas de libertad, como si el aire las pudiera llevar consigo para siempre.

—¿Te gustaría ver el resto del barco? —preguntó Garrett.

Theresa asintió.

—Me encantaría.

Garrett se puso en pie y volvió a comprobar las velas antes de dirigirse hacia la cabina del barco, seguido por Theresa. Al abrir la puerta se detuvo, abrumado de pronto por retazos de un recuerdo, largo tiempo enterrado pero que ahora parecía haber sido liberado, tal vez por la novedad de la presencia de una mujer.

99

Y

Catherine estaba sentada a la mesa con una botella de vino ya descorchada. Ante ella, un jarrón con una sola flor reflejaba la luz de una sola vela encendida. La llama oscilaba con el vaivén del barco, arrojando largas sombras en el interior del casco. En la penumbra, Garrett solo pudo vislumbrar un atisbo de sonrisa.

—Pensé que sería una bonita sorpresa —dijo ella—. Hace mucho que no comemos a la luz de las velas.

Garrett miró hacia la pequeña cocina y vio dos platos cubiertos con papel de aluminio.

—¿Cuándo has traído todo esto al barco?

—Mientras estabas trabajando.

Theresa se movió por la cabina en silencio, respetando la privacidad de sus pensamientos. En caso de haberse dado cuenta de aquel momento de vacilación, no lo había hecho patente; aunque fuera solo por eso, Garrett ya le estaba agradecido.

A la izquierda de donde se encontraba Theresa, había un banco que se extendía a lo largo del costado, de anchura y longitud suficientes como para hacer las veces de cama; justo enfrente había una mesa pequeña, para dos personas. Cerca de la puerta estaba el fregadero y un fogón, y debajo una pequeña nevera; y, justo en el lado opuesto a la entrada, otra puerta conducía al camarote dormitorio.

Garrett se apartó hacia un lado con las manos en las caderas mientras Theresa exploraba el interior, curioseándolo todo. No la siguió de cerca, como habrían hecho otros hombres, sino que la dejó hacer. Sin embargo, Theresa podía sentir su mirada, aunque Garrett intentaba disimular.

—Desde fuera no parece tan grande —dijo ella tras unos instantes.

—Lo sé. —Garrett se aclaró la voz, delatando su incomodidad—. Asombroso, ¿no crees?

—Sí que lo es. Parece que tiene todo lo que se necesita para vivir.

—Así es. Si quisiera, podría navegar hasta Europa, aunque no se lo recomiendo a nadie. Pero para mí es perfecto.

Se apartó de ella y se dirigió hacia la nevera, agachándose para sacar una lata de Coca-Cola del refrigerador.

—¿Te apetece tomar algo ahora?

—Claro —contestó Theresa, mientras pasaba las manos por las paredes, para sentir la textura de la madera.

—¿Qué te apetece? Tengo SevenUp o Coca-Cola.

—SevenUp, gracias —respondió ella.

Se incorporó y le dio el refresco. Sus dedos se rozaron al coger la lata.

—No tengo hielo a bordo, pero está fría.

—Creo que lo soportaré —contestó Theresa sonriendo.

Abrió la lata y bebió un trago antes de sentarse.

Mientras Garrett abría su refresco, la observó, pensando en todo lo que había dicho antes. Tenía un hijo de doce años… y era columnista, lo cual significaba que probablemente había ido a la universidad. Si había esperado a acabar sus estudios para casarse y tener un hijo…, debía de ser unos cuatro o cinco años mayor que él. Pero no lo parecía, eso era evidente, y tampoco actuaba como la mayoría de las mujeres de veintitantos años que conocía. Percibía en ella cierta madurez, algo que solo tenían las personas que habían experimentado los altibajos de la vida.

Aunque eso no tenía importancia.

Theresa dirigió su atención a una fotografía enmarcada colgada en la pared. En ella podía verse a un Garrett mucho más joven, de pie en un embarcadero, con un marlín que había pescado. En aquella foto, sonreía ampliamente. Aquella expresión de felicidad le recordó a Kevin cuando marcaba un tanto en un partido de fútbol.

Theresa rompió aquel repentino silencio:

—Veo que te gusta pescar. —Señaló la foto.

Él se acercó. Una vez a su lado, Theresa pudo sentir el calor que irradiaba, así como su olor a sal y a viento.

—Sí —respondió Garrett en voz baja—. Mi padre era camaronero. Podría decirse que crecí en el mar.

—¿Cuántos años tiene esta foto?

—Debe de tener unos diez años, me la hicieron justo antes de volver a la universidad para hacer el último año. Había un concurso de pesca. Mi padre y yo decidimos pasar un par de noches en la corriente del golfo, donde capturamos ese marlín a

101

unas sesenta millas de la costa. Nos llevó casi siete horas sacarlo, pues mi padre quería que aprendiera a hacerlo de la manera tradicional.

—¿Y eso qué significa?

Garrett rio por lo bajo.

—Básicamente significa que mis manos quedaron destrozadas cuando por fin lo sacamos y que al día siguiente apenas podía mover la espalda. El sedal en realidad no era lo bastante resistente para un pez de ese tamaño, así que tuvimos que dejar que el marlín siguiera nadando hasta que se cansara, para empezar a tirar de él poco a poco. Después de dejar que nadase durante un día entero hasta que estuviera tan agotado que no pudiera luchar más.

—Un poco como en *El viejo y el mar*, de Hemingway.

—Algo parecido, salvo que no me sentí como un anciano hasta el día siguiente. Mi padre, en cambio, hubiera podido interpretar ese papel en la película.

Theresa volvió a mirar la foto.

—¿El que está a tu lado es tu padre?

—Sí, es él.

—Se parece a ti —comentó Theresa.

Garrett hizo un amago de sonrisa, preguntándose si se trataba de un cumplido. Se acercó a la mesa. Theresa se sentó frente a él. Una vez sentada, preguntó:

—¿Has dicho que fuiste a la universidad?

Garrett la miró a los ojos.

—Sí, fui a la Universidad de Carolina del Norte y me especialicé en Biología Marina. No sentía interés por otras carreras. Entonces, como mi padre me había dicho que no podía volver a casa sin un título, pensé que sería mejor aprender algo que pudiera serme útil en el futuro.

—Y entonces compraste la tienda…

Negó con la cabeza.

—No, las cosas no fueron tan rápido. Después de licenciarme trabajé para el Duke Maritime Institute como especialista en submarinismo, pero no ganaba suficiente dinero. De modo que obtuve mi certificado de instructor y empecé a dar clases los fines de semana. La tienda vino unos cuantos años después. —Arqueó una ceja—. ¿Y tú?

Theresa volvió a beber un sorbo de SevenUp antes de responder.

—Mi vida no es tan emocionante como la tuya. Crecí en Omaha, Nebraska, y fui a la universidad en Brown. Después de graduarme, fui de aquí para allá y probé cosas distintas, hasta que me asenté en Boston. Llevo trabajando para el *Times* desde hace nueve años, pero como columnista no hace tanto. Antes era periodista.

—¿Te gusta tu trabajo?

Theresa reflexionó unos instantes, como si fuera la primera vez que se lo planteaba.

—Es un buen trabajo —contestó—. Estoy mucho mejor ahora que cuando empecé. Puedo ir a buscar a Kevin al colegio y tengo la libertad de escribir lo que quiera, siempre que se ajuste a la línea temática de mi columna. Además, está bastante bien pagado, así que no puedo quejarme, pero… —Volvió a hacer una pausa—. Ya no es emocionante. No me malinterpretes, me gusta lo que hago, pero a veces tengo la sensación de que siempre repito lo mismo. Aun así, no está tan mal, si no fuera porque tengo tanto trabajo con Kevin. Supongo que ahora mismo soy la típica madre que está sola y estresada, no sé si me entiendes.

Garrett asintió comprensivo y habló en voz baja.

—Las cosas a menudo no salen como imaginábamos, ¿no te parece?

—Sí, supongo que así es —respondió ella, mientras alzaba la vista para mirarle. Por la expresión en su rostro, Theresa pensó que tal vez Garrett acababa de decir algo que no solía confesarle a nadie. Sonrió y se inclinó hacia él—. ¿Tienes hambre? He traído algo para comer.

—Cuando tú quieras.

—Espero que te gusten los sándwiches y las ensaladas. Es lo único que se me ocurrió que no se puede estropear.

—Seguramente será bastante mejor de lo que hubiera cenado esta noche de estar solo. Es probable que solo hubiera comido una hamburguesa antes de salir. ¿Prefieres comer aquí o en cubierta?

—Arriba, en cubierta.

Abandonaron la cabina llevando consigo las latas de refresco. Al salir, Garrett descolgó un chubasquero de un gancho situado cerca de la puerta e hizo señas a Theresa para que no le esperara.

—Dame un minuto para echar el ancla —dijo—, así podremos comer sin tener que estar pendientes del velero a cada rato.

Theresa volvió a sentarse y abrió la cesta que había traído. En el horizonte, el sol se escondía detrás de una muralla de enormes cúmulos. Sacó un par de sándwiches envueltos en celofán y unos recipientes de plástico que contenían ensalada de repollo y de patatas.

Vio que Garrett dejaba a un lado el impermeable y arriaba las velas, de forma que el velero redujo la marcha casi de inmediato. Mientras trabajaba, Theresa solo veía su espalda. Volvió a fijarse en la fortaleza de su cuerpo. Desde el lugar en el que se encontraba, los músculos de los hombros ahora le parecían mucho más imponentes, resaltados por la estrecha cintura. No podía creer que realmente estuviera navegando con aquel hombre, cuando hacía tan solo dos días todavía estaba en Boston. De algún modo, todo aquello parecía irreal.

Mientras Garrett trabajaba, Theresa alzó la vista. La brisa había arreciado, se notaba el descenso de las temperaturas y el cielo se oscurecía poco a poco.

Cuando el velero se hubo detenido, Garrett echó el ancla. Esperó unos minutos, para asegurarse de que estaba fija; cuando le pareció que todo estaba bien, tomó asiento al lado de Theresa.

—Me gustaría poder ayudarte —dijo Theresa con una sonrisa.

Ella se echó el pelo hacia atrás, por encima del hombro, tal como solía hacer Catherine. Garrett se quedó en silencio.

—¿Todo bien? —preguntó Theresa.

Garrett asintió, aunque volvía a sentirse incómodo.

—Ahora mismo sí. Pero estaba pensando que, si el viento sigue aumentando, tendremos que hacer varios bordos para volver.

Theresa sirvió en un plato un poco de ensalada de patatas y de repollo, junto a un sándwich, y se lo ofreció a Garrett. Se dio cuenta de que se había sentado más cerca de ella.

—¿Eso quiere decir que tardaremos más en regresar?

Garrett cogió uno de los tenedores de plástico y empezó a comer la ensalada de repollo. Tardó un poco en responder.

—Un poco más, pero no supondrá un problema, a menos

que el viento amaine por completo. En ese caso, tendremos que esperar.

—Supongo que eso ya te ha pasado antes.

Garrett asintió con la cabeza.

—Una o dos veces. No es lo habitual, pero puede suceder.

Theresa parecía confusa.

—¿Y por qué es tan poco habitual? No siempre hay viento.

—En el océano normalmente sí.

—¿Por qué?

Garrett sonrió divertido y dejó el sándwich en el plato.

—El caso es que los vientos se producen por las diferencias de temperatura, cuando el aire caliente sube y empuja el aire más frío. En el océano, para que no haya viento, la temperatura del aire debe ser exactamente la misma que la del agua en varias millas a la redonda. En estas latitudes, el aire suele ser cálido durante el día, pero en cuanto empieza a ponerse el sol, la temperatura baja enseguida. Por esa razón, la mejor hora para salir es al anochecer, ya que la temperatura cambia constantemente y ofrece las mejores condiciones para navegar.

—¿Qué pasa si el viento deja de soplar?

—Las velas empiezan a flamear; entonces, al no inflarse, el barco al final se detiene. No se puede hacer nada para volver a ponerlo en marcha.

—¿Y dices que ya te ha pasado antes?

Garrett asintió.

—¿Y qué hiciste entonces?

—Nada. Me relajé y disfruté de la tranquilidad. En ningún momento estuve en peligro, y sabía que el aire no tardaría en volver a enfriarse. De modo que me limité a esperar. Después de una hora, más o menos, empezó a soplar la brisa y pude regresar a puerto.

—Lo dices como si al final hubiera acabado siendo un día agradable.

—Lo fue. —Esquivó la mirada penetrante de Theresa y fijó la vista en la puerta de la cabina. Tras una breve pausa añadió, casi como si estuviera hablando consigo mismo—: Uno de los mejores.

Υ

Catherine se acomodó en el banco de forma que Garrett tuviera sitio para sentarse.

—Ven y siéntate conmigo.

Garrett cerró la puerta de la cabina y fue hacia ella.

—Es el mejor día que hemos pasado juntos desde hace algún tiempo —dijo ella en voz baja—. Tengo la sensación de que los dos hemos estado muy ocupados últimamente y…, no sé… —Su voz se fue apagando—. Solo quería hacer algo especial contigo.

Mientras hablaba, Garrett pensó que su mujer tenía la misma expresión de ternura que en su noche de bodas.

Garrett se sentó a su lado y sirvió el vino.

—Lo siento, he estado muy ocupado últimamente en la tienda —dijo en voz baja—. Te quiero, ya lo sabes.

—Lo sé. —Ella sonrió y le tomó la mano.

—Te prometo que eso cambiará.

Catherine asintió, mientras cogía su copa de vino.

—No hablemos de eso. Ahora solo quiero que disfrutemos de nosotros dos. Sin distracciones.

—¿Garrett?

Sobresaltado, miró a Theresa.

—Lo siento… —empezó a decir.

—¿Estás bien? —Ella le miró fijamente, con una mezcla de preocupación y perplejidad en la mirada.

—Estoy bien… Solo me estaba acordando de un asunto del que tengo que ocuparme —improvisó—. No importa —continuó enderezándose y entrelazando las manos sobre una rodilla—, basta ya de hablar de mí. Si no te molesta, Theresa…, cuéntame cosas de ti.

Sorprendida y sin estar muy segura de qué era lo que quería saber exactamente, empezó desde el principio, destacando los aspectos básicos con un poco más de detalle, su educación, su trabajo, sus aficiones. Pero sobre todo le habló de Kevin, de lo maravilloso que era y de lo mal que se sentía por no poder pasar más tiempo con él.

Garrett la escuchaba en silencio. Cuando Theresa dejó de hablar, él le preguntó:

—¿Y dices que estuviste casada?

Ella asintió.

—Durante ocho años. Pero David, así se llama mi exmarido, aparentemente perdió el interés en la relación, por alguna razón..., y acabó teniendo una aventura. No pude soportarlo.

—Yo tampoco podría —dijo Garrett con voz suave—, pero eso no es ningún consuelo.

—No, no lo es. —Theresa hizo una pausa y bebió un trago de refresco—. Pero nos llevamos bien, a pesar de todo. Es un buen padre para Kevin. Eso es lo único que me interesa.

Notaron cómo el casco se balanceaba con una ola de gran tamaño. Garrett comprobó que el ancla seguía fija. Al regresar al lado de Theresa, ella le preguntó:

—Tu turno. Háblame de ti.

Garrett también empezó desde el principio: le habló de su infancia en Wilmington, como hijo único. Le contó que su madre murió cuando él tenía doce años y que su padre pasaba casi todo el tiempo en el barco, hasta cierto punto podría decirse que creció en el mar. Le habló de sus días en la universidad, aunque omitió algunos episodios alocados que podrían dar una imagen engañosa de su persona. Describió los inicios en la tienda y cómo era un día típico en su vida. Curiosamente, no mencionó a Catherine, lo cual la sorprendió.

Mientras hablaban, se había hecho la oscuridad. La niebla había empezado a rodearlos. El barco se mecía suavemente con las olas. Todo el conjunto creaba un ambiente íntimo. El aire fresco, la brisa en la cara y el suave movimiento del barco, todo aquello conspiró para que su anterior nerviosismo se disipara.

Posteriormente, Theresa intentaría recordar la última vez que se había sentido así en una cita. En ningún momento se sintió presionada por Garrett para volver a verse, ni tampoco le pareció que él esperara algo más de aquella noche. La mayoría de los hombres que había conocido en Boston parecían tener en común una actitud, según la cual creían ser merecedores de algo más por el simple hecho de haber dejado de lado sus asuntos para pasar una noche agradable. Era una actitud adolescente y, sin embargo, típica. Le encantó que esta vez fuera diferente.

Cuando llegaron a un alto en la conversación, Garrett se reclinó y se pasó las manos por el cabello. Cerró los ojos como si

107

estuviera saboreando aquellos momentos en silencio. Entre tanto, Theresa volvió a guardar cuidadosamente los platos usados y las servilletas en la cesta, para que no fueran a parar al mar debido al viento. En un momento dado, Garrett salió de su trance y se puso en pie.

—Creo que ha llegado la hora de volver —dijo, casi como si le diera lástima que la salida llegara a su fin.

Pocos minutos después, el velero ya estaba en movimiento. Theresa advirtió que el viento era mucho más fuerte que antes. Garrett estaba de pie al timón y mantenía fijo el rumbo del *Happenstance*. Ella permanecía de pie a su lado, apoyada en el pasamanos, repitiendo la conversación una y otra vez en su cabeza. Ninguno de ellos habló durante un buen rato. Garrett empezó a preguntarse por qué se sentía tan turbado.

La última vez que habían navegado juntos, Catherine y Garrett hablaron tranquilamente durante horas, mientras disfrutaban de la cena y el vino. El mar estaba en calma, y el suave vaivén del oleaje, tan familiar, resultaba reconfortante.

Un poco más avanzada la noche, después de hacer el amor, Catherine estaba tumbada al lado de Garrett y le acariciaba el pecho con los dedos, sin decir nada.

—¿En qué estás pensando? —preguntó él finalmente.

—Solo en que nunca creí que pudiera amar a alguien tanto como a ti —susurró.

Él le acarició a su vez las mejillas. Los ojos de Catherine estaban fijos en los suyos.

—Yo tampoco imaginaba que fuera posible —respondió suavemente—. No sé qué haría sin ti.

—Quiero que me prometas algo.

—Lo que quieras.

—Si me pasa cualquier cosa, prométeme que encontrarás a otra persona.

—No creo que pudiera amar a otra persona que no seas tú.

—Simplemente prométemelo, ¿de acuerdo?

Tardó un poco en contestar.

—De acuerdo. Si eso te hace feliz, te lo prometo.

Garrett sonrió con ternura.

Catherine se acurrucó a su lado.

—Soy feliz, Garrett.

Cuando finalmente aquel recuerdo se desvaneció, Garrett se aclaró la voz y rozó el brazo de Theresa para llamar su atención. Señaló hacia el cielo.

—Mira —dijo por fin, esforzándose por dotar la conversación de un tono neutral—. Antes de que existieran los sextantes y las brújulas, los navegantes recurrían a las estrellas para orientarse. Allí puedes ver la estrella polar, que siempre señala hacia el norte.

Theresa alzó la vista al cielo.

—¿Cómo sabes de qué estrella se trata?

—Se utilizan otras estrellas como referencia. ¿Ves el carro?

—Sí.

—Si trazas una línea recta desde las dos estrellas en la parte posterior, llegarás a la estrella polar.

Theresa observó a Garrett mientras este señalaba las estrellas de las que hablaba. Pensó en él y en las cosas que le interesaban: navegar, bucear, pescar, orientarse con las estrellas; cualquier cosa que tuviera que ver con el mar. Aunque también se trataba de actividades que le permitían estar a solas durante horas.

Garrett estiró un brazo para hacerse con el chubasquero azul marino que antes había dejado cerca del timón y se lo puso.

—Los fenicios probablemente fueron los primeros grandes exploradores del océano de la historia. Ya en el año 600 a. C. afirmaban haber costeado el continente africano, pero nadie lo creyó, pues dijeron que la estrella del norte había desaparecido a mitad del viaje. Y en efecto así había sido.

—¿Por qué?

—Porque pasaron al hemisferio sur. Y por eso hoy en día los historiadores saben que realmente ellos fueron los primeros. Nadie había visto algo parecido antes, o por lo menos no existe ningún registro histórico de ello. Pasaron casi dos mil años antes de que se confirmara que tenían razón.

Theresa escuchaba, imaginando tan largo viaje. Se preguntaba por qué nunca había aprendido cosas semejantes cuando era niña. Sentía una gran curiosidad por aquel hombre con una infancia tan distinta a la suya. Y de pronto supo por qué Catherine se había enamorado de él. No era especialmente atractivo, ni ambicioso, ni encantador. Garrett tenía un poco de todo eso, pero lo más destacable es que parecía vivir según su propia filosofía. Había algo misterioso y distinto a los demás en la forma en que actuaba, algo muy masculino y que hacía que no se pareciera a ninguna otra persona que hubiera conocido antes.

Garrett la miró de soslayo al ver que Theresa guardaba silencio, y de nuevo se dio cuenta de lo guapa que era. En la oscuridad, su tez pálida parecía casi etérea. Se sorprendió a sí mismo imaginando que acariciaba con los dedos el contorno de sus mejillas. Entonces, sacudiendo la cabeza, intentó olvidar aquella idea.

Pero no pudo. La brisa revolvía los cabellos de Theresa. A él se le hizo un nudo en el estómago. ¿Cuánto tiempo había pasado desde la última vez que había sentido aquello? Seguramente demasiado. Pero no podía ni deseaba hacer nada al respecto. Fue consciente de ello al observarla. No se trataba del momento, ni del lugar..., ni tampoco de si esa persona era la adecuada o no. En lo más profundo de su ser, se preguntó si algún día volvería a tener una vida normal, a parecerle que algo de eso estaba bien.

—Espero no estar aburriéndote —dijo por último, con una serenidad forzada—. Siempre me han interesado esta clase de historias.

Theresa le miró y sonrió.

—No, en absoluto. Me ha gustado la historia. Solo estaba imaginándome por lo que debieron pasar aquellos hombres. No es fácil aventurarse en algo totalmente desconocido.

—No, no lo es —respondió Garrett, con la sensación de que Theresa le había leído el pensamiento.

Las luces de la costa parecían titilar en la niebla cada vez más espesa. El *Happenstance* cabeceaba suavemente con el oleaje a medida que se aproximaban a la ensenada. Theresa miró por encima del hombro para localizar los objetos que había traído consigo. El viento había arrojado la chaqueta a la esquina próxima a la cabina. Tomó nota, para no olvidarla cuando llegasen al puerto deportivo.

Aunque Garrett había dicho que solía navegar solo, se preguntó si habría llevado a alguien más aparte de Catherine. Y en caso contrario, ¿qué podía significar eso? Era consciente de que él la había observado continuamente, aunque siempre con discreción. Pero aunque hubiera demostrado sentir curiosidad acerca de ella, no parecía dispuesto a mostrar sus sentimientos. No había intentado sonsacarle más información de la que ella había querido darle y no le había preguntado si tenía una relación con alguien. No había hecho nada aquella noche que pudiera interpretarse como algo más que simple interés.

Garrett accionó un interruptor y se encendieron unas cuantas luces en el perímetro del velero. No tenían la suficiente intensidad para poder verse con claridad, pero sí para que los demás barcos los vieran acercarse. Garrett señaló hacia un punto oscuro en la costa.

—La entrada está ahí, entre las luces —dijo mientras hacía girar la rueda en aquella dirección. Las velas flamearon y la botavara osciló para después volver a su posición original.

—Bueno —dijo Garrett finalmente—, ¿te ha gustado tu primera salida en barco?

—Sí, ha sido fantástico.

—Me alegro. No hemos cruzado el ecuador, pero hoy no podíamos ir más lejos.

Permanecieron en silencio, de pie, uno al lado del otro, aparentemente cada uno sumido en sus pensamientos. Otro velero que también regresaba al puerto deportivo apareció en medio de la oscuridad a un cuarto de milla de distancia. Garrett lo esquivó. Escudriñó a babor y a estribor, para asegurarse de que no había otras embarcaciones a la vista. Theresa advirtió que ya no podía verse el horizonte debido a la niebla.

Ella se volvió hacia él y se dio cuenta de que el viento le había despeinado. El chubasquero le llegaba hasta la mitad del muslo, desabrochado. Estaba muy deteriorado, como si hiciera años que lo usaba. Le hacía parecer más alto de lo que era. Pensó que recordaría esa imagen de él para siempre, así como la primera vez que lo vio.

Mientras se acercaban a la costa, a Theresa de repente le asaltó la duda de si volverían a verse. En breve estarían de regreso en el muelle y se despedirían. No estaba segura de que Garrett fuera a preguntarle si quería volver a acompañarle, y no se-

111

ría ella quien lo propusiera. Por alguna razón, no le parecía el modo correcto de proceder.

Se abrieron camino hacia la bocana y pusieron rumbo al puerto deportivo. Garrett navegó de nuevo justo por el centro del canal. Theresa advirtió la presencia de toda una serie de señales triangulares que jalonaban la entrada. Él siguió navegando a vela aproximadamente hasta el mismo lugar en el que las había izado al salir; al llegar a ese punto las arrió con la misma eficacia de la que había hecho gala durante toda la noche. El motor arrancó. Al cabo de pocos minutos dejaron atrás los barcos que habían estado atracados toda la noche. Al llegar al amarre, Theresa permaneció en pie en cubierta mientras Garrett saltaba al embarcadero y fijaba las amarras del *Happenstance*.

Ella fue hacia la popa para coger la cesta y la chaqueta. De pronto se detuvo. Caviló durante un instante y cogió la cesta, pero no la chaqueta, que escondió parcialmente bajo el cojín del banco con la mano que le quedaba libre. Cuando Garrett le preguntó si todo estaba en orden, ella carraspeó y dijo:

—Claro, solo estoy recogiendo mis cosas.

A continuación, fue hacia el costado del barco. Él le tendió una mano para ayudarla a bajar. Theresa volvió a sentir la fortaleza de aquella mano y abandonó el *Happenstance* para poner pie en tierra.

Se miraron fijamente durante unos instantes, como si estuvieran pensando qué es lo que pasaría a continuación, hasta que por fin Garrett señaló hacia el barco.

—Tengo que acabar de recogerlo todo, y me va a llevar un rato.

Theresa asintió.

—Ya me lo imaginaba.

—¿Puedo acompañarte al coche?

—Claro —dijo Theresa, y empezaron a caminar por el puerto deportivo hasta llegar al coche de alquiler.

Garrett esperó mientras Theresa buscaba las llaves en la cesta. Cuando las encontró, abrió la puerta del coche.

—Me lo he pasado muy bien esta noche, pero eso ya te lo he dicho antes —comentó.

—Yo también.

—Deberías llevar a navegar a otras personas. Estoy segura de que disfrutarían tanto como yo.

—Me lo pensaré —respondió él tras sonreír.

Sus miradas se encontraron. Por un momento Garrett vio a Catherine en la oscuridad.

—Será mejor que regrese al barco —añadió enseguida, sintiéndose un poco incómodo—. Mañana tengo que madrugar.

Theresa asintió. Garrett le tendió la mano, sin saber muy bien cómo despedirse.

—Me ha gustado conocerte, Theresa. Espero que disfrutes del resto de tus vacaciones.

A ella se le antojó un tanto extraño darle la mano después de la noche que acababan de pasar juntos, pero le habría sorprendido aún más que se despidiera de otro modo.

—Gracias por todo, Garrett. A mí también me ha gustado mucho conocerte.

Theresa ocupó su asiento tras el volante y encendió el motor. Garrett cerró la puerta y esperó a que el automóvil se pusiera en marcha. Le sonrió por última vez y miró por el retrovisor para salir marcha atrás. Él la saludó mientras el coche se alejaba y esperó a que este saliera del puerto deportivo. Después dio media vuelta y volvió al embarcadero, preguntándose por qué se sentía tan inquieto.

Veinte minutos después, cuando Garrett estaba cerrando el *Happenstance*, Theresa abría la puerta de la habitación del hotel. En cuanto entró en la habitación, dejó todas las cosas encima de la cama y fue hacia el baño. Se refrescó la cara con agua fría y se lavó los dientes antes de desvestirse. Una vez tumbada en la cama, todavía con la luz de la mesilla encendida, cerró los ojos y pensó en Garrett.

David hubiera actuado de forma muy distinta, de haber sido él quien la hubiera llevado a navegar. Habría preparado aquella noche de forma que todo encajara con la encantadora imagen que deseaba proyectar: «Casualmente tengo un poco de vino, ¿te apetece tomar una copa?». A buen seguro habría hablado bastante más sobre sí mismo, pero de forma sutil; David era consciente de lo fina que era la línea que separaba la seguridad en uno mismo de la arrogancia, y se habría asegurado de no cruzarla tan rápido. Con el tiempo, una se daba cuenta de que todo formaba parte de un plan perfectamente diseñado para causar la mejor impresión. Pero Garrett era distinto. Theresa supo reconocer de inmediato que no estaba actuando; su forma de comportarse destilaba sinceridad, y eso era lo que había despertado su curiosidad. Sin embargo, seguía preguntándose si había hecho lo correcto. Todavía no estaba segura de ello. Se sentía un tanto manipuladora respecto a sus acciones; no le gustaba esa manera de actuar.

Pero ya estaba hecho. Había tomado una decisión y no había vuelta atrás. Apagó la luz. Cuando sus ojos se acostumbraron a la oscuridad, miró hacia el espacio libre entre las cortinas a medio descorrer. La luna creciente por fin estaba en el cielo y arrojaba un tímido haz de luz sobre la cama. Se quedó mirándola fijamente, como hipnotizada, hasta que su cuerpo por fin se relajó y sus ojos se cerraron.

Capítulo 7

—Y después, ¿qué pasó?

Jeb Blake cogió bien su taza de café, mientras formulaba aquella pregunta con voz ronca. Tenía casi setenta años, era alto y enjuto, casi demasiado delgado, y numerosas arrugas surcaban su rostro. Sus escasos cabellos eran casi blancos: en el cuello le sobresalía la nuez como una ciruela. Los brazos presentaban tatuajes y cicatrices, además de multitud de manchas producidas por el sol. Los nudillos parecían estar permanentemente hinchados por tantos años de desgaste debido a su trabajo como camaronero. De no haber sido por sus ojos, cualquiera hubiera podido pensar que era una persona débil y enferma, pero eso no se ajustaba a la realidad. Seguía trabajando casi cada día, aunque ahora solo media jornada. Salía de casa antes del amanecer y volvía hacia mediodía.

—No pasó nada. Subió al coche y se fue.

Jeb empezó a liar el primero de la docena de cigarrillos que solía fumar al día, mientras miraba fijamente a su hijo. Durante muchos años, el doctor le había repetido que el tabaco le mataría, pero, desde que este murió de un ataque al corazón a los sesenta años, su paciente mostraba cierto escepticismo respecto a los consejos médicos. Tal como lo conocía, Garrett suponía que su padre probablemente le sobreviviría.

—Bueno, entonces ha sido una pérdida de tiempo, ¿no?

A Garrett le sorprendió la crudeza de sus palabras.

—No, no lo fue. Anoche me lo pasé muy bien. Tuvimos una agradable conversación. Disfruté de su compañía.

—Pero no vas a volver a verla.

Garrett bebió un trago de café y negó con la cabeza.

—No creo. Ya te lo he dicho, solo está aquí de vacaciones.

—¿Por cuánto tiempo?

—No lo sé. No se lo pregunté.

—¿Por qué?

Garrett añadió un poco más de crema de leche al café.

—¿Por qué muestras tanto interés? Salí a navegar con alguien y lo pasamos bien. No hay mucho más que añadir.

—Seguro que sí.

—Como por ejemplo...

—Si te gustó lo bastante como para empezar a salir con otras mujeres.

Garrett removió el café con la cuchara, mientras pensaba: «De modo que se trataba de eso». A pesar de que ya se había acostumbrado a los interrogatorios de su padre, aquella mañana no estaba de humor para discutir sobre el tema de siempre.

—Papá, ya hemos hablado de eso.

—Lo sé, pero estoy preocupado por ti. Últimamente pasas demasiado tiempo solo.

—No es cierto.

—Sí lo es —contravino su padre con un tono sorprendentemente amable.

—No quiero discutir contigo sobre esto, papá.

—Yo tampoco. Ya lo he intentado y no funciona. —Jeb sonrió y tras una breve pausa hizo otro intento—. Dime, ¿cómo es esa tal Theresa?

Garrett reflexionó durante un instante. Muy a su pesar, la noche anterior había pasado mucho tiempo pensando en ella antes de dormirse.

—¿Theresa? Es atractiva e inteligente. Y tiene un encanto muy especial.

—¿Está soltera?

—Creo que sí. Está divorciada, y no creo que hubiera venido de haber estado saliendo con otro.

Jeb estudió la expresión en el rostro de Garrett atentamente mientras este respondía, y después volvió a hacer un gesto de acercamiento por encima de la taza de café.

—Me parece que te gustó, ¿no es así?

La mirada de Garrett se cruzó con la de su padre. Sabía que no podía ocultarle nada.

—Sí. Pero como ya te he dicho, seguramente no volveré a verla. No sé dónde se aloja. Por lo poco que sé, tal vez se vaya hoy mismo.

Su padre le observó en silencio durante unos instantes, antes de formular con cautela su siguiente pregunta.

—Pero si todavía estuviera aquí, y tú supieras donde se hospeda, ¿crees que intentarías volver a verla?

Garrett apartó la vista sin responder. Jeb alargó un brazo por encima de la mesa, para coger la mano de su hijo. A pesar de sus setenta años, las manos seguían siendo fuertes. Garrett se dio cuenta de que le apretaba con la fuerza estrictamente necesaria para llamar su atención.

—Hijo, han pasado tres años. Sé que la querías, pero ya va siendo hora de dejar a un lado su recuerdo. Estoy seguro de que tú también lo sabes. Tienes que ser capaz de seguir con tu vida.

Garrett tardó un poco en contestar.

—Lo sé, papá. Pero no es tan fácil.

—Ninguna de las cosas que valen la pena en esta vida son fáciles. Tenlo en cuenta.

Pocos minutos después acabaron de tomar el café. Garrett dejó un par de dólares sobre la mesa y salió de la cafetería detrás de su padre. Subió a su furgoneta y se fueron. Cuando por fin llegó a la tienda, multitud de pensamientos se agolpaban en su cabeza. Incapaz de concentrarse en el papeleo que tenía pendiente, decidió volver al puerto para terminar con la reparación de un motor que había comenzado el día anterior. A pesar de que no podía dejar algunos asuntos de la tienda para otro día, en aquellos momentos necesitaba estar solo.

Garrett sacó la caja de herramientas de la parte trasera de la furgoneta y la llevó al barco que utilizaban para las clases de submarinismo. Un viejo Boston Whaler, lo suficientemente grande como para llevar hasta ocho alumnos y el equipo necesario para las inmersiones.

La reparación del motor no era difícil, pero requería tiempo, aunque había conseguido avanzar bastante el día anterior. Mientras retiraba la protección del motor, pensó en la conversación que había mantenido con su padre. Era evidente que tenía razón. No había ningún motivo para seguir sintiéndose de aquel modo; al fin y al cabo solo tenía que rendir cuentas a Dios. Pero no sabía cómo evitar los remordimientos. Catherine lo había sido todo para él. Tan solo una mirada, y de repente a Garrett le parecía que todo iba bien. Y cuando sonreía... Dios mío, todavía no había encontrado a nadie que sonriera de ese modo. Era injusto, tener a alguien así y que se la hubieran arrebatado. Y no solo le parecía injusto, sino también perverso. ¿Por qué ella, de entre todas las personas en el mundo? ¿Y por qué él? Durante meses había pasado las noches en vela, diciéndose «Y si...». ¿Y si ella se hubiera detenido tan solo un segundo antes de cruzar la calle? ¿Y si hubieran dedicado un poco más de tiempo a desayunar? ¿Y si él la hubiera acompañado aquella mañana en lugar de ir directamente a la tienda? Miles de suposiciones; sin embargo, seguía igual de confuso que cuando sucedió.

118   Intentó concentrarse en su tarea para apartar aquellos pensamientos. Desatornilló las tuercas que sujetaban el carburador y lo separó del motor. Empezó a desmontarlo cuidadosamente, para asegurarse de que no había ninguna pieza desgastada. No creía que esa fuera la causa del problema, pero quería comprobarlo, y para ello tenía que examinarlo de cerca.

Mientras trabajaba, el sol seguía subiendo; en un momento dado, tuvo que empezar a enjugarse el sudor que le perlaba la frente. Recordó que el día anterior, hacia esa misma hora, había visto a Theresa caminar por el muelle hacia el *Happenstance*. Había advertido su presencia enseguida, aunque solo fuera porque iba sola. Casi nunca se veía a mujeres como ella caminando solas por el muelle. Solían ir en compañía de hombres ricos, mayores, que eran los propietarios de los yates amarrados al otro lado del puerto deportivo. Le sorprendió que Theresa se detuviera ante su barco, aunque enseguida pensó que solo estaba haciendo una breve pausa antes de proseguir su camino, pues eso era lo que la mayoría de la gente hacía. Pero después de observarla durante un rato, Garrett se dio cuenta de que Theresa había ido hasta allí para ver el *Happenstance*. De hecho, por la forma en la que deambulaba de un lado a otro, le pareció que tal vez habría alguna otra razón que justificara su interés.

Aquello despertó su curiosidad, por lo que fue hasta donde estaba Theresa para hablar con ella. En un primer momento no fue consciente de ello, pero la noche anterior, mientras cerraba el velero, se dio cuenta de que había algo extraño en la forma en que Theresa le miró por primera vez. Fue casi como si «reconociera» algo de su personalidad que normalmente mantenía oculto en lo más profundo de su interior. Tuvo la impresión de que sabía más sobre él de lo que estaba dispuesta a admitir.

Garrett sacudió la cabeza como para intentar descartar aquella idea, consciente de que no tenía sentido. Theresa había dicho que había leído los artículos en la tienda; puede que esa extraña forma de mirarle se debiera a eso. Sí, ese debía de ser el motivo. Sabía que no se habían visto nunca antes, porque no habría podido olvidar a una mujer como ella. Además, Theresa venía de Boston y solo estaba de vacaciones. Era la única explicación plausible que se le ocurrió, pero, incluso después de aceptarla, sentía que había algo que no acababa de encajar del todo.

Pero no tenía importancia.

Habían salido a navegar, habían disfrutado mutuamente de la compañía y se habían despedido. Fin de la historia. Tal como le había dicho a su padre, no podría dar con ella aunque quisiera. Quizá ya estaría de regreso en Boston, o lo estaría en los próximos días; además, tenía muchos asuntos pendientes. El verano era la temporada alta para el submarinismo, y tenía todos los fines de semana ocupados dando clases hasta finales de agosto. No tenía tiempo ni ganas de llamar a todos los hoteles de Wilmington para encontrarla. Además, ¿qué le diría? ¿Qué podría decir que no sonara ridículo?

Con todas aquellas preguntas dando vueltas en su mente, siguió reparando el motor. Tras encontrar y sustituir un circuito que tenía una fuga, volvió a instalar el carburador y la protección del motor y lo hizo girar. Ahora sonaba mucho mejor. Soltó las amarras y salió a navegar con el Boston Whaler durante cuarenta minutos. Hizo una serie de comprobaciones a diferente velocidad, apagó y volvió a arrancar el motor unas cuantas veces y, cuando se dio por satisfecho, regresó al amarre.

Le había llevado menos tiempo de lo que había calculado. Se sentía aliviado. Recogió las herramientas, volvió a guardarlas en la furgoneta y condujo hasta Island Diving.

Como de costumbre, había un montón de papeles apilados en su escritorio. Dedicó unos instantes a echarles un vistazo. En su mayoría se trataba de formularios de pedido, ya cumplimentados, para solicitar artículos que faltaban en la tienda. También había unas cuantas facturas. Tomó asiento y enseguida tuvo todos los papeles clasificados.

Justo antes de las once había acabado con casi todas las tareas pendientes. Entonces fue hacia el mostrador en la parte delantera de la tienda. Ian, uno de sus empleados de temporada, estaba hablando por teléfono. Cuando Garrett se acercó a él, Ian le dio tres notas con recados. Las dos primeras eran de distribuidores. Por los mensajes garabateados, probablemente se había producido alguna confusión con algunos de los pedidos realizados hacía poco. Otro problema por resolver, pensó, iniciando el camino de regreso a su despacho.

Mientras caminaba, leyó el tercer mensaje; al darse cuenta de quién se trataba, se detuvo en seco. Comprobó que no era un error. Entró en el despacho y cerró la puerta tras él. Marcó el número escrito en la nota y pidió que le pusieran con la extensión indicada.

Theresa estaba leyendo el periódico cuando sonó el teléfono, que descolgó al dar el segundo tono.

—Hola, Theresa; soy Garrett. Me han dicho en la tienda que has llamado.

Ella parecía alegrarse de oírle.

—Hola, Garrett. Gracias por devolverme la llamada. ¿Cómo estás?

Al oír su voz le vinieron a la cabeza algunas imágenes del día anterior. Sonrió para sí mismo, tratando de imaginar a Theresa en su habitación de hotel.

—Bien, gracias. Estaba poniendo en orden unos papeles y vi tu nota. ¿Qué puedo hacer por ti?

—Ayer olvidé la chaqueta en el barco y quería preguntarte si la habías encontrado.

—No, pero tampoco la busqué. ¿La dejaste en la cabina?

—No estoy segura de dónde la dejé.

Garrett hizo una breve pausa.

—Bueno, dame un poco de tiempo para ir al muelle y echar un vistazo. Te volveré a llamar para decirte si la he encontrado.

—Espero que no sea demasiada molestia.

—En absoluto. No tardaré mucho. ¿Estarás en el hotel todavía un rato?

—Sí, creo que sí.

—De acuerdo. Entonces te llamaré en cuanto vuelva del barco.

Garrett se despidió, salió de la tienda y caminó a buen paso hasta el puerto deportivo. Una vez a bordo del *Happenstance*, abrió la puerta y entró en la cabina. No encontró la chaqueta, así que salió afuera y echó un vistazo por cubierta, hasta que por fin la divisó cerca de la popa, oculta en parte bajo uno de los cojines del banco. La cogió, comprobó que no estuviera manchada y regresó a la tienda.

De nuevo en su oficina, volvió a marcar el número del hotel. Esta vez Theresa descolgó al oír el primer tono.

—Soy Garrett otra vez. Encontré tu chaqueta.

Theresa parecía aliviada.

—Gracias por molestarte en buscarla.

—No ha sido ninguna molestia.

Ella guardó silencio durante un momento, como si estuviera pensando qué era mejor.

—¿Podrías guardarla allí? —dijo al fin—. Puedo pasar a recogerla dentro de unos veinte minutos.

—Por supuesto —respondió Garrett.

Tras colgar el teléfono, se reclinó en la silla, reflexionando sobre lo que acababa de pasar. «Todavía no se ha ido. Voy a verla de nuevo», pensó. Aunque no podía entender cómo podía haberse dejado la chaqueta, puesto que había traído muy pocas cosas consigo, resultaba evidente que se alegraba de que Theresa se hubiera despistado.

Aunque, por supuesto, eso no tenía importancia.

Theresa llegó veinte minutos después, vestida con pantalones cortos y una blusa escotada sin mangas que resaltaba su figura. Al entrar en la tienda, tanto Ian como Garrett se quedaron mirándola fijamente mientras ella echaba un vistazo a su alrededor. Cuando por fin divisó a Garrett, sonrió y saludó en voz alta desde el lugar en el que estaba. Ian arqueó una ceja mientras miraba inquisitivamente a Garrett, como diciendo: «¿Me he perdido algo?».

Garrett lo ignoró y caminó hacia Theresa con la chaqueta en la mano. Sabía que Ian no perdería detalle y le atosigaría a preguntas cuando ella se fuera, pero no pensaba contarle nada.

—Como nueva —dijo, mientras le tendía la prenda cuando Theresa estuvo lo suficientemente cerca.

Garrett había aprovechado el tiempo que había pasado desde su llamada para quitarse la grasa de las manos y ponerse una de las nuevas camisetas que tenía a la venta en la tienda. No era un cambio espectacular, pero tenía mejor aspecto que antes. Por lo menos ahora iba aseado.

—Gracias por buscarla —dijo ella. Había algo en sus ojos que le hizo volver a sentirse atraído por ella, del mismo modo que la primera vez que la había visto.

Garrett se rascó distraídamente una mejilla.

—Ha sido un placer. Supongo que el viento la llevó hasta el lugar donde la encontré.

—Tal vez —respondió Theresa encogiéndose de hombros.

Garrett se fijó en cómo se recolocaba el tirante de la blusa en el hombro. No sabía si Theresa tenía prisa, y tampoco estaba seguro de si deseaba que se marchara enseguida. Dijo lo primero que se le ocurrió:

—Lo pasé muy bien anoche.

—Yo también.

Theresa buscó sus ojos mientras decía aquellas palabras. Él esbozó una sonrisa. No sabía qué más decir, había pasado mucho tiempo desde que se había encontrado en una situación semejante. Aunque tenía buena mano con los clientes y con los desconocidos en general, aquello era completamente distinto. Se sorprendió moviéndose inquieto, pasando el peso del cuerpo de una pierna a otra, como si volviera a tener dieciséis años. Al final, fue Theresa quien volvió a hablar.

—Me siento como si te debiera algo por haberte tomado tantas molestias.

—No digas tonterías. No me debes nada.

—No solo por recoger mi chaqueta, sino también por llevarme contigo ayer.

Garrett negó con la cabeza.

—Tampoco me debes nada por eso, para mí fue un placer.

«Para mí fue un placer.» En su mente oyó el eco de aquellas palabras que acababa de pronunciar. Dos días atrás no hubiera podido imaginarse diciendo algo así a nadie.

Sonó el teléfono, cuyo timbrazo le sacó de sus cavilaciones. Con el fin de ganar tiempo, preguntó:

—¿Has venido hasta aquí solo por tu chaqueta, o tienes prevista alguna visita turística?

—La verdad es que no tengo planes. Es la hora de comer. Había pensado ir a picar algo. —Theresa se quedó mirándole expectante—. ¿Puedes recomendarme algún restaurante?

Garrett reflexionó un instante antes de contestar.

—Me gusta comer en Hank's, cerca del embarcadero. La comida es fresca y tiene unas vistas impresionantes.

—¿Dónde está exactamente?

Garrett señaló un punto por encima del hombro.

—En Wrightsville Beach. Hay que pasar por el puente que va a la isla y después girar a la derecha. No tiene pérdida, solo hay que seguir las indicaciones hacia el embarcadero. El restaurante está allí mismo.

—¿Qué tipo de comida tienen?

—Sobre todo pescado y marisco. Tienen buenos camarones y ostras, pero, si prefieres otra clase de comida, también puedes pedir una hamburguesa y cosas así.

Theresa esperó a que él añadiera algo, pero, al ver que permanecía callado, dirigió la mirada hacia las ventanas. Permaneció allí, de pie, y, por segunda vez en un par de minutos, Garrett se sintió incómodo en su presencia. ¿Qué era lo que le hacía sentirse así? Finalmente, haciendo acopio de valor, añadió:

—Si quieres puedo enseñarte dónde está. A mí también me está entrando hambre, y me gustaría acompañarte, si no te importa tener compañía.

Theresa sonrió.

—Me encantaría, Garrett.

Él pareció respirar aliviado.

—Mi furgoneta está ahí atrás. ¿Prefieres que te lleve?

—Conoces mejor el camino —replicó Theresa.

Garrett la guio a través de la tienda hasta la puerta de atrás. Ella le seguía un tanto rezagada, para que no pudiera ver su sonrisa de satisfacción, que era incapaz de reprimir.

Hank's llevaba abierto desde la construcción del espigón y era un local muy frecuentado, tanto por la gente del lugar como por turistas. No tenía una atmósfera sofisticada, pero sí mucho carácter, en línea con la mayoría de los restaurantes situados en la costa de Cape Cod: suelos de madera rayados debido a la afluencia durante años de innumerables clientes con arena en los zapatos, enormes ventanales con vistas al océano Atlántico, fotos de capturas ganadoras de trofeos en las paredes. A un lado había una puerta que daba a la cocina. Theresa vio cómo los camareros, vestidos con pantalones cortos y camisetas azules con el nombre del restaurante, llevaban grandes bandejas cargadas de platos de pescado y marisco fresco. Las mesas y las sillas eran de madera y tenían un aspecto robusto, además de presentar inscripciones grabadas por cientos de clientes. En aquel local no era necesario ir elegantemente vestido; de hecho, la mayoría de los clientes parecían haber pasado la mañana tomando el sol en la playa.

—Confía en mí —dijo Garrett mientras caminaban hacia una mesa—. La comida es estupenda, no te dejes influir por el aspecto del local.

Tomaron asiento en una mesa cercana a un rincón. Garrett apartó dos botellas de cerveza que todavía no habían retirado. Las cartas quedaban sujetas entre toda una serie de condimentos en botellas de plástico, entre ellos kétchup, tabasco, salsa tártara, salsa rosa y una misteriosa botella con una sencilla etiqueta en la que se leía «Hank's». Estaban burdamente plastificadas y parecía que no las habían cambiado en años. Theresa miró a su alrededor y se dio cuenta de que casi todas las mesas estaban ocupadas.

—Está abarrotado —dijo, poniéndose cómoda.

—Siempre está así. Incluso antes de que Wrightsville Beach se convirtiera en un destino turístico, este lugar era una especie de leyenda. No se puede venir a cenar el viernes o el sábado, a menos que uno esté dispuesto a esperar durante un par de horas.

—¿Cuál es el secreto?

—La comida y los precios. Todas las mañanas Hank compra un cargamento de pescado y camarones frescos. Normalmente no pagas más de diez dólares y propina con un par de cervezas incluidas.

—¿Cómo puede ser rentable?

—Me imagino que gracias a la cantidad de clientes. Ya te he dicho que siempre está lleno.

—Así que hemos tenido suerte de conseguir una mesa.

—Sí, pero hemos venido antes de que lleguen los locales, y los turistas no se entretienen demasiado. Vienen para picar algo y enseguida regresan a la playa a tomar el sol.

Dio un último vistazo al restaurante antes de consultar la carta.

—¿Qué me recomiendas?

—¿Te gusta el pescado?

—Me encanta.

—Entonces prueba el atún o el delfín. Ambos son deliciosos.

—¿Delfín?

Garrett rio entre dientes.

—No te van a poner a *Flipper*. En realidad es lampuga, pero aquí lo llaman así.

—Creo que prefiero el atún —dijo Theresa guiñando un ojo—, por si acaso.

—¿Crees que me lo he inventado?

—La verdad, no sé qué pensar. Nos conocimos ayer, ¿recuerdas? No te conozco lo bastante como para saber de lo que eres capaz —le respondió con voz burlona.

—La duda ofende —dijo él con idéntico tono de voz, y ambos empezaron a reír.

Después Theresa le sorprendió al rozar su brazo por encima de la mesa. De pronto se dio cuenta de que Catherine solía hacer lo mismo para reclamar su atención.

—Mira —dijo Theresa, señalando con la cabeza hacia las ventanas.

Garrett volvió el rostro en la misma dirección. En el espigón

125

había un anciano con su equipo de pesca. Su aspecto era absolutamente normal, excepto por el enorme loro que estaba posado en uno de sus hombros.

Garrett sacudió la cabeza y sonrió. Todavía notaba los efectos del contacto físico en el brazo.

—Aquí hay de todo. No es como California, pero danos unos cuantos años y verás.

Theresa seguía observando al hombre acompañado por el loro mientras este deambulaba por el paseo marítimo.

—Deberías hacerte con una mascota parecida para que te haga compañía cuando sales a navegar.

—¿Para que acabe con mi paz y mi tranquilidad? Con la suerte que tengo, seguramente no aprendería a hablar. Se pasaría todo el día graznando y quizá me arrancaría de un mordisco un trozo de oreja en cuanto el viento cambiara de dirección.

—Pero parecerías un pirata.

—No, parecería un tonto.

—Oh, no tienes sentido del humor —dijo Theresa frunciendo el ceño con sorna. Tras una breve pausa, miró a su alrededor—. ¿Vendrá alguien a servirnos, o tendremos que pescar y cocinar nosotros mismos?

—Ay, estos yanquis —masculló mientras hacía un gesto de desesperación con la cabeza. Theresa volvió a reír, preguntándose si él se lo estaría pasando igual de bien que ella, aunque estaba casi segura de que sí.

Poco después una camarera se acercó a su mesa para tomar nota de su pedido. Ambos pidieron cerveza. Enseguida les llevó dos botellas a la mesa.

—¿Aquí no hay vasos? —preguntó arqueando una ceja cuando se alejó la camarera.

—No. Este es un sitio con clase.

—Ya veo por qué te gusta tanto.

—¿Debo tomármelo como una indirecta sobre mi falta de buen gusto?

—Solo si no estás seguro de ti mismo.

—Ahora me recuerdas a una psiquiatra.

—No lo soy, pero sí soy madre, y eso hace que sea una especie de experta en la naturaleza humana.

—¿De veras?

—Eso es lo que le digo a Kevin.

Garrett bebió un trago de cerveza.

—¿Has hablado con él?

Theresa asintió y dio un trago de su botella.

—Unos cuantos minutos. Estaba de camino a Disneyland cuando llamó. Tenían pases de mañana, por eso no podía entretenerse hablando. Quería ser el primero en la cola de la atracción de Indiana Jones.

—¿Se lo está pasando bien con su padre?

—Sí, se lo está pasando en grande. David siempre se ha portado bien con él, pero creo que ahora intenta compensarle porque no pueden estar juntos tan a menudo. Cuando Kevin va a visitarlo, siempre espera divertirse muchísimo.

Garrett la miró con curiosidad.

—Parece como si no estuvieras muy segura de ello.

Theresa vaciló antes de continuar.

—Bueno, solo espero que no se sienta decepcionado más adelante. David y su nueva mujer ahora tienen una familia y, cuando el bebé crezca, creo que será mucho más difícil que Kevin y su padre pasen tiempo juntos, los dos solos.

Garrett se inclinó hacia delante mientras respondía.

—No puedes proteger a tu hijo de las decepciones de la vida.

—Lo sé, de veras. Es solo que… —Theresa se interrumpió, y Garrett acabó la frase por ella.

—Es tu hijo y no quieres que le hagan daño.

—Exactamente. —En la botella de cerveza habían empezado a formarse gotas producidas por la condensación. Theresa empezó a quitar la etiqueta. Era otra de las cosas que Catherine solía hacer. Garrett bebió otro trago y se obligó a sí mismo a concentrarse en la conversación.

—No sé qué decir, excepto, que si Kevin se parece a ti, estoy seguro de que lo llevará bien.

—¿Qué quieres decir?

Garrett se encogió de hombros.

—La vida no es un camino de rosas, la tuya tampoco. Tú también has tenido que superar momentos difíciles. Creo que Kevin aprenderá a hacer frente a las adversidades, porque tiene una buena maestra.

—Ahora eres tú el que parece un psiquiatra.

—Solo te estoy diciendo lo que aprendí cuando todavía era un niño. Debía tener la edad de Kevin cuando mi madre murió de cáncer. Mi padre me enseñó con su actitud que siempre hay que seguir luchando, pase lo que pase.

—¿Volvió a casarse?

—No —dijo, negando con la cabeza—. Creo que en alguna ocasión ha llegado a lamentarlo, pero nunca puso el suficiente empeño.

Theresa pensó que él se estaba comportando del mismo modo. De tal palo, tal astilla.

—¿Sigue viviendo aquí? —preguntó.

—Sí. Últimamente nos vemos bastante. Intentamos estar juntos por lo menos una vez por semana. Quiere asegurarse de que voy por el buen camino.

Theresa sonrió.

—Como la mayoría de los padres.

La comida llegó enseguida. Continuaron conversando mientras comían. En aquella ocasión, Garrett habló más que ella: le explicó cómo fue su infancia en el sur y por qué nunca se iría de allí, aunque tuviera la oportunidad. También le contó algunas de sus aventuras, acontecidas durante sus inmersiones o mientras navegaba. Theresa le escuchaba, fascinada. En comparación con las hazañas de las que se jactaban los hombres en Boston, que normalmente hacían referencia a su éxito empresarial, los relatos de Garrett eran más que sorprendentes. Le habló de las miles de criaturas marinas diferentes que había visto en sus inmersiones y de la sensación de navegar en medio de una tormenta que le había sorprendido y que casi hizo volcar su barco. En una ocasión le había perseguido un pez martillo y se vio obligado a refugiarse en el barco hundido que estaba explorando.

—Casi me quedé sin aire antes de poder salir a la superficie —comentó, sacudiendo la cabeza al evocar aquel suceso.

Theresa le observaba atentamente mientras hablaba, encantada de que se mostrara mucho menos reservado que la noche anterior. Todo lo que había visto la víspera seguía ahí: el rostro enjuto, los ojos azul claro y los ademanes suaves. Pero ahora había una nueva energía en la forma en que le hablaba, que a Theresa le pareció muy atractiva. Ya no parecía que Garrett estuviera calculando los efectos de cada una de sus palabras.

Cuando acabaron de comer (Theresa tuvo que darle la razón, porque todo estaba delicioso), pidieron otra cerveza, con los ventiladores que giraban en el techo como ruido de fondo. El sol seguía subiendo, al igual que la temperatura en el local, que todavía estaba abarrotado. Cuando llegó la cuenta, él dejó algo de dinero en la mesa e hizo un gesto como indicando que había llegado el momento de irse.

—¿Nos vamos?

—Cuando quieras. Gracias por la comida. Estaba todo riquísimo.

Cuando salieron por la puerta, Theresa esperaba que Garrett le dijera que debía volver a la tienda, pero él la sorprendió con otra propuesta.

—¿Te apetece pasear por la playa? La temperatura suele ser más agradable al lado del agua.

Theresa aceptó. Garrett la guio hasta las escaleras situadas al lado del espigón y empezó a bajarlas con ella a su lado. Los escalones estaban ligeramente combados y recubiertos por una capa de arena, por lo que bajó apoyándose en la barandilla. Una vez en la playa, se dirigieron hacia el agua caminando por debajo del espigón, cuya sombra era una bendición en el calor del mediodía; cuando llegaron a la arena compacta que marcaba el punto más alto de la marea, ambos se detuvieron un instante para quitarse los zapatos. A su alrededor, la playa estaba atestada de familias apiñadas en sus toallas y niños chapoteando en el agua.

Empezaron a caminar juntos en silencio, mientras Theresa miraba a su alrededor, observándolo todo.

—¿Has pasado mucho tiempo en la playa durante tu estancia aquí? —preguntó Garrett.

Theresa negó con la cabeza.

—No. Llegué aquí anteayer. Así que es la primera vez que estoy en la playa.

—¿Te gusta?

—Es muy bonito.

—¿Se parece a las playas del norte?

129

—Un poco, pero el agua está mucho más caliente. ¿Nunca has estado en la costa más al norte?

—No he salido nunca de Carolina del Norte.

Theresa le ofreció una sonrisa.

—Todo un hombre de mundo, ¿no es así?

Garrett rio entre dientes.

—Pues no, pero no tengo la sensación de perderme gran cosa. Me gusta esto. No puedo imaginarme un lugar más bonito. No me gustaría estar en otro sitio. —Tras avanzar unos cuantos pasos, Garrett la miró y cambió de tema—: ¿Cuánto tiempo vas a quedarte en Wilmington?

—Hasta el domingo. Tengo que volver al trabajo el lunes.

Cinco días más, pensó Garrett.

—¿Conoces a más gente aquí?

—No. He venido sola.

—¿Por qué?

—Quería conocerlo. Había oído hablar de este lugar y quería verlo por mí misma.

Aquella respuesta hizo reflexionar a Garrett.

—¿Sueles irte de vacaciones sola?

—La verdad es que es la primera vez.

Vieron acercarse rápidamente a una mujer corriendo, con un labrador negro a su lado. El perro, con la lengua fuera, parecía exhausto por el calor. La mujer seguía corriendo, sin prestar atención al sufrimiento del animal, y esquivó a Theresa al llegar a su altura. Garrett estuvo a punto de hacerle un comentario a la mujer al pasar a su lado, pero finalmente decidió que no era asunto suyo.

Pasó un rato antes de que Garrett volviera a hablar.

—¿Puedo hacerte una pregunta personal?

—Depende de la pregunta.

Él se detuvo y recogió un par de conchas de pequeño tamaño que le llamaron la atención. Después de hacerlas girar entre sus manos unas cuantas veces, se las enseñó a Theresa.

—¿Sales con alguien en Boston?

Ella tomó las conchas de sus manos mientras respondía.

—No.

Las olas les acariciaban los pies mientras permanecían allí, de pie en la orilla. Aunque Garrett esperaba aquella respuesta, no podía entender por qué alguien como esa mujer pasaba casi todas sus noches sola.

—¿Por qué no? Una mujer como tú tendría que poder escoger entre muchos hombres.

Theresa sonrió al oír su comentario. Ambos reanudaron la marcha lentamente.

—Gracias, eres muy amable. Pero no es tan fácil, sobre todo cuando ya tienes un hijo. Hay muchos aspectos que tener en cuenta cuando conoces a alguien. —Theresa hizo una pausa—. ¿Y tú? ¿Sales con alguien?

—No —respondió él, sacudiendo la cabeza.

—Ahora me toca preguntar a mí: ¿por qué no?

Garrett se encogió de hombros.

—Supongo que no he conocido a nadie con quien me apetezca salir más de una vez.

—¿Eso es todo?

Garrett era consciente de que había llegado el momento de la verdad. Solo tendría que reiterar su argumento y la cuestión quedaría zanjada. Pero en lugar de eso guardó silencio mientras seguían caminando.

La muchedumbre se iba dispersando a medida que se alejaban del espigón; ahora solo se oía el ruido de las olas. Garrett vio una bandada de golondrinas de mar que estaban cerca de la orilla y que empezaron a alzar el vuelo para apartarse de su camino. El sol estaba casi en su punto más alto; se reflejaba en la arena de tal modo que ambos tuvieron que entrecerrar los ojos mientras seguían paseando. Cuando Garrett volvió a hablar lo hizo sin mirar a Theresa, que se acercó a él para poder oír sus palabras por encima del ruido del mar.

—No, hay algo más. Es más bien una excusa. Para serte sincero, ni siquiera lo he intentado.

Theresa le observaba atentamente mientras hablaba. Garrett tenía la vista fija al frente, como si estuviera poniendo en orden sus pensamientos, pero ella pudo percibir su renuencia cuando prosiguió.

—Hay algo que no te dije ayer.

Theresa sintió que se le hacía un nudo en el estómago, puesto que sabía exactamente lo que diría a continuación. Con una expresión neutra en el rostro, se limitó a decir:

131

—Ah, ¿sí?

—Yo también estuve casado una vez —dijo Garrett por fin—. Durante seis años. —Se volvió hacia ella con una expresión en la cara que le hizo estremecerse—. Pero mi esposa falleció.

—Lo siento —dijo Theresa en voz baja.

Garrett volvió a detenerse para recoger unas cuantas conchas, pero esta vez no se las dio a Theresa. Las miró con aire ausente y arrojó una de ellas al mar. Theresa la vio desaparecer en el océano.

—Fue hace tres años. Desde entonces no he sentido el menor interés por salir con otras mujeres, ni siquiera por mirarlas. —Garrett calló, pues se sentía incómodo.

—Supongo que a veces debes sentirte solo.

—Sí, pero intento no pensar demasiado en ello. La tienda me mantiene ocupado, siempre hay algo pendiente; eso ayuda a que los días pasen más rápido. Antes de darme cuenta, ya es hora de ir a la cama, y al día siguiente se repite la misma rutina.

Dicho esto, Garrett miró a Theresa con una tímida sonrisa. Ya estaba, lo había dicho. Hacía años que quería contárselo a alguien que no fuera su padre, y al final había acabado haciendo aquellas confidencias a una mujer de Boston a la que apenas conocía. Una mujer que de algún modo había sido capaz de abrir una puerta que él mismo había sellado.

Theresa no hizo ningún comentario. Pero al ver que Garrett no añadía nada, preguntó:

—¿Cómo era ella?

—¿Catherine? —Garrett sintió de pronto que tenía la garganta seca—. ¿De veras quieres saberlo?

—Sí, claro —dijo ella en un tono amable.

Garrett arrojó otra concha hacia las olas, de nuevo ordenando sus pensamientos. ¿Cómo podría siquiera intentar describirla con palabras? Y sin embargo, una parte de él deseaba hacerlo; quería que Theresa, de entre todas las personas del mundo, le entendiera. Muy a su pesar, se sumió nuevamente en sus recuerdos.

—¡Hola, cariño! —dijo Catherine alzando la vista desde el jardín—. No esperaba que volvieras tan pronto a casa.

—Esta mañana no ha habido demasiado movimiento en la tienda, así que pensé que sería mejor comer en casa y ver cómo te encuentras.

—Estoy mucho mejor.

—¿Crees que era la gripe?

—No lo sé. Seguramente fue algo que comí. Poco después de que salieras esta mañana, me sentí lo bastante bien como para bajar al jardín a trabajar un poco.

—Ya lo veo.

—¿Te gustan las nuevas flores? —preguntó mientras señalaba con la mano una parte del jardín en la que la tierra parecía removida.

Garrett examinó los pensamientos recién plantados alrededor del porche. Sonrió.

—Son muy bonitas, pero ¿no crees que deberías haber dejado un poco más de tierra en el parterre?

Ella se enjugó el sudor de la frente con el dorso de la mano mientras se incorporaba y le miraba con los ojos entrecerrados debido a la brillante luz del sol.

—Debo de tener una pinta horrorosa.

Tenía las rodillas negras, recubiertas por una capa de suciedad, y una mancha de barro en una mejilla. Algunos cabellos se escapaban desordenadamente de su coleta. Tenía el rostro enrojecido y sudoroso por el esfuerzo.

—Estás perfecta.

Catherine se quitó los guantes y los arrojó al porche.

—No lo estoy, Garrett, pero gracias. Vamos, déjame que te prepare algo de comer. Ya sé que tienes que volver a la tienda.

Garrett suspiró y por fin volvió al presente. Theresa le miraba fijamente, esperando. Entonces él empezó a hablar en voz baja.

—Ella era todo lo que siempre he querido. Era hermosa y encantadora, con un audaz sentido del humor. Siempre me apoyaba en todo. La conocía prácticamente de toda la vida, desde la escuela. Nos casamos un año después de que acabase los estudios en la universidad. Llevábamos casados seis años antes de que ocurriera el accidente. Fueron los seis mejores años de mi vida. Cuando me la arrebataron… —Hizo una pausa como si le faltaran las palabras—. Todavía no sé si algún día volveré a acostumbrarme a estar sin ella.

Aquella manera de hablar de Catherine hizo que Theresa le compadeciera mucho más de lo que había imaginado. No fue solo su voz, sino la expresión de su rostro antes de que empezara a describirla, como dividido entre la belleza del recuerdo y el dolor que le producía. Aunque las cartas le habían parecido conmovedoras, no estaba preparada para aquello. «No debería haberle preguntado», pensó. Ya sabía cuáles eran sus sentimientos hacia ella. No había ningún motivo para haberle hecho hablar de ello.

«Sí que lo había —replicó de repente otra voz en su cabeza—. Tenías que ver su reacción por ti misma. Tenías que averiguar si está dispuesto a dejar atrás el pasado.»

Tras unos momentos, Garrett arrojó con aire ausente las demás conchas al agua.

—Lo siento —dijo.

—¿Cómo?

—No debería haberte hablado de ella. O por lo menos no tanto sobre mí.

—No pasa nada, Garrett. Quería saberlo. He sido yo quien te ha preguntado, ¿recuerdas?

—No era mi intención que la conversación fuera por esos derroteros. —Habló como si hubiera hecho algo malo.

La reacción de Theresa fue casi instintiva: se acercó a él y lentamente le tomó una mano, que apretó con suavidad. Cuando alzó la vista hacia él, vio en sus ojos un atisbo de sorpresa, pero Garrett no hizo amago de retirar la mano.

—Perdiste a tu mujer. La mayoría de las personas de nuestra edad no tiene la menor idea de lo que es eso. —Garrett bajó la vista mientras Theresa se esforzaba por encontrar las palabras adecuadas—. Tus sentimientos dicen mucho de ti. Eres la clase de persona que, cuando ama a alguien, es para siempre… No es algo de lo que debas avergonzarte.

—Lo sé. Pero ya han pasado tres años…

—Algún día volverás a encontrar a alguien especial. La gente que ya ha estado enamorada en alguna ocasión suele repetir. Está en su naturaleza.

Theresa volvió a apretar la mano de Garrett, que sintió que su calor le hacía bien. Por alguna extraña razón, no quería retirar la mano.

—Espero que no te equivoques —dijo por último.

—Estoy segura de que no. Sé de esas cosas. Recuerda que soy madre.

Garrett rio por lo bajo, en un intento por aliviar la tensión.

—Lo tengo presente. Y estoy casi seguro de que eres una buena madre.

Dieron media vuelta y emprendieron el camino de vuelta al espigón, conversando en voz baja sobre los últimos tres años, con las manos enlazadas. Cuando llegaron a la furgoneta, Garrett empezó a conducir de regreso a la tienda, más confuso que nunca. Lo que había pasado en aquellos dos últimos días le había pillado por sorpresa. Theresa ya no era una extraña, pero tampoco simplemente una amiga. No cabía duda de que se sentía atraído por ella. Por otra parte, al cabo de un par de días se habría ido, y él sabía que probablemente era mejor así.

—¿En qué estás pensando? —preguntó Theresa.

Garrett cambió de marcha mientras cruzaban el puente hacia Wilmington y su tienda. «Adelante —pensó—. Dile lo que se te está pasando por la cabeza.»

—Estaba pensando —dijo por último, sorprendiéndose a sí mismo— que, si no tienes planes para esta noche, me gustaría que vinieras a mi casa a cenar.

Theresa sonrió.

—Estaba esperando que me lo pidieras.

Garrett giró a la izquierda para tomar la calle que conducía a su tienda, todavía desconcertado por haberse atrevido a pedirle tal cosa.

—¿Te va bien a las ocho? Tengo cosas pendientes en la tienda; es probable que no pueda acabar antes.

—De acuerdo. ¿Dónde vives?

—En Carolina Beach. Cuando lleguemos a la tienda te anotaré la dirección.

Después de aparcar la furgoneta, Theresa siguió a Garrett hasta su despacho, donde él garabateó las indicaciones en un papel. Intentando disimular su perplejidad, comentó:

—No creo que te cueste encontrar mi casa; además, mi furgoneta siempre está aparcada delante. Pero he anotado mi número de teléfono por si acaso.

Una vez que Theresa se hubo marchado, él empezó a pensar inconscientemente en la velada que había planeado. Sentado ante su escritorio, se sintió asediado por dos preguntas sin respuesta. En primer lugar, ¿por qué se sentía tan atraído hacia Theresa? Y por otro lado, ¿por qué de repente se sentía como si estuviera traicionando a Catherine?

Capítulo 8

*T*heresa pasó el resto de la tarde de visita turística, mientras Garrett trabajaba en la tienda. Puesto que no conocía Wilmington, preguntó cómo se iba al barrio histórico y pasó unas cuantas horas de compras. La mayoría de las tiendas estaban dirigidas al turismo. Encontró un par de cosas para Kevin, pero nada que le gustara a ella. Compró un par de pantalones cortos, pues pensaba que su hijo todavía los podría usar cuando volviera de California. Regresó al hotel para dormir una siesta. Todo lo que había vivido durante los últimos días ahora le pasaba factura y se durmió enseguida.

Por su parte, aquella tarde Garrett tuvo que hacer frente a un problema tras otro. Un envío con material nuevo llegó justo después de que regresara de comer; tras volver a empaquetar lo que no necesitaba, llamó al proveedor para concertar la devolución. Un poco más tarde, tres personas inscritas en el curso de buceo cancelaron la reserva porque tenían que ausentarse aquel fin de semana. Echó un rápido vistazo a la lista de espera, pero no sirvió de nada.

Hacia las seis y media empezó a sentirse cansado; cuando por fin cerró la tienda, profirió un suspiro de alivio. Después del trabajo, lo primero que hizo fue ir a comprar todo lo necesario para la cena. Se duchó y se puso unos vaqueros limpios y una camisa de algodón. Sacó una cerveza de la nevera. Después de abrirla, salió al patio trasero y se sentó en una de las sillas de forja. Miró el reloj. Theresa estaba a punto de llegar.

ϒ

Garrett seguía sentado en el patio trasero cuando finalmente oyó el sonido de un motor al detenerse. Salió del patio y rodeó la casa para ver llegar a Theresa, que aparcó en la calle, justo detrás de su furgoneta.

Bajó del coche vestida con vaqueros y la misma blusa que llevaba antes y que tanto le favorecía. Caminó hacia él con aspecto relajado y una cálida sonrisa. Garrett se dio cuenta de que desde que habían comido juntos se sentía aún más atraído por ella, lo cual le hacía sentir un tanto incómodo por alguna razón que le costaba admitir.

Garrett fue hacia ella como si no pasara nada. Se encontraron a medio camino. Theresa traía consigo una botella de vino. Cuando Garrett llegó hasta ella, percibió el aroma de un perfume que no le había notado hasta entonces.

—He traído un poco de vino —dijo Theresa mientras le tendía una botella—. Pensé que iría bien para acompañar la cena. —Tras una breve pausa añadió—: ¿Cómo fue la tarde?

—Muy liada. No dejó de entrar gente hasta que cerramos; además, había un montón de papeleo pendiente. De hecho, acabo de llegar a casa. —Garrett echó a andar hacia la puerta principal, con Theresa a su lado—. ¿Y tú? ¿Qué has hecho el resto del día?

—Tenía que dormir la siesta —respondió ella en un tono burlón.

Garrett se rio.

—Antes se me olvidó preguntarte si te apetecía algo en especial para cenar.

—¿Qué tenías pensado?

—Pensaba hacer unos filetes en la barbacoa, pero luego empecé a pensar que tal vez no comías esas cosas.

—¿Bromeas? Olvidas que crecí en Nebraska. Un buen filete es perfecto.

—Entonces prepárate para una agradable sorpresa.

—¿A qué te refieres?

—Resulta que preparo los mejores filetes del mundo.

—¿Ah, sí?

—Te lo demostraré —dijo él, y Theresa rio con una risa melódica.

Al acercarse a la entrada, se fijó en la casa por primera vez. Era relativamente pequeña, de un solo piso y planta rectangular, con

un revestimiento de madera barnizada que necesitaba un trata-
miento urgente en varios puntos. A diferencia de las casas de
Wrightsville Beach, esta se alzaba directamente sobre la arena.

Cuando le preguntó por qué aquella casa no era como las demás, le explicó que había sido construida antes de que entraran
en vigor las nuevas normas de edificación para prevenir las consecuencias de los huracanes.

—Ahora las casas deben estar lo bastante elevadas para que la
subida de la marea pase por debajo de la estructura principal. El
próximo gran huracán probablemente se llevará esta vieja construcción, pero hasta ahora he tenido suerte.

—¿No te preocupa?

—La verdad es que no. No es gran cosa, y precisamente por
eso pude comprarla. Creo que el propietario anterior se hartó de
sufrir cada vez que una gran tormenta empezaba a cernirse sobre
el Atlántico.

Llegaron a los agrietados escalones de la entrada y atravesa-
ron el umbral. Lo primero que le llamó la atención al entrar fueron las vistas que había desde la sala de estar. Los ventanales iban
del suelo hasta el techo y se extendían a lo largo de toda la estructura posterior de la casa: daban al patio trasero y a la playa de
Carolina Beach.

—Las vistas son increíbles —dijo admirada.

—Sí, es cierto. Hace unos cuantos años que vivo aquí, y todavía me sorprende.

A un lado había una chimenea, decorada con unas cuantas fotografías submarinas. Theresa se acercó para verlas mejor.

—¿Te importa que curiosee un poco?

—Claro que no. De todos modos tengo que preparar la barbacoa. Todavía tengo que limpiarla.

Garrett salió de la sala por la puerta corredera de cristal.

Cuando se quedó sola, Theresa dedicó unos minutos a observar las fotos. Después visitó el resto de la casa. Como muchas
otras de las casas típicas de playa que había visto, tenía espacio
para una o dos personas, no más. Solo había un dormitorio, al
que se accedía directamente desde la sala, provisto de los mismos ventanales con vistas a la playa. En la parte delantera de la
casa, que daba a la calle, se encontraba la cocina, un pequeño comedor abierto y el cuarto de baño. Aunque todo estaba orde-

nado, daba la impresión de que la casa no había sido renovada desde hacía años.

Regresó a la sala y se detuvo ante la puerta que daba al dormitorio, para echar un vistazo a su interior. También estaba decorado con fotografías submarinas, además de con un enorme mapa de la costa de Carolina del Norte colgado justo sobre el cabecero de la cama, que mostraba la ubicación de casi quinientos barcos hundidos. Sobre la mesilla al lado de la cama vio la foto enmarcada de una mujer. Tras comprobar que Garrett seguía fuera limpiando la barbacoa, entró en el dormitorio para verla de cerca.

En aquella foto, Catherine tendría unos veinticinco años. Theresa pensó que debía haberla hecho Garrett, al igual que las demás fotografías. Se preguntó si la habría enmarcado antes o después del accidente. La cogió en sus manos y pudo comprobar que Catherine era atractiva, un poco más baja que ella, con una melena rubia hasta los hombros. Aunque la fotografía presentaba granulado y parecía ser la reproducción de una foto más pequeña, destacaban los ojos de Catherine. De un verde intenso y casi felinos, le daban un aire exótico; casi tuvo la sensación de que la estaba mirando. Volvió a dejar con mucho cuidado la foto en su sitio, asegurándose de que estaba como la había encontrado. Dio media vuelta, pero seguía teniendo la sensación de que Catherine observaba cada uno de sus movimientos.

Intentó ignorar aquella sensación y miró al espejo situado sobre la cómoda. Le sorprendió el hecho de que solo hubiera una fotografía más en la que aparecía Catherine. Era una foto de Garrett y Catherine, en la que ambos sonreían abiertamente, en la cubierta del *Happenstance*. En la imagen, el barco ya estaba restaurado, así que Theresa dedujo que habían hecho la foto pocos meses antes de su muerte.

Consciente de que Garrett podría entrar en la casa en cualquier momento, salió del dormitorio, con cierto sentimiento de culpabilidad por haber estado fisgoneando. Se dirigió hacia las puertas correderas que daban al patio trasero y las abrió. Garrett estaba limpiando la parte superior de la barbacoa; al verla salir, la miró sonriente. Theresa caminó hasta el final de la terraza, donde se encontraba Garrett. Se apoyó en la barandilla, cruzando las piernas.

—¿Hiciste tú todas las fotos de las paredes? —preguntó.

Garrett se apartó el cabello de la cara con el dorso de la mano.

—Sí. Antes solía llevarme siempre la cámara en casi todas las inmersiones. La mayoría de las fotos están expuestas en la tienda, pero, como tengo tantas, pensé que algunas de ellas servirían para decorar la casa.

—Parecen hechas por un profesional.

—Gracias. Pero creo que la calidad tiene más que ver con la gran cantidad de fotos que hice. Deberías ver las que no salieron bien.

Mientras hablaba, Garrett levantó la parrilla de la barbacoa. Ya estaba lista, aunque parecía carbonizada en algunos puntos. La puso a un lado, cogió el saco de carbón vegetal y descargó un poco en la barbacoa, que debía de tener como mínimo treinta años de antigüedad, y lo repartió uniformemente con la mano. Después añadió un poco de combustible para encendedores, empapando un poco cada briqueta.

—¿Sabes que en la actualidad existen barbacoas de propano? —comentó Theresa en el mismo tono socarrón que había utilizado antes.

—Claro que sí, pero a mí me gusta hacerlo como aprendí de pequeño. Además, así está más rico. Hacer una barbacoa con propano es como cocinar dentro de casa.

Theresa sonrió.

—Recuerda que me has prometido que comería el mejor filete de mi vida.

—Y así será. Confía en mí.

Al terminar de preparar la barbacoa, puso la botella con aquel líquido inflamable al lado del saco de carbón.

—Voy a dejar que se impregne todo bien un par de minutos. ¿Quieres tomar algo?

—¿Qué tienes? —preguntó Theresa.

Garrett se aclaró la voz.

—Cerveza, refrescos, o el vino que has traído.

—Una cerveza estará bien.

Garrett guardó el carbón vegetal y el combustible en un viejo baúl marinero dispuesto cerca de la casa. Se sacudió la arena de los zapatos antes de entrar en la casa y dejó las puertas correderas abiertas.

En su ausencia, Theresa aprovechó para volver la vista hacia la playa. El sol se estaba poniendo y casi no quedaba gente allí, tan solo algunos que paseaban o corrían. Sin embargo, durante el breve intervalo en el que Garrett fue a buscar las bebidas, más de una docena de personas había pasado por delante de la casa.

—¿Nunca te cansas de ver tanta gente? —le preguntó Theresa cuando Garrett volvió a salir a la terraza y le ofreció una cerveza.

—La verdad es que no. Tampoco paso tanto tiempo en casa. A la hora a la que vuelvo del trabajo, la playa suele estar desierta. Y en invierno, no se ve un alma.

Durante unos instantes, Theresa le imaginó sentado allí, observando el agua, siempre solo. Garrett sacó del bolsillo una caja de cerillas. Encendió el carbón y se echó hacia atrás cuando se alzaron las llamas. La brisa hacía que el fuego bailara en círculos.

—Bien, el carbón ya ha prendido; ahora voy a preparar la cena.

—¿Puedo echarte una mano?

—No hay mucho que hacer —respondió—. Pero si tienes suerte, tal vez comparta mi receta secreta contigo.

Theresa ladeó la cabeza y le lanzó una mirada furtiva.

—¿Sabes que te estás poniendo el listón muy alto?

—Lo sé. Pero tengo fe.

Garrett le guiñó un ojo y Theresa se rio, antes de seguirle hasta la cocina. Él abrió uno de los armarios y sacó unas cuantas patatas. Fue al fregadero y se limpió las manos. A continuación lavó las patatas, para envolverlas después en papel de aluminio, encendió el horno y las puso en la rejilla.

—¿Cómo puedo ayudarte?

—Ya te dije que no hay mucho que hacer. Creo que lo tengo todo bajo control. Compré una de esas ensaladas ya preparadas… Y no hay nada más en el menú.

Theresa se hizo a un lado mientras Garrett acababa de poner en el horno las patatas y sacaba la ensalada de la nevera. Miró a Theresa con el rabillo del ojo mientras llenaba la ensaladera. ¿Qué tenía aquella mujer que de repente le hacía desear estar lo más cerca posible de ella? Con esa pregunta rondándole por la cabeza, abrió la nevera y sacó los filetes ya cortados para la ocasión. Después se dirigió al armario al lado del frigorífico y sacó el resto de los ingredientes que necesitaba, para colocarlo todo cerca de donde estaba Theresa.

Ella le sonrió desafiante.

—Vamos a ver, ¿qué tienen estos filetes de especial?

Garrett se concentró y puso un poco de brandy en un plato hondo.

—Pues unas cuantas cosas. En primer lugar, se necesitan un par de filetes de este grosor. En la tienda normalmente no los cortan así, de modo que hay que encargarlos. Después se sazonan con un poco de sal, pimienta y ajo picado, y se dejan macerar en el brandy, mientras esperamos hasta que haya brasas en la barbacoa.

Preparó los filetes mientras hablaba. Por primera vez desde que le había conocido, le pareció que aparentaba su edad. Por lo que le había contado, debía tener unos cuatro años menos que ella.

—¿Ese es tu secreto?

—Es solo el principio —anunció Garrett, al tiempo que admiraba la belleza de Theresa—. Justo antes de ponerlos en la parrilla, añado un poco de polvo para ablandar la carne. El resto consiste en la gracia para cocinarlos, no en los condimentos.

—Hablas como si fueras un cocinero profesional.

—Pues la verdad es que no lo soy. Algunas cosas me salen bastante bien, pero últimamente no acostumbro a cocinar mucho. Cuando llego a casa, no suelo tener ganas de preparar nada demasiado sofisticado.

—A mí me pasa lo mismo. Si no fuera por Kevin, no creo que cocinara casi nunca.

Una vez preparados los filetes, Garrett sacó un cuchillo del cajón y regresó al lado de Theresa. Cogió un par de tomates que había dejado en la encimera y empezó a cortarlos.

—Parece que tienes una relación muy buena con Kevin.

—La verdad es que sí. Y espero que siga así. Es casi un adolescente. Tengo miedo de que, a medida que crezca, quiera pasar menos tiempo conmigo.

—Yo no me preocuparía demasiado. Por la manera como hablas de él, creo que siempre estaréis muy unidos.

—Eso espero. Ahora mismo es lo único que tengo, no sé qué haría si empezara a excluirme de su vida. Tengo algunos amigos con hijos un poco mayores que él, y me cuentan que es algo inevitable.

—A buen seguro, Kevin cambiará. Todo el mundo cambia en la adolescencia, pero eso no significa que deje de hablarte.

Theresa le miró.

—¿Hablas por experiencia propia o solo me estás diciendo lo que quiero oír?

Garrett se encogió de hombros, mientras volvía a percibir el perfume.

—Tan solo puedo hablarte de la relación con mi padre. Siempre estuvimos muy unidos, y eso no cambió cuando fui al instituto. Empecé a hacer otras cosas y a pasar más tiempo con amigos, pero siempre seguíamos hablando.

—Espero que ese también sea nuestro caso —respondió Theresa.

Mientras Garrett acababa de preparar la cena, se hizo un agradable silencio. El simple acto de cortar tomates con Theresa a su lado parecía aliviar la ansiedad que había sentido hasta ese momento. Era la primera mujer que invitaba a su casa. En su compañía, se sentía a gusto.

Cuando hubo terminado, Garrett puso los tomates en la ensaladera y se secó las manos con papel de cocina. Después se agachó para coger una segunda cerveza de la nevera.

—¿Te apetece otra?

Theresa dio un último trago de la botella, un tanto sorprendida por haber acabado con la primera tan deprisa, y asintió, mientras dejaba la botella vacía sobre la encimera de la cocina. Garrett le dio otra cerveza después de abrirle el tapón de rosca y cogió otra botella para él. Theresa tenía un aspecto relajado, apoyada en la mesa de la cocina. Cuando cogió la cerveza, algo en su manera de actuar le resultó familiar: tal vez fuera su sonrisa juguetona, o la mirada rasgada con que ella lo observaba mientras se llevaba la botella a los labios. Nuevamente se acordó de aquella lenta tarde de verano con Catherine, en la que había ido a comer a casa para darle una sorpresa, un día que al echar la vista atrás parecía tan cargado de señales… Y sin embargo, ¿cómo hubiera podido prever lo que ocurriría? Aquel día habían estado conversando, de pie en la cocina, tal como ahora hacía con Theresa.

Υ

—Supongo que ya has comido —dijo Garrett al ver a Catherine de pie delante de la nevera abierta.

Ella le miró.

—No tengo mucha hambre —respondió—. Pero sí tengo sed. ¿Te apetece un poco de té frío?

—Suena bien. ¿Sabes si ya ha llegado el correo?

Catherine asintió con la cabeza mientras sacaba la jarra de té de la bandeja superior de la nevera.

—Está encima de la mesa.

Catherine abrió el armario y sacó dos vasos. Llenó el primero y lo puso sobre la encimera, pero el segundo le resbaló de las manos y cayó al suelo.

—¿Estás bien? —Garrett dejó caer el correo, preocupado.

Catherine se pasó una mano por el pelo, azorada, y después se agachó a recoger los trozos de cristal.

—Me he mareado de repente. Enseguida estaré bien.

Garrett fue hacia ella y la ayudó a recoger.

—¿Te encuentras mal otra vez?

—No, seguramente he pasado demasiado tiempo al sol esta mañana.

Garrett se quedó callado un momento mientras recogía los cristales.

—¿Estás segura de que no sería mejor que me quedase contigo? Llevas toda la semana sin encontrarte bien.

—No te preocupes por mí. Además, sé que tienes mucho que hacer en la tienda.

Aunque sabía que ella tenía razón, cuando salió de casa de vuelta al trabajo tuvo la sensación de que no debería haberle hecho caso.

Garrett tragó saliva, de pronto consciente del silencio reinante en la cocina.

—Voy a ver cómo van las brasas —dijo, sintiendo la necesidad de hacer algo, lo que fuera—. Espero que no les falte mucho.

—¿Quieres que ponga la mesa mientras tanto?

—Sí. Lo encontrarás casi todo aquí.

Le enseñó el cajón correspondiente y salió fuera, obligándose a relajarse y a apartar de su mente aquellos turbadores recuerdos. Al llegar a la barbacoa, comprobó el estado de las brasas y se concentró en lo que estaba haciendo. Estarían al cabo de un par de minutos, el carbón ya casi estaba incandescente.

Se dirigió al baúl y sacó un fuelle de pequeño tamaño. Lo dejó sobre la barandilla, cerca de la barbacoa, y respiró hondo. El aire del océano era fresco, casi embriagador; de repente se dio cuenta de que, a pesar de que acababa de rememorar la imagen de Catherine, seguía estando contento de que Theresa estuviera allí. De hecho, se sentía feliz, algo que hacía mucho que no le sucedía.

No era solo porque se entendieran bien, sino también por la manera de actuar de Theresa hasta en los menores detalles. Su forma de sonreír, o cómo le miraba, e incluso cómo le había cogido la mano aquella tarde. Era como si la conociera desde hacía mucho más tiempo. Se preguntó si sería porque le recordaba a Catherine en muchos aspectos, o si tal vez su padre tenía razón sobre que necesitaba la compañía de alguien.

Mientras Garrett estaba en el patio, Theresa puso la mesa. Colocó una copa de vino al lado de cada plato y buscó los cubiertos en el cajón, donde además encontró dos velas. Vaciló un momento pensando si no sería un poco exagerado, pero al final decidió disponerlas en la mesa. Dejaría que él decidiera si quería encenderlas o no. Garrett entró justo cuando Theresa estaba terminando.

—Dentro de un par de minutos estará lista la cena. ¿Qué te parece si nos sentamos afuera mientras esperamos?

Theresa le siguió con la botella de cerveza en la mano. Al igual que la noche anterior, se notaba la brisa marina, aunque esta vez era mucho más suave. Ella se acomodó en una de las sillas. Garrett se sentó a su lado, con las piernas cruzadas a la altura de los tobillos. La camisa de color claro realzaba su intenso bronceado. Theresa le observó mientras él miraba fijamente al horizonte, por encima de las aguas. Ella cerró los ojos un instante para saborear la sensación de estar viva, que había olvidado hacía mucho tiempo.

—Apuesto a que en tu casa de Boston no tienes estas vistas —dijo Garrett rompiendo el silencio.

—Pues no —respondió ella—, no tengo estas vistas. Vivo en

un apartamento. Mis padres piensan que estoy loca por querer vivir en el centro. Según ellos, sería mucho mejor que viviéramos en un barrio residencial de las afueras.

—¿Y por qué no te mudas?

—Ya viví en las afueras antes de divorciarme. Pero ahora me resulta mucho más práctico vivir en el centro. En pocos minutos estoy en el trabajo, la escuela de Kevin está a una manzana y nunca tengo que coger el coche a menos que quiera salir de la ciudad. Por otro lado, después de que mi matrimonio se fuera a pique, quería cambiar de escenario. No podía soportar las miradas de mis vecinos cuando se enteraron de que David me había dejado.

—¿A qué te refieres?

Theresa se encogió de hombros y bajó el tono de voz.

—Nunca les conté por qué David y yo nos separamos. Me parecía que no era asunto suyo.

—Y no lo era.

Theresa guardó silencio durante unos instantes, mientras recordaba.

—Lo sé, pero a sus ojos David era un marido maravilloso: atractivo y con una brillante carrera profesional. De modo que nunca hubieran creído que se había comportado mal. Cuando estábamos juntos, actuaba como si todo fuera perfecto. No supe que tenía una aventura hasta el final. —Se volvió hacia él, con una expresión atribulada en el rostro—. Como se suele decir, la mujer es la última en enterarse.

—¿Y cómo te enteraste?

Theresa hizo un gesto de incredulidad con la cabeza.

—Sé que parece un tópico, pero me enteré por la ropa que fui a buscar a la tintorería. La dependienta me dio los papeles que había en sus bolsillos: uno de ellos era la factura de un hotel del centro. Por la fecha supe que aquella noche había estado en casa, así que tan solo debía de haber pasado allí la tarde. Cuando se lo dije, lo negó, pero por la forma de mirarme supe que estaba mintiendo. Al final se descubrió todo y pedí el divorcio.

Garrett la escuchó atentamente, sin interrumpirla, preguntándose cómo había podido enamorarse de alguien capaz de hacer algo así. Como si estuviera leyendo sus pensamientos, Theresa prosiguió:

147

—David era uno de esos tipos tan convincentes que te hacen creer cualquier cosa. Me parece que incluso él mismo se creía la mayoría de las cosas que me dijo. Nos conocimos en la universidad y me fascinó. Sus perspectivas de futuro, su inteligencia y sus encantos. Me sentía halagada por que se mostrase interesado en mí. Yo era una jovencita recién llegada directamente de Nebraska; él era distinto a todos los hombres que había conocido antes. Cuando nos casamos, creí que mi vida sería como en un cuento de hadas. Pero supongo que eso era lo último en lo que él estaba pensando. Cuando todo hubo acabado, me enteré de que su primera infidelidad tuvo lugar tan solo cinco meses después de habernos casado.

Theresa hizo una pausa. Garrett miró su cerveza.

—No sé qué decir.

—No tienes por qué decir nada —dijo ella con determinación—. Se acabó y, como te dije ayer, ahora lo único que me interesa de él es que sea un buen padre para Kevin.

—Haces que todo parezca muy fácil.

—No es mi intención. David me hizo mucho daño. Me llevó un par de años y bastantes sesiones con una buena terapeuta llegar a este punto. Aprendí mucho con su ayuda, también sobre mí misma. En una ocasión, cuando estaba desahogándome, despotricando de David, mi terapeuta me hizo ver que, al seguir apegada a la ira, estaba permitiendo que David continuara teniendo poder sobre mí, y yo no estaba dispuesta a aceptarlo. Así que decidí liberarme de esa sensación.

Theresa dio un trago a su cerveza.

—¿Recuerdas otros consejos útiles de tu terapeuta? —preguntó Garrett.

Theresa reflexionó unos instantes, después sonrió.

—Pues sí. Me recomendó que, si volvía a cruzarme con alguien que me recordara a David, sería mejor que girara en redondo y echara a correr hacia lo más alto de una montaña.

—¿Te recuerdo a David?

—Ni en lo más mínimo. Creo que no puede haber nadie más distinto.

—Menos mal —dijo en un tono serio cargado de ironía—. No hay demasiadas montañas en este estado, ya sabes. Tendrías que correr mucho hasta llegar a una cima.

Theresa se rio. Garrett echó un vistazo a la barbacoa. Al comprobar que las brasas ya estaban listas, preguntó:

—¿Te parece que empecemos a preparar los filetes?

—¿Me contarás el resto de tu secreto?

—Con mucho gusto —contestó mientras se ponía en pie para ir a buscar los polvos para ablandar la carne a la cocina. Espolvoreó un poco sobre la parte visible de los filetes; tras sacarlos del plato hondo con brandy, repitió la operación por el otro lado. Sacó una bolsita de plástico de la nevera.

—¿Qué es eso? —preguntó Theresa.

—Es el sebo, la parte grasa del filete que normalmente se desecha. Pedí al carnicero que me guardase un poco cuando compré los filetes.

—¿Para qué?

—Ahora lo verás —respondió.

Volvieron a la barbacoa con los filetes y unas pinzas para carne, que Garrett dispuso sobre la barandilla, al lado del fuelle. A continuación, utilizó el fuelle para quitar las cenizas de las briquetas, mientras explicaba a Theresa lo que estaba haciendo.

—Para cocinar un buen filete es necesario que las brasas estén muy calientes. El fuelle sirve para quitar las cenizas, que de lo contrario bloquearían el calor.

Garrett volvió a poner la parrilla sobre la barbacoa, dejó que se calentase durante un par de minutos y después colocó los filetes con las pinzas.

—¿Cómo te gusta la carne?

—Poco hecha.

—Un filete de este tamaño necesita unos once minutos por cada lado.

Theresa arqueó las cejas.

—Eres muy meticuloso, ¿no?

—Te prometí un buen filete y estoy intentando cumplir mi promesa.

Mientras se hacían los filetes, Garrett observaba a Theresa de reojo. Había algo sensual en su figura, que se recortaba en la luz del crepúsculo. El cielo empezaba a tornarse anaranjado; la calidez de la luz resaltaba su belleza, intensificando sus ojos oscuros. La brisa del atardecer revolvía voluptuosamente sus cabellos.

—¿En qué estás pensando?

149

Garrett se sobresaltó al oír su voz. De pronto se dio cuenta de que no había dicho nada desde que empezó a asar los filetes.

—Estaba pensando que tu marido era un imbécil —respondió, mientras volvía el rostro hacia ella, para comprobar que sonreía.

Theresa le dio una palmadita en el hombro.

—Pero si siguiera casada, ahora no estaría aquí contigo.

—Y eso —añadió él, percibiendo todavía el contacto de su mano— sería una pena.

—En efecto —asintió ella, sosteniéndole la mirada por un instante.

Garrett fue a buscar el sebo. Se aclaró la garganta y añadió:

—Creo que ya están listos para el siguiente paso.

Colocó el sebo, que había cortado previamente en dados, sobre las briquetas, justo debajo de los filetes. Luego se inclinó hacia delante y sopló hasta que los dados de sebo empezaron a arder.

—¿Qué haces?

—Las llamas producidas por el sebo hacen que la carne conserve su jugo; de ese modo, el filete sigue estando tierno. Por esa misma razón también se usan pinzas en lugar de un tenedor.

Garrett arrojó unos cuantos trozos más de sebo sobre las briquetas y repitió la operación. Theresa echó un vistazo a su alrededor y comentó:

—¡Qué tranquilidad se respira aquí! Ahora entiendo por qué te compraste esta casa.

Garrett dio por terminado el proceso y, sintiendo que tenía la garganta seca, dio un trago a la cerveza.

—El océano tiene algo que afecta a las personas. Creo que esa es la razón de que venga tanta gente a relajarse.

Theresa se volvió hacia él.

—Dime, Garrett, ¿en qué piensas cuando estás aquí, solo?

—En muchas cosas.

—¿Algo en especial?

Quería decir: «Pienso en Catherine», pero no lo hizo.

—No, nada en particular. A veces pienso en el trabajo, o en los lugares que quiero explorar en mis inmersiones. En alguna ocasión también he pensado en dejarlo todo y navegar hasta muy lejos —respondió tras lanzar un suspiro.

MENSAJE EN UNA BOTELLA

Theresa le observó atentamente cuando pronunció aquellas últimas palabras.

—¿Podrías hacerlo? ¿Irte en tu barco y no volver jamás?

—No estoy seguro, pero creo que podría. A diferencia de ti, no tengo familia, solo a mi padre, y creo que él me comprendería. Nos parecemos mucho. Pienso que, de no haber sido por mí, él hubiera hecho lo mismo hace mucho tiempo.

—Pero eso sería como huir.

—Lo sé.

—¿Y por qué querrías huir? —insistió, aunque de algún modo intuía la respuesta. Al ver que Garrett no contestaba, se acercó a él y le dijo con voz suave—: Garrett, sé que no es asunto mío, pero no puedes escapar de tus problemas. —Theresa le ofreció una sonrisa tranquilizadora—. Además, tienes mucho que ofrecer.

Él guardó silencio, pensando en aquellas palabras y preguntándose cómo era posible que Theresa pareciera saber siempre exactamente qué debía decir para hacer que se sintiera mejor.

Durante los siguientes minutos, solo se oyeron ruidos lejanos. Garrett dio la vuelta a los filetes, que chisporrotearon sobre la parrilla. La suave brisa del atardecer hacía sonar un móvil de campanillas de viento en la distancia. Las olas morían en la orilla, con un fragor relajante y continuo.

Garrett revivió mentalmente los últimos dos días. Recordó la primera vez que la vio, la velada que pasaron en el *Happenstance* y el paseo por la playa de aquella misma tarde, durante el cual le habló por primera vez de Catherine. La tensión que había sentido durante todo el día se había disipado. Ahora estaban muy cerca, bañados por la luz crepuscular, cada vez más tenue. Tuvo la sensación de que aquella noche significaba para ambos mucho más de lo que estaban dispuestos a admitir.

Justo antes de que los filetes estuvieran a punto, Theresa volvió a entrar en la casa para acabar de poner la mesa. Sacó las patatas del horno, quitó la envoltura de papel de aluminio y las dispuso en los platos. Después puso la ensalada en el centro de la mesa, además de un par de frascos con diferentes aliños que había encontrado al lado de la nevera. Lo último fue la sal, la pimienta, un poco de mantequilla y las servilletas. Puesto que en el interior de la casa empezaba a estar demasiado oscuro, encendió la luz de la cocina, pero le pareció excesiva. La apagó y, sin pensárselo dos veces, encendió las velas. Luego se separó un poco de la mesa para comprobar el efecto. Le pareció que todo estaba bien y fue a buscar la botella de vino, que puso sobre la mesa justo en el momento en que Garrett entró en la casa.

Tras cerrar las puertas correderas, Garrett vio la mesa que había preparado Theresa. En la cocina reinaba la oscuridad, con excepción de las pequeñas llamas de las velas que apuntaban hacia el techo y cuyo resplandor hacía parecer a Theresa aún más bella. Los cabellos oscuros adquirían un aire de misterio a esa luz tenue; sus ojos parecían reflejar las titilantes llamas. Garrett se quedó sin habla, incapaz de hacer otra cosa que no fuera mirarla fijamente. En ese instante supo a la perfección qué era lo que había estado intentando negarse a sí mismo desde que la conoció.

—Pensé que esta luz le daría un toque especial —dijo Theresa en voz baja.

—Y así es.

Permanecieron un rato así, sosteniéndose la mirada, como en una imagen congelada en la que se barajaban remotas posibilidades. En un momento dado, Theresa bajó la vista.

—No he encontrado el sacacorchos —dijo para romper el silencio.

—Voy a buscarlo —replicó Garrett enseguida—. No lo uso mucho, seguramente estará enterrado en uno de los cajones.

Garrett llevó los filetes a la mesa y después se dispuso a buscar el sacacorchos. Lo encontró en el fondo del cajón entre otros utensilios y lo llevó a la mesa. Abrió la botella con hábiles movimientos y sirvió el vino en las copas. Luego se sentó y utilizó las pinzas para poner los filetes en sendos platos.

—Ha llegado la hora de la verdad —dijo Theresa justo antes de probar su filete.

Garrett sonrió mientras la observaba.

Theresa comprobó para su grata sorpresa que él no había exagerado en absoluto.

—Garrett, esto está delicioso —dijo, esta vez sin ironía.

—Gracias.

Las velas fueron consumiéndose a medida que avanzaba la velada. Él volvió a asegurar que estaba encantado con que hubiese aceptado su invitación. En ambas ocasiones Theresa sintió un cosquilleo en la nuca y se apresuró a tomar otro trago de vino para que la sensación desapareciera.

Afuera empezaba a subir la marea, como resultado de la repentina aparición de una misteriosa luna creciente.

Tras la cena, Garrett propuso dar otro paseo por la playa.

—De noche es realmente hermoso —dijo.

Cuando Theresa aceptó su propuesta, él recogió los platos y los cubiertos y los puso en el fregadero.

Salieron de la cocina hacia la terraza. Garrett cerró la puerta tras él. Hacía una noche agradable. Abandonaron la terraza y pasaron por una pequeña duna hasta llegar a la playa.

Una vez en la orilla, repitieron la operación de quitarse los zapatos, que dejaron allí mismo, puesto que no había nadie en la playa. Empezaron a caminar despacio, muy cerca el uno del otro. Para sorpresa de Theresa, Garrett le cogió la mano. Al sentir su calor, se preguntó por un momento cómo se sentiría si le acariciara el cuerpo lentamente. Aquella idea hizo que algo se tensara en su interior; cuando por fin le miró, se preguntó si él podría intuir lo que estaba pensando.

Siguieron paseando mientras ambos asimilaban lo que estaba sucediendo aquella noche.

—Hace mucho que no pasaba una velada semejante —dijo por fin Garrett, en un tono de voz casi evocador.

—A mí me pasa lo mismo —contestó Theresa.

La arena ahora estaba fría.

—Garrett, ¿recuerdas el momento en que me invitaste a navegar contigo? —preguntó Theresa.

—Sí.

—¿Por qué lo hiciste?

Garrett la miró intrigado.

—¿A qué te refieres?

—Me refiero a que casi parecía que te estabas arrepintiendo en el mismo momento en el que me lo propusiste.

Garrett se encogió de hombros.

—No creo que arrepentirse sea la palabra adecuada. Creo que me sorprendí a mí mismo al preguntártelo, pero no me estaba arrepintiendo.

153

Ella sonrió.

—¿Estás seguro?

—Sí. No te olvides de que no se lo había pedido a nadie desde hace más de tres años. Cuando dijiste que no habías salido nunca a navegar, creo que simplemente me di cuenta de que estaba cansado de ir siempre solo.

—¿Quieres decir que sencillamente estaba en el lugar y momento adecuado?

Garrett negó con la cabeza.

—No quería decir eso. Quería llevarte a navegar conmigo. No creo que se lo hubiera propuesto a cualquier otra persona. Por otro lado, todo ha salido mucho mejor de lo que imaginaba. Los últimos dos días han sido los mejores que he pasado desde hace mucho tiempo.

Theresa sintió una especie de calor interior al oír a Garrett decir aquellas palabras. De pronto advirtió que él había empezado a trazar círculos lentamente con el pulgar sobre su piel.

—¿Te imaginabas que tus vacaciones serían así? —prosiguió Garrett.

154

Theresa vaciló, pero decidió que no era el momento de contarle la verdad.

—No.

Siguieron caminando en silencio. Había algunas personas en la playa, pero estaban lo suficientemente lejos como para que Theresa apenas pudiera distinguir sus contornos.

—¿Crees que volverás aquí algún día? Me refiero a si volverás de vacaciones.

—No lo sé. ¿Por qué?

—Porque tenía la secreta esperanza de que lo hicieras.

En la distancia vieron algunas luces que jalonaban un muelle lejano. De nuevo, Theresa notó la mano de Garrett acariciando la suya.

—¿Volverías a cocinar para mí?

—Cocinaré lo que quieras. Siempre que se trate de un buen filete.

Theresa se rio por lo bajo.

—Entonces me lo pensaré. Te lo prometo.

—¿Y si te diera unas cuantas clases de submarinismo?

—Creo que a Kevin le gustaría más que a mí.

—Entonces tráelo contigo.

Theresa le miró.

—¿No te importaría?

—Claro que no. Me encantaría conocerlo.

—Estoy segura de que te caería bien.

—Yo también.

Avanzaron en silencio, hasta que Theresa espetó de repente:

—Garrett, ¿puedo preguntarte algo?

—Claro.

—Sé que esto suena raro, pero…

Se interrumpió a sí misma un momento. Él la miró con curiosidad.

—¿Qué?

—¿Qué es lo peor que has hecho en tu vida?

Garrett profirió una carcajada.

—¿Cómo se te ha ocurrido eso?

—Es solo curiosidad. Siempre pregunto eso. Así sé cómo es la gente realmente.

—¿Lo peor?

—Lo más abyecto.

Garrett reflexionó un momento.

—Supongo que lo peor que he hecho sucedió cuando salí con mis amigos una noche de diciembre. Bebimos y armamos mucho jaleo, y acabamos en una calle decorada con luces navideñas. Aparcamos y empezamos a desenroscar y robar todas las bombillas que pudimos.

—¡No puede ser!

—Pues sí. Debíamos de ser unos cinco. Llenamos el maletero de luces de Navidad robadas. Lo peor de todo es que dejamos los cables. Parecía como si un duende malo hubiera estado en aquella calle. Tardamos unas dos horas, durante las cuales nos reímos a carcajadas por nuestra hazaña. La calle había salido en el periódico como una de las más profusamente decoradas de la ciudad. Cuando acabamos… No quiero ni imaginar lo que debió de pensar aquella gente. Debían de estar furiosos.

—¡Es terrible!

Garrett volvió a reírse.

—Lo sé. Ahora, cuando pienso en ello, sé que fue terrible. Pero entonces me pareció divertidísimo.

155

—Y yo que creía que eras tan buen tipo.

—Y lo soy.

—Pero aquel día hiciste una gamberrada. —Theresa siguió provocándolo, intrigada—. ¿Qué más hicisteis, tú y tus amigos?

—¿De veras quieres saberlo?

—Sí, claro.

Empezó a hacerla reír con otras anécdotas de cuando era un chaval, desde enjabonar las lunas de los coches a adornar las casas de exnovias con papel higiénico como si fueran tipis. En una ocasión vio a uno de sus amigos conduciendo al lado de su coche cuando él estaba acompañado por una chica. Su amigo le hizo señas para que bajase la ventanilla; cuando lo hizo, inmediatamente aprovechó la ocasión para arrojar dentro del coche un cohete hecho con una botella vacía que explotó a sus pies.

Veinte minutos después todavía estaba contando anécdotas, para regocijo de Theresa. Cuando terminó de hablar, Garrett le hizo a ella la misma pregunta, la que había dado pie a aquella conversación.

—Oh, yo nunca he hecho nada parecido —dijo coqueteando casi con timidez—. Siempre he sido una buena chica.

Él volvió a reírse, a sabiendas de que había sido manipulado, aunque no le importaba demasiado, y consciente de que Theresa no estaba diciendo la verdad.

Llegaron hasta el final de la playa contándose otras historias de la infancia. Mientras Garrett hablaba, Theresa intentó imaginarse cómo debía de haber sido de joven; se preguntó qué hubiera pensado de él de haberle conocido en la universidad. ¿Le habría encontrado tan irresistible como ahora, o se habría enamorado de David igualmente? Quería creer que se habría dado cuenta de las grandes diferencias existentes entre ellos, pero ¿habría sido de verdad así? David le había parecido entonces tan perfecto...

Se detuvieron un momento para mirar el horizonte sobre las aguas. Garrett estaba muy cerca de ella, casi rozándole el hombro.

—¿Qué estás pensando? —dijo Garrett.

—Estaba pensando que me encanta estar a tu lado en silencio.

Garrett sonrió.

—Y yo estaba pensando que te he contado muchas cosas que no le había contado a nadie.

—¿Es porque sabes que regresaré a Boston y no podré contárselo a nadie que conozcas?

Garrett soltó una risita ahogada.

—No es eso, de ninguna manera.

—¿Entonces por qué?

—¿No lo sabes? —preguntó Garrett mientras la miraba expectante.

—No. —Theresa sonrió mientras respondía, casi incitándole a seguir hablando.

Garrett se preguntaba cómo podía explicar algo que ni él mismo acababa de comprender. Después de un rato, en el que intentó ordenar sus pensamientos, volvió a hablar en voz baja:

—Supongo que quería que supieras quién soy realmente. Porque si me conoces a fondo y todavía quieres pasar tiempo conmigo...

Theresa no dijo nada, pero sabía muy bien qué intentaba decirle. Él miró a otro lado.

—Lo siento. No era mi intención hacerte sentir incómoda.

—No lo has hecho —empezó a hablar Theresa—. Me alegro de que lo hayas dicho...

Su voz se fue apagando. De nuevo echaron a andar lentamente.

—Pero no sientes lo mismo que yo.

Theresa alzó la vista para encontrar su mirada.

—Garrett..., yo... —Nuevamente su voz fue apagándose.

—No, no tienes que decir nada...

Pero Theresa no le dejó acabar la frase.

—Sí tengo que decirte algo. Quieres una respuesta y te la voy a dar. —Hizo una pausa, calibrando cuál era la mejor manera de abordar el tema. Luego respiró hondo y prosiguió—: Después de la separación lo pasé muy mal. Y cuando creía que lo estaba superando, empecé a salir con otros hombres. Pero los tipos que conocí eran..., no sé, simplemente parecía que el mundo entero había cambiado desde que me casé. Todos querían conseguir algo de mí, pero ninguno quería dar nada. Supongo que estoy hastiada de los hombres en general.

—No sé qué decir...

157

—Garrett, no te estoy contando esto porque piense que tú eres como los demás. Al contrario, creo que no eres así en absoluto. Y eso me asusta. Porque, si te digo que me gustas…, en cierto modo me lo estoy diciendo a mí misma. Y al hacerlo, supongo que me estoy abriendo a la posibilidad de que vuelvan a hacerme daño.

—Nunca te haré daño —intervino Garrett en un tono cariñoso.

Theresa se detuvo para hacer que él la mirara y le habló en voz baja.

—Sé que lo crees de veras, Garrett. Pero tú has tenido que hacer frente a tus propios fantasmas durante los últimos tres años. No sé si ya estás preparado para mirar al futuro; de lo contrario, seré yo quien salga malparada.

Aquellas palabras le hicieron daño. Garrett tardó un poco en responder. Deseaba que le mirara a los ojos.

—Theresa… Desde que nos conocimos…, no sé…

Se interrumpió al darse cuenta de que no podía describir con palabras sus sentimientos.

En lugar de seguir hablando, alzó una mano y rozó el rostro de Theresa con un dedo, siguiendo sus contornos con suma suavidad, de manera que casi parecía una pluma acariciando su piel. Al sentir aquel roce, ella cerró los ojos y, a pesar de la incertidumbre que sentía, permitió que aquel cosquilleo viajara por todo su cuerpo, empezando por una cálida sensación en el cuello y en el pecho.

Con aquel gesto, le pareció que todo a su alrededor empezaba a difuminarse; de repente todo estaba bien. La cena que habían compartido, el paseo por la playa, la forma en la que él la miraba… No podía imaginar nada mejor que lo que estaba viviendo en esos precisos instantes.

Las olas morían en la playa y mojaban sus pies. La cálida brisa veraniega revolvía su cabello, haciendo aún más intensa la sensación de aquel roce. La luz de la luna otorgaba un aire etéreo a las aguas; las nubes proyectaban sombras en la playa, configurando un paisaje casi irreal.

Ambos se abandonaron a todo lo que habían estado construyendo desde el momento en que se encontraron. Theresa se acurrucó sobre él y sintió la calidez de su cuerpo; Garrett dejó de apretar la mano de ella para rodearla lentamente con sus brazos. La atrajo hacia sí y la besó en los labios con suavidad. Se apartó un poco para mirarla y volvió a besarla. Ella le devolvió el beso, mientras sentía cómo la mano de Garrett le recorría la espalda hasta llegar a sus cabellos, en los que hundió sus dedos.

Permanecieron allí, de pie, besándose a la luz de la luna durante un buen rato, sin preocuparse de que alguien pudiera verlos. Ambos habían esperado demasiado a que llegase aquel momento; cuando al final dejaron de besarse, se miraron fijamente a los ojos. Entonces Theresa volvió a tomar su mano para conducirle hasta la casa.

Cuando entraron, todo parecía un sueño. En cuanto cerró la puerta, Garrett la besó de nuevo, ahora de forma más apasionada. Theresa sintió que su cuerpo se estremecía, expectante. Después fue a la cocina, cogió las dos velas de la mesa y las condujo hasta el dormitorio. Dispuso las velas sobre la cómoda. Garrett sacó una caja de cerillas del bolsillo para encenderlas, mientras ella iba hacia los ventanales para correr las cortinas.

Garrett estaba de pie junto a la cómoda cuando Theresa regresó a su lado. Volvían a estar muy cerca. Ella recorrió el pecho de Garrett con las manos; sintió que se le tensaban los músculos por debajo de la camisa, abandonándose a su propia sensualidad. Mientras le miraba a los ojos, Theresa sacó la camisa del pantalón y empezó a quitársela lentamente. Él alzó los brazos y la camisa se deslizó por encima de su cabeza. Theresa se apoyó en él, mientras oía el ruido de la camisa al caer al suelo. Le besó el pecho, luego el cuello, y empezó a temblar cuando las manos de Garrett se movieron hacia la parte delantera de su blusa. Se apartó un poco para dejarle hacer. Se echó hacia atrás mientras él iba desabrochando poco a poco cada botón.

Cuando la blusa quedó completamente abierta, Garrett la rodeó con sus brazos y la atrajo de nuevo hacia sí, esta vez sintiendo el cálido contacto de su piel. Le besó el cuello y mordisqueó el lóbulo de la oreja mientras le recorría la espalda con las manos. Theresa separó los labios al sentir la ternura con que la tocaba. Los dedos se detuvieron a la altura del sujetador, que desabrochó con un movimiento experto, haciendo que se le cortara la respiración. Enseguida, sin dejar de besarla, retiró de los hombros los tirantes de aquella prenda, liberando así sus senos.

159

Se inclinó para besarlos con delicadeza, uno tras otro, y ella dejó caer la cabeza hacia atrás, mientras sentía su cálido aliento y la humedad de su boca en los distintos puntos de su cuerpo por los que pasaban sus labios.

Theresa sentía que le faltaba el aliento cuando buscó con las manos el botón de los vaqueros. Le miró a los ojos mientras lo desabrochaba. Después empezó a bajar la cremallera. Sin dejar de mirarlo, recorrió su cintura con un dedo, rozando el ombligo con la uña antes de tirar de la cintura del pantalón. La abertura se hizo más amplia y él se apartó un instante para quitárselos. Después volvió acercarse para besarla, la tomó en sus brazos y atravesó la habitación para llevarla hasta la cama.

Una vez tumbados, Theresa volvió a recorrer con las manos el pecho de Garrett, ahora húmedo por el sudor, y sintió que él dirigía las manos hacia sus pantalones. Los desabrochó; alzando levemente su cuerpo se los quitó, primero una pernera, luego otra, mientras sus manos seguían explorando su cuerpo. Ella le acarició la espalda, mientras le mordisqueaba con suavidad el cuello, escuchando cómo se aceleraba su respiración. Garrett empezó a quitarse la ropa interior. Ella le imitó. Cuando por fin ambos estuvieron desnudos, sus cuerpos se fundieron.

A la luz de las velas, Theresa parecía aún más hermosa. Garrett recorrió con su lengua el espacio entre sus pechos, hasta llegar al vientre y el ombligo, para luego hacer el recorrido inverso. La tenue luz se reflejaba en su pelo, haciéndolo brillar. Su piel suave era una suerte de invitación, mientras los cuerpos seguían aferrados el uno al otro. Garrett podía sentir las manos de ella en su espalda, apretándolo con fuerza.

Pero él siguió besando su cuerpo, sin prisas. Colocó una mejilla sobre el vientre de Theresa, que rozó suavemente. La barba incipiente en su barbilla tenía un efecto erótico en la piel de Theresa, quien se recostó en la cama mientras le acariciaba los cabellos. Garrett insistió hasta que ella no pudo más; a continuación siguió subiendo para repetir aquellas caricias en sus pechos.

Ella volvió a atraerle hacia sí, arqueando la espalda mientras él se colocaba sobre ella. Garrett besó la punta de cada uno de sus dedos. Cuando por fin se fundieron como un solo cuerpo, Theresa cerró los ojos con un suspiro. Besándose suavemente, hicieron el amor con la pasión que ambos habían reprimido durante los últimos tres años.

Sus cuerpos se movían como uno solo, ambos conscientes de las necesidades del otro, intentando complacerse mutuamente. Garrett la besó casi todo el tiempo. Ella sentía aquella sensación húmeda de su boca allí donde él la rozaba con los labios. Theresa empezó a sentir que su cuerpo se estremecía con la urgencia cada vez más apremiante de algo maravilloso.

Cuando por fin ocurrió, los dedos de Theresa apretaron con fuerza su espalda, pero en el momento en que parecía acabar el orgasmo empezaba a surgir otro, y así llegó al clímax en largas secuencias, un orgasmo tras otro. Cuando acabaron de hacer el amor, Theresa estaba exhausta. Entonces le abrazó con fuerza, mientras se relajaba a su lado, todavía sintiendo las manos de él resiguiendo con suavidad su piel. Observaba las velas ya casi consumidas, reviviendo el momento que acababan de compartir.

Permanecieron muy juntos casi toda la noche, haciendo el amor una y otra vez, para después abrazarse con fuerza. Theresa se quedó dormida en sus brazos, con una sensación fantástica. Garrett la observó mientras dormía a su lado. Justo antes de quedarse dormido, le apartó suavemente los cabellos de la cara, mientras intentaba grabar todo lo ocurrido en su memoria.

161

Justo antes de despuntar el alba, Theresa abrió los ojos, e instintivamente supo que Garrett se había ido. Se dio la vuelta en la cama. Al ver que no estaba, se levantó y fue al armario, donde encontró un albornoz. Se cubrió con él, salió de la habitación y escudriñó la oscuridad de la cocina. No estaba allí. Fue a la sala de estar, pero tampoco lo encontró. De pronto supo con exactitud dónde debía de estar.

Salió fuera y le encontró sentado en una silla, únicamente ataviado con una camiseta gris y la ropa interior. Garrett se dio la vuelta y, al verla, sonrió.

—Hola.

Theresa avanzó hacia él. Garrett le hizo señas para que se sentara en su regazo. La besó mientras la atraía hacia sí. Ella le rodeó el cuello con los brazos. Enseguida percibió que algo no iba bien, así que se apartó un poco y le acarició una mejilla.

—¿Estás bien?

Garrett tardó un poco en contestar.

—Sí —respondió en voz baja, sin mirarla.

—¿Estás seguro?

Él asintió, de nuevo esquivando su mirada. Ella le hizo volver la cabeza con un dedo para que la mirase.

—Pareces… triste —dijo en voz baja.

Garrett respondió con un atisbo de sonrisa.

—¿Estás triste por lo que ha pasado?

—No —contestó—. En absoluto. No me arrepiento de nada.

—Entonces, ¿qué pasa?

Garrett no contestó, sino que de nuevo apartó la mirada.

Theresa habló en voz baja.

—¿Estás aquí afuera por Catherine?

Él aguardó un poco antes de contestar, después la cogió de la mano y, finalmente, buscó su mirada.

—No. No estoy aquí afuera por Catherine —dijo casi en un susurro—. Estoy aquí por ti.

A continuación, con una ternura que le recordó a un niño pequeño, la atrajo hacia sí suavemente y la abrazó sin decir una palabra más, sin dejarla ir hasta que las primeras luces empezaron a iluminar el cielo y apareció el primer turista en la playa.

Capítulo 9

—¿*C*ómo que no puedes comer conmigo hoy? Hace años que quedamos para comer un día a la semana, ¿cómo has podido olvidarlo?

—No lo he olvidado, papá; es que hoy no me va bien. Quedamos la semana que viene, ¿te parece?

Al otro lado de la línea, Jeb Blake guardó silencio por un momento, mientras repiqueteaba con los dedos sobre la mesa.

—¿Por qué tengo la sensación de que me estás ocultando algo?

—No tengo nada que esconder.

—¿Estás seguro?

—Sí, claro.

Theresa le pidió una toalla a Garrett desde la ducha. Garrett tapó con la mano el micrófono y contestó que iría enseguida. Cuando volvió a poner su atención en la conversación telefónica, oyó a su padre aspirar profundamente.

—¿Qué ha sido eso?

—Nada.

Entonces, como si hubiera caído en la cuenta repentinamente, Jeb preguntó:

—Esa tal Theresa está contigo, ¿no?

Consciente de que no podía seguir ocultándole la verdad, Garrett respondió:

—Sí, está aquí.

Jeb emitió un silbido de satisfacción.

—Ya era hora.

Garrett intentó quitarle importancia.

—Papá, no exageres…

—No lo haré, lo prometo.

—Gracias.

—Pero ¿puedo preguntarte algo?

—Claro. —Garrett suspiró.

—¿Te sientes feliz a su lado?

Garrett tardó un poco en responder.

—Sí, me hace feliz —dijo por último.

—Ya era hora —volvió a decir riendo, antes de colgar.

Garrett miró el teléfono fijamente mientras volvía a ponerlo en su base.

—De verdad me hace feliz —susurró para sí mismo con un atisbo de sonrisa en su rostro—. Sí, señor.

Theresa salió del dormitorio poco después. Parecía descansada y como nueva. Olió el aroma del café recién hecho y fue a la cocina. Garrett puso un poco de pan en la tostadora y se acercó a ella.

—Buenos días —dijo, mientras le besaba la nuca.

—Buenos días otra vez.

—Perdona que me fuera del dormitorio de madrugada.

—No pasa nada… Lo entiendo.

—¿En serio?

—Por supuesto. —Theresa se volvió hacia él con una sonrisa—. Me lo pasé muy bien anoche.

—Yo también —respondió él. Mientras cogía una taza del armario para Theresa, le preguntó por encima del hombro—: ¿Quieres que hagamos algo hoy? He llamado a la tienda para avisar de que no iría a trabajar.

—¿Qué tienes pensado?

—¿Qué te parece si te enseño Wilmington?

—Es una posibilidad —respondió Theresa sin sonar demasiado convencida.

—¿Tienes otros planes?

—¿Y si nos quedamos por aquí todo el día?

—¿Y qué haremos?

—Oh, se me ocurren un par de cosas —dijo ella, mientras le abrazaba—. Bueno, si te parece bien.

—Claro —contestó él con una amplia sonrisa—. Me parece estupendo.

Durante los siguientes cuatro días, Theresa y Garrett fueron inseparables. Él le pidió a Ian que se encargara de la tienda, e incluso le permitió dar las clases de submarinismo del sábado, lo cual era algo sin precedentes.

Garrett y Theresa salieron a navegar en dos ocasiones; la segunda vez pasaron la noche en el océano, en la cama de la cabina, acunados por el suave oleaje del Atlántico. Por la tarde, Theresa le pidió que le contara nuevas aventuras de marinos de la Antigüedad. La voz de Garrett reverberaba en el interior del barco, mientras ella le acariciaba el pelo. Lo que Theresa no sabía era que, mientras ella dormía, Garrett se había levantado, al igual que en su primera noche juntos, para deambular por la cubierta a solas. Pensaba en Theresa, dormida en la cabina, y en el hecho de que tenía que irse muy pronto. Eso trajo consigo otro recuerdo.

—Creo que no deberías ir —dijo Garrett, lanzándole a Catherine una mirada cargada de preocupación.

Ella estaba de pie al lado de la puerta de entrada a la casa, con una maleta, disgustada por su comentario.

—Por favor, Garrett, ya hemos hablado de este tema. Solo estaré fuera un par de días.

—Es que últimamente pareces otra persona.

Catherine sintió ganas de gritar.

—¿Cuántas veces tengo que decirte que estoy bien? Mi hermana me necesita, ya sabes cómo es. Está preocupada por la boda; mi madre no es de gran ayuda.

—Pero yo también te necesito.

—Garrett, solo porque tú tengas que trabajar en la tienda todo el día, eso no significa que yo también tenga que quedarme aquí. No somos siameses.

Garrett retrocedió como movido por un resorte, como si sus palabras le hubieran herido.

—Yo no he dicho eso. Simplemente no creo que sea una buena idea que vayas, si no te encuentras bien.

—Nunca quieres que vaya a ninguna parte.

—¿Qué quieres que haga si te echo de menos cuando no estás?

La expresión en el rostro de Catherine se suavizó un poco.

—Garrett, aunque a veces tenga que irme, sabes que siempre volveré.

Cuando el recuerdo se desvaneció, él regresó a la cabina y observó a Theresa, dormida bajo las sábanas. Se deslizó a su lado sin hacer ruido y la abrazó con fuerza.

Pasaron el siguiente día en la playa, cerca del espigón y del restaurante donde fueron a comer juntos por primera vez. Los rayos del sol, aunque todavía era temprano, quemaron la piel de Theresa. Garrett fue a una de las tiendas para turistas situadas justo al lado de la playa para comprar crema protectora; después se la aplicó en la espalda, extendiéndola con suavidad, como si fuera una niña. Aunque Theresa no quería creerlo, percibía que Garrett a veces estaba ausente, con la mente en otra parte. Pero aquella sensación se desvanecía con la misma rapidez con la que había llegado. Entonces se preguntaba si no serían solo imaginaciones suyas.

Comieron de nuevo en Hank's, cogiéndose las manos por encima de la mesa, mientras se miraban fijamente a los ojos. Hablaban en voz baja, ajenos a la multitud, sin ni siquiera advertir que les habían traído la cuenta y que la marabunta de clientes ya había desalojado el local.

Theresa le observaba atentamente, preguntándose si Garrett había sido tan intuitivo con Catherine como parecía serlo con ella. Cuando estaban juntos, tenía la sensación de que podía leerle la mente: si quería cogerle la mano, él se adelantaba antes de que ella hubiera verbalizado su deseo. Cuando quería hablar sin interrupciones durante un rato, él se limitaba a escuchar. Y si quería saber cuáles eran sus sentimientos hacia ella en un momento dado, gracias a su forma de mirarla le resultaban obvios. Nadie, ni siquiera David, la había comprendido tan bien como Garrett parecía hacerlo; sin embargo, ¿cuánto tiempo hacía que se conocían? ¿Unos cuantos días? Se preguntaba cómo era posible. Por la noche, buscó la respuesta mientras él dormía a su lado, pero su mente siempre volvía a los mensajes que había encontrado. A medida que le iba conociendo mejor, cada vez estaba más convencida de que el destino había hecho que ella encontrara los mensajes de Garrett para Catherine, como si una poderosa energía se los hubiera enviado para que pudieran estar juntos.

El sábado por la noche Garrett volvió a cocinar para ella. Cenaron en el patio, bajo las estrellas. Después de hacer el amor, permanecieron tumbados en la cama, abrazándose fuertemente. Ambos sabían que Theresa tenía que regresar a Boston al día siguiente. Hasta ese momento, habían evitado hablar de ello.

—¿Volveremos a vernos? —preguntó Theresa.

Garrett había estado muy callado, casi demasiado.

—Espero que sí —respondió por fin.

—¿Te gustaría?

—Claro. —Al decir esto, Garrett se incorporó en la cama, separándose un poco de ella. Enseguida ella también se sentó en la cama y encendió la luz de la mesilla.

—¿Qué pasa, Garrett?

—Nada, solo que no quiero que acabe esta historia —respondió él, bajando la vista—. No quiero que esto acabe, no quiero que esta semana llegue a su fin. Me refiero a que has entrado en mi vida, la has puesto patas arriba y ahora te vas.

Theresa le cogió una mano y le habló en voz baja.

—Garrett, yo tampoco quiero que esto acabe. Esta ha sido una de las mejores semanas de mi vida. Parece que te conozca desde siempre. Podemos hacer que funcione, si lo intentamos. Podría venir aquí o tú podrías ir a Boston. Sea como sea, podemos intentarlo, ¿no crees?

—¿Cuándo nos veríamos? ¿Una vez al mes? ¿Tal vez menos?

—No lo sé. Creo que depende de nosotros y de nuestra voluntad. Creo que, si ambos estamos dispuestos a ceder un poco, podemos conseguirlo.

Garrett guardó silencio durante un rato.

—¿De veras crees que puede funcionar si no nos vemos a menudo? ¿Cuándo tendré la posibilidad de abrazarte? ¿Cuándo podré ver tu cara? Si solo nos vemos de vez en cuando, no podremos hacer lo que necesitamos… para seguir sintiendo lo mismo. Cada vez que nos veamos, sabremos que solo será por un par de días. No dispondremos del tiempo necesario para dejar que lo nuestro vaya a más.

Eran palabras hirientes, en parte porque expresaban la verdad, pero también porque parecía que Garrett quería simplemente acabar con aquello en ese momento. Cuando al final se volvió hacia ella, con una sonrisa afligida, Theresa no supo qué responder. Dejó de apretar la mano de él, que todavía estaba entre las suyas, confundida.

—Entonces, ¿no quieres intentarlo? ¿Es eso lo que intentas decirme? Sencillamente olvidarás lo que ha sucedido...

Garrett negó con un movimiento de cabeza.

—No, no quiero olvidarlo. No podré olvidarlo nunca. No sé... Solo sé que quiero verte más a menudo de lo que parece ser posible.

—Yo también. Pero no puede ser, solo podemos intentar buscar la mejor solución. ¿De acuerdo?

Garrett sacudió la cabeza, con desaliento.

—No sé...

Ella le observó atentamente mientras hablaba, percibiendo que había algo más.

—Garrett, ¿qué pasa?

Él no respondió. Ella siguió hablando.

—¿Hay alguna razón que te impida intentarlo?

Garrett seguía callado. En medio del silencio, se volvió hacia la foto de Catherine que había en la mesilla de noche.

—¿Qué tal el viaje? —Garrett cogió la bolsa de Catherine del asiento trasero mientras ella salía del coche.

Ella sonrió, aunque él pudo ver señales de cansancio en su rostro.

—Bien, pero mi hermana sigue estando muy nerviosa. Quiere que todo salga a la perfección. Acabamos de enterarnos de que Nancy está embarazada, así que no va a poder ponerse el vestido de dama de honor.

—¿Y qué? Puede hacer que se lo arreglen.

—Eso mismo dije yo, pero ya sabes cómo es. Hace una montaña de un grano de arena.

Catherine se llevó las manos a las caderas para estirar la espalda, gesto que acompañó con una mueca de dolor.

—¿Estás bien?

—Solo un poco agarrotada. Allí me sentía cansada todo el tiempo; mi espalda se ha resentido en los últimos días.

Catherine empezó a caminar hacia la puerta, con Garrett a su lado.

—Catherine, solo quería decirte que siento haber actuado de ese modo antes de que te marcharas. Me alegro de que fueras a ver a tu hermana, pero me alegro aún más de que hayas vuelto.

—Garrett, dime algo.

Theresa le miraba fijamente, angustiada.

—Theresa…, es solo que me resulta muy duro. Todo por lo que he pasado… —Su voz se fue apagando, y ella supo de qué estaba hablando. Sintió que se le hacía un nudo en el estómago.

—Es por Catherine, ¿verdad?

—No, simplemente… —Garrett no acabó la frase, pero de repente Theresa tuvo la certeza de que se trataba de eso.

—Es por eso, ¿verdad? Ni siquiera quieres intentarlo…, por Catherine.

—No lo entiendes.

Muy a su pesar, Theresa sintió un arrebato de ira.

—Oh, sí que lo entiendo. Has podido pasar esta semana conmigo simplemente porque sabías que al final me marcharía. Y cuando yo me vaya, podrás volver a tu situación anterior. Solo he sido una aventura, ¿no es cierto?

Garrett negó con la cabeza.

—No, no es eso. No has sido tan solo una aventura. Me importas de verdad.

Ella le miró con dureza.

—Pero no lo suficiente para intentar que funcione.

Garrett le devolvió una mirada cargada de dolor.

—No seas así…

—¿Cómo se supone que debería comportarme? ¿Debería ser comprensiva? ¿Quieres que diga simplemente: «Bueno, de acuerdo, Garrett; lo dejaremos aquí porque es muy complicado y no podremos vernos a menudo. Lo entiendo. Ha sido un placer conocerte»? ¿Es eso lo que quieres que diga?

—No, no quiero que digas eso.

—Entonces, ¿qué quieres? Ya te he dicho que yo sí estoy dispuesta a intentarlo..., que me gustaría probar...

Él se limitaba a mover la cabeza, incapaz de enfrentarse con su mirada. Theresa notó que sus ojos empezaban a anegarse en lágrimas.

—Garrett, sé que perdiste a tu mujer. Y sé que has sufrido mucho por ello. Pero ahora te estás comportando como si fueras un mártir. Tienes toda la vida por delante. No la arruines a cambio de seguir viviendo en el pasado.

—No vivo en el pasado —respondió él, a la defensiva

Theresa consiguió contener el llanto, no sin esfuerzo. Volvió a hablar, esta vez con un tono más suave:

—Garrett..., yo no he sufrido la misma pérdida, pero sí sé lo que es el dolor y la pena de ver que alguien que realmente te importa se te escapa. Pero si quieres que sea sincera, estoy harta de estar siempre sola. Ya han pasado tres años, en tu caso también, y estoy harta de esta situación. Estoy preparada para seguir adelante y encontrar a alguien especial con quien poder compartir mi vida. Y tú también deberías hacerlo.

—Lo sé. ¿Crees que no soy consciente de ello?

—Ahora mismo, no estoy tan segura. Ha sucedido algo maravilloso entre nosotros. Creo que es algo que se debe tener en cuenta.

Garrett guardó silencio otra vez.

—Tienes razón —empezó a decir, luchando por encontrar las palabras adecuadas—. Mi mente sabe que tienes razón. Pero mi corazón... no está tan seguro.

—¿Y qué hay del mío? ¿Acaso no te importa en absoluto?

A Garrett se le hizo un nudo en la garganta al encontrarse con la mirada de Theresa.

—Por supuesto que me importa. Más de lo que crees. —Al intentar cogerle la mano, ella hizo un gesto de rechazo. Garrett se dio cuenta de hasta qué punto la había herido. Siguió hablando con dulzura, intentando mantener sus propias emociones bajo control—. Theresa, siento hacerte..., mejor dicho, siento hacernos pasar por esto en nuestra última noche. No quería llegar a esto. Créeme, no has sido tan solo una aventura. De eso puedes estar segura. Te he dicho que me importas de veras, e iba en serio.

Garrett abrió los brazos, suplicándole con la mirada un abrazo. Theresa vaciló un segundo. Al final, se recostó sobre él, abrumada por el choque de sentimientos encontrados. Apoyó la cara en el pecho de Garrett, para evitar ver la expresión de su rostro. Él le besó el pelo y habló en un suave susurro, mientras sus labios rozaban sus cabellos.

—Me importas mucho, tanto que me da miedo. Hacía mucho tiempo que no me sentía así, es casi como si hubiera olvidado hasta qué punto otra persona puede importarme. No creo que simplemente pueda dejarte marchar y olvidarte; tampoco es eso lo que quiero. Y estoy seguro de que no deseo que lo nuestro acabe aquí y ahora. —Por un momento solo se oyó el ruido suave y regular de su respiración. Por último susurró—: Te prometo que haré todo lo posible por ir a verte. Intentaremos que funcione.

La ternura que desprendía su voz hizo que Theresa empezara a llorar. Garrett siguió hablando, en voz tan baja que Theresa casi no podía oírle.

—Theresa, creo que estoy enamorado de ti.

«Creo que estoy enamorado de ti», oyó de nuevo en su cabeza. «Creo…»

«Creo…»

Theresa prefirió no responder. Se limitó a susurrar:

—Abrázame, ¿quieres? No sigamos hablando.

A la mañana siguiente, nada más despertarse hicieron el amor. Después permanecieron abrazados hasta que el sol estuvo tan alto como para que ambos intuyeran que había llegado el momento de que Theresa se preparara para marcharse. Aunque no había pasado mucho tiempo en el hotel, e incluso había llevado la maleta a casa de Garrett, había conservado la habitación, por si llamaban Kevin o Deanna.

Se ducharon juntos. Después de vestirse, Garrett preparó el desayuno para Theresa mientras ella acababa de hacer la maleta. Al cerrarla, oyó un chisporroteo procedente de la cocina y percibió el olor a beicon que empezaba a extenderse por la casa. Tras secarse el pelo y ponerse un poco de maquillaje, fue a la cocina.

Garrett estaba sentado a la mesa, tomando café. Le hizo un guiño al entrar. Había dejado una taza junto a la cafetera. Theresa se sirvió. El desayuno ya estaba en la mesa: huevos revueltos, beicon y tostadas. Se sentó en la silla contigua a la de Garrett.

—No sabía qué querías desayunar —dijo señalando la mesa.

—No tengo hambre, Garret; espero que no te moleste.

Él sonrió.

—Claro que no. Yo tampoco tengo hambre.

Theresa se levantó de la silla para sentarse en el regazo de Garrett. Le rodeó con sus brazos y apoyó el rostro en su cuello. Él la abrazó con fuerza y le acarició el pelo.

Finalmente, Theresa se separó un poco de él. Estaba morena, se notaba que había tomado el sol aquella semana. Vestida con unos pantalones vaqueros cortos y una camisa blanca, parecía una despreocupada adolescente. Bajó la vista hacia las flores bordadas en sus sandalias y permaneció así durante unos instantes, mirándolas fijamente. La maleta y el bolso esperaban al lado de la puerta del dormitorio.

172

—Mi avión no tardará en salir, y todavía tengo que dejar el hotel y devolver el coche de alquiler —dijo Theresa.

—¿Estás segura de que no quieres que te acompañe?

Ella asintió, apretando los labios.

—No, tendré que correr para poder llegar a tiempo. Además, tendrías que seguirme en tu furgoneta. Creo que es más fácil que nos despidamos aquí.

—Te llamaré esta noche.

Theresa sonrió.

—No esperaba menos de ti.

De sus ojos empezaron a brotar lágrimas. Garrett la abrazó con más fuerza.

—Te echaré de menos —dijo cuando el llanto se hizo más intenso. Le enjugó las lágrimas con los dedos, rozando suavemente su piel.

—Y yo echaré de menos que cocines para mí —susurró Theresa, sintiéndose como una tonta.

Él rio para romper la tensión.

—No estés triste. Nos veremos dentro de un par de semanas, ¿verdad?

—A menos que te arrepientas.

Garrett sonrió.

—Estaré contando los días. Y esta vez vendrás con Kevin, ¿de acuerdo?

Ella asintió.

—Me alegro de poder conocerle. Si se parece un poquito a ti, estoy seguro de que nos llevaremos muy bien.

—Yo también estoy segura de ello.

—Hasta entonces, estaré pensando todo el tiempo en ti.

—¿En serio?

—Claro. Ya estoy pensando en ti.

—Eso es porque estoy sentada en tus rodillas.

Él volvió a reír y ella le correspondió con una sonrisa triste. Luego se levantó y se secó las mejillas. Garrett cogió la maleta y salieron de la casa. Afuera, el sol seguía su ascenso en el cielo. Empezaba a hacer calor. Theresa sacó las gafas oscuras que guardaba en el bolso y las sostuvo en la mano mientras caminaban hacia el coche de alquiler.

Theresa abrió el maletero. Garrett colocó la maleta en su interior. Después la abrazó y la besó con ternura, antes de liberarla de su abrazo. Tras abrir la puerta del coche, la ayudó y ella puso la llave en el contacto.

Todavía con la puerta abierta, se miraron fijamente hasta que Theresa encendió el motor.

—Tengo que irme ya, si no quiero perder el avión.

—Lo sé.

Garrett dio un paso atrás y cerró la puerta. Theresa bajó la ventana para ofrecerle la mano por última vez; él la tomó entre las suyas durante un instante. Luego ella maniobró marcha atrás.

—¿Me llamarás esta noche?

—Lo prometo.

Theresa empezó a conducir lentamente, ofreciéndole una última sonrisa. Garrett la siguió con la mirada mientras ella se despedía con la mano por última vez antes de irse, preguntándose cómo se las apañaría para sobrevivir durante las próximas dos semanas.

A pesar del intenso tráfico, Theresa llegó pronto al hotel, pagó su cuenta y comprobó si tenía mensajes: tres de Deanna, a cual más desesperado. «¿Qué tal por ahí? ¿Cómo fue tu cita?», decía el primero; «¿Por qué no llamas? Estoy impaciente porque me lo cuentes todo», era el texto del segundo; y el tercero decía simplemente: «¿Quieres matarme de curiosidad? ¡Llámame para contármelo todo con pelos y señales, por favor!». También había un mensaje de Kevin, pero ya se había puesto en contacto con él un par de veces desde casa de Garrett; además, por el contenido debía de ser de hacía unos dos días.

Devolvió el coche a la agencia y llegó al aeropuerto con menos de media hora para embarcar. Por suerte, no había mucha cola para facturar las maletas. Llegó a la puerta justo cuando empezaban con el embarque. Le dio su billete a la azafata, subió al avión y buscó su asiento. El vuelo a Charlotte no iba lleno; de hecho, el asiento contiguo al suyo estaba vacío.

Theresa cerró los ojos y rememoró los increíbles acontecimientos de aquella semana. No solo había encontrado a Garrett, sino que había llegado a conocerlo mejor de lo que hubiera imaginado nunca.

Garrett había despertado en ella sentimientos muy profundos, sentimientos que durante mucho tiempo había creído enterrados.

Pero ¿le amaba?

Abordó la cuestión con cautela, puesto que no podía evitar tener sus recelos ante lo que significaría admitirlo.

Repasó la conversación de la noche anterior. El miedo de Garrett a olvidar el pasado, la frustración que le producía que no pudieran verse tanto como desearían. Podía entenderlo perfectamente.

Pero...

«Creo que estoy enamorado de ti.»

Theresa frunció el ceño. ¿Por qué había dicho «creo»? O bien estaba enamorado, o bien no lo estaba... ¿Tal vez no lo estaba? ¿Había dicho aquella frase para tranquilizarla? ¿O acaso había alguna otra razón?

«Creo que estoy enamorado de ti.»

Evocó una y otra vez el momento en el que Garrett había dicho aquella frase, con un tono cargado de... ¿qué? ¿Ambivalencia? Ahora, mientras pensaba en todo aquello, casi hubiera preferido que no hubiera dicho nada. Por lo menos no estaría dándole vueltas a la cabeza, intentando averiguar qué había querido decir exactamente.

Pero ¿y ella? ¿Amaba a Garrett?

Cerró los ojos, agotada, sin ganas de enfrentarse a tantas emociones contradictorias. Pero algo era seguro: nunca le diría que le amaba hasta que estuviera segura de que podía dejar atrás su obsesión por Catherine.

Aquella noche, Garrett soñó que se encontraba en medio de una tremenda tormenta. Llovía a cántaros y las gotas de lluvia producían un fuerte estruendo al golpear las paredes de la casa. Garrett corría frenéticamente de una estancia a otra. Era su casa actual; aunque sabía con exactitud adónde se dirigía, las cortinas de lluvia que entraban por las ventanas dificultaban la visibilidad. Consciente de que tenía que cerrarlas, corrió al dormitorio y de pronto se vio enredado en las cortinas agitadas por el viento. Luchó por liberarse y llegó a la ventana justo en el momento en que se fue la luz.

La habitación se quedó a oscuras. Por encima del rugido de la tormenta oyó el estridente sonido de una sirena distante, que advertía de la llegada de un huracán. Un relámpago iluminó el cielo mientras intentaba con todas sus fuerzas cerrar la ventana, pero por alguna razón se había quedado atascada. La lluvia seguía entrando en la casa a raudales, empapando sus manos, que ya no podían asir con firmeza la ventana.

Por encima de su cabeza, el techo empezó a chirriar debido a la violencia de la tormenta.

Seguía luchando por cerrar la ventana, pero parecía estar atrancada y no cedía lo más mínimo. Finalmente se dio por vencido y decidió probar con la ventana contigua, pero también estaba atascada.

Oyó que el viento arrancaba las tablas del tejado; a continuación el estrépito de cristales rotos.

Dio media vuelta y corrió hacia la sala de estar. La ventana se había roto y los cristales habían quedado esparcidos por el suelo. La lluvia entraba en la sala empujada por un viento espantoso. La puerta de entrada parecía querer salirse de su bastidor.

Afuera, a través de la ventana, oyó la voz de Theresa.

—¡Garrett, tienes que salir de ahí ahora!

En ese momento, las ventanas del dormitorio también se hicieron añicos; los restos cayeron hacia el interior. El viento empezó a soplar en fuertes ráfagas por toda la casa y abrió una abertura en el techo. La casa no aguantaría mucho más tiempo.

«Catherine.»

Tenía que rescatar la foto y demás recuerdos que guardaba en la mesita de noche.

—¡Garrett! ¡Se te acaba el tiempo! —volvió a gritar Theresa.

A pesar de la lluvia y la oscuridad, pudo verla fuera, haciéndole señales para que la siguiera.

«La foto. El anillo. Las tarjetas de San Valentín.»

—¡Vamos! —Theresa seguía gritando, agitando los brazos con desesperación.

Con un tremendo crujido, el tejado se separó del armazón de la casa y el viento empezó a arrancarlo. Instintivamente levantó los brazos por encima de la cabeza, justo cuando una parte del techo se desplomaba sobre él.

En breve, todo estaría perdido.

Haciendo caso omiso del peligro, regresó al dormitorio. No podía irse sin sus recuerdos.

—¡Todavía puedes salvarte!

Algo en la forma de gritar de Theresa le hizo detenerse. Miró hacia ella; después volvió la vista hacia el dormitorio, paralizado.

El techo seguía desplomándose a su alrededor. Se abrió una afilada fisura en el tejado, que seguía cediendo.

Dio un paso hacia el dormitorio y vio que Theresa dejaba de agitar los brazos, como si hubiera desistido.

El viento asolaba el dormitorio, con un aullido sobrenatural que parecía atravesar también su cuerpo. La tormenta derribó los muebles, que le bloquearon el paso.

—¡Garrett! ¡Por favor! —gritó Theresa.

Nuevamente, el sonido de su voz le hizo detenerse. Entonces se dio cuenta de que, si intentaba rescatar los recuerdos del pasado, quizá no conseguiría salvarse.

«¿Valía la pena?»

La respuesta era obvia.

Decidió dejar allí sus recuerdos y se abalanzó hacia la abertura que había dejado la ventana. Con el puño cerrado quitó las esquirlas todavía aferradas al marco de la ventana y saltó hacia el patio posterior justo en el momento en que el tejado se derrumbaba por completo. Las paredes empezaron a combarse y se desplomaron con un estruendo ensordecedor, inmediatamente después de que Garrett hubiera aterrizado en el patio exterior.

Garrett buscó a Theresa para asegurarse de que se encontraba bien, pero, misteriosamente, ya no pudo encontrarla.

177

Capítulo 10

$\mathcal{A}$l día siguiente, muy temprano, el timbre del teléfono despertó a Theresa, que dormía profundamente. Buscó a tientas el aparato y reconoció la voz de Garrett de inmediato.

—¿Llegaste bien a casa?

—Sí —respondió atontada—. ¿Qué hora es?

—Las seis pasadas. ¿Te he despertado?

—Sí. Ayer me quedé despierta hasta bien tarde esperando tu llamada. Empezaba a preguntarme si no habrías olvidado tu promesa.

—Cómo la iba a olvidar. Simplemente supuse que necesitarías un poco de tiempo para instalarte.

—Pero estabas seguro de que estaría despierta al amanecer, ¿no?

Garrett rio.

—Perdona. ¿Qué tal tu vuelo? ¿Cómo estás?

—Bien. Cansada, pero bien.

—No puedo creer que ya estés agotada por el ajetreo de la gran ciudad.

Theresa se rio, pero Garrett se puso serio.

—Oye, quería que supieras algo.

—¿Qué?

—Te echo de menos.

—¿De veras?

—Sí. Ayer fui a trabajar, aunque la tienda estaba cerrada, con la intención de quitarme de encima el papeleo, pero no pude hacer gran cosa porque no paraba de pensar en ti.

—Me alegro de saberlo.

—Es cierto. No sé cómo voy a poder trabajar en las próximas semanas.

—Te las apañarás.

—Pero tal vez no consiga dormir.

Theresa se rio, sabedora de que estaba bromeando.

—Bueno, no te pases. Ya sabes que no me gustan los hombres demasiado dependientes. Me gusta que los hombres sean hombres.

—Intentaré tenerlo en cuenta.

Theresa no respondió enseguida.

—¿Dónde estás?

—Estoy sentado en la terraza, viendo la salida del sol. ¿Por qué?

Theresa pensó en las vistas que se estaba perdiendo.

—¿Es bonita?

—Siempre es bonita, pero hoy no la estoy disfrutando tanto.

—¿Por qué no?

—Porque no estás aquí conmigo para compartirla.

Ella se recostó en la cama para estar más cómoda.

—Oye, yo también te echo de menos.

—Eso espero. Odio pensar que soy el único que se siente así.

Theresa sonrió. Con una mano sostenía el teléfono y con la otra hacía girar inconscientemente un mechón de su cabello. Después de veinte minutos se despidieron, muy a su pesar.

Llegó tarde a la oficina, sintiendo por fin los efectos de la vertiginosa aventura como una resaca. Había dormido poco. Cuando se miró en el espejo después de haber hablado con Garrett, tuvo la impresión de que parecía una década más vieja. Como de costumbre, lo primero que hizo al llegar fue ir a buscar un café, que se tomó con un segundo sobre de azúcar para conseguir un aporte extra de energía.

—¡Hola, Theresa! —exclamó Deanna alegremente, al entrar en la sala de personal tras ella—. Pensé que no volverías nunca. Me muero de impaciencia por saber qué ha pasado.

—Buenos días —murmuró Theresa, mientras removía el café—. Perdona que haya llegado tarde.

—No te preocupes, me alegro de que hayas vuelto. Ayer estuve a punto de ir a verte para hablar contigo, pero no sabía a qué hora volvías.

—Siento no haberte avisado, pero estaba un poco cansada de toda la semana —dijo Theresa.

Deanna se apoyó en una mesa.

—Bueno, no me sorprende. Como ves, ya he hecho mis propias deducciones.

—¿Qué quieres decir?

Deanna la miró con un brillo extraño en los ojos.

—Deduzco que todavía no has ido a tu mesa.

—No, acabo de llegar. ¿Por qué?

—Bueno —empezó a decir, arqueando las cejas—, supongo que debes haber causado una buena impresión.

—¿De qué estás hablando, Deanna?

—Ven conmigo —dijo su amiga con una sonrisa cómplice mientras la acompañaba a la sala de redacción.

Al ver su escritorio, Theresa dio un grito ahogado. Al lado del correo acumulado mientras estaba ausente, había una docena de rosas, dispuestas con elegancia en un gran jarrón transparente.

—Llegaron a primera hora de la mañana. Creo que el repartidor se quedó un poco confundido al ver que la destinataria no estaba, así que me hice pasar por ti. Entonces se quedó boquiabierto de verdad.

Theresa apenas escuchaba las palabras de Deanna. En lugar de eso, cogió el sobre que estaba apoyado en el jarrón y lo abrió de inmediato. Deanna seguía de pie a su lado, mirando por encima del hombro. La nota decía:

Para la mujer más hermosa que conozco.
Ahora que vuelvo a estar solo, nada es como solía ser.
El cielo es más gris; el océano, más imponente.
¿Podrás arreglarlo? La única forma es volver a vernos.
Te echo de menos,

GARRETT

Theresa sonrió al leer la nota y la volvió a poner en el sobre, mientras se inclinaba hacia el ramo de flores para oler su perfume.

—Debe de haber sido una semana memorable —dijo Deanna.

—Pues sí —respondió Theresa, lacónica.

—Estoy impaciente por que me cuentes todos los detalles.

—Creo —empezó a decir Theresa, mientras con la mirada daba a entender a Deanna que todo el personal en la sala de redacción la estaba mirando disimuladamente— que preferiría contártelo más tarde, cuando estemos a solas. No quiero que los compañeros empiecen a chismorrear.

—Ya lo están haciendo, Theresa. Ha pasado mucho tiempo desde la última vez que trajeron flores a esta oficina. Pero si lo prefieres, ya hablaremos más tarde.

—¿Les has dicho de quién eran?

—Por supuesto que no. Para ser sincera, creo que me gusta dejarles intrigados. —Recorrió con la mirada la sala de redacción y le guiñó el ojo—. Escucha, Theresa, ahora tengo trabajo. ¿Quieres que vayamos a comer juntas? Podríamos hablar con calma.

—Claro. ¿Dónde?

—¿Qué te parece Mikuni's? Supongo que no debía de haber restaurantes de *sushi* en Wilmington.

—Suena bien. Y Deanna…, gracias por guardarme el secreto.

—De nada.

Le dio unas cariñosas palmaditas en el hombro a Theresa y se dirigió a su despacho. Ella se inclinó de nuevo sobre las rosas para olerlas otra vez, antes de apartar el jarrón hacia una esquina de la mesa. Empezó a clasificar el correo durante unos minutos, fingiendo ignorar las flores, hasta que la sala de redacción retomó su caótica actividad habitual. Cuando se aseguró de que nadie la estaba mirando, cogió el teléfono y llamó a la tienda de Garrett.

Contestó Ian.

—Espere, creo que está en su despacho. ¿Quién le llama?

—Dígale que estoy interesada en asistir a unas cuantas clases de submarinismo dentro de un par de semanas. —Intentó parecer lo más distante posible, sin estar segura de si Ian la había reconocido.

181

El chico le pidió que esperara un momento. Después se oyó un «clic» en la línea, cuando Garrett descolgó el teléfono.

—¿En qué puedo ayudarla? —preguntó, cansado.

—No tenías por qué hacerlo, pero me han gustado mucho.

Al reconocer su voz, Garrett respondió con un tono más alegre.

—Pero si eres tú. Me alegro de que hayan llegado. ¿Tenían buen aspecto?

—Son muy bonitas. ¿Cómo supiste que me gustaban las rosas?

—No lo sabía, pero nunca he conocido a una mujer a la que no le gusten, así que decidí arriesgarme.

Theresa sonrió.

—¿Así que envías rosas a muchas mujeres?

—A millones. Tengo muchas admiradoras. Los instructores de buceo somos casi como estrellas de cine, ya sabes.

—¿En serio?

—¿No me digas que no lo sabías? Yo pensaba que tú eras una de ellas.

Theresa se rio.

—Gracias.

—De nada. ¿Te han preguntado quién te las envía?

—Por supuesto —respondió con una sonrisa.

—Espero que hayas hablado bien de mí.

—Claro. Les dije que tienes sesenta y ocho años, estás gordo y ceceas de una forma muy desagradable que hace imposible entender lo que dices, pero que, como me dabas tanta pena, acepté tu invitación a comer. Y ahora, por desgracia, me estás acosando.

—Oye, eso duele —dijo él. Después hizo una breve pausa—. Bueno…, espero que las rosas te recuerden que estoy pensando en ti.

—Tal vez —respondió ella con coqueta timidez.

—Pues que sepas que estoy pensando en ti; no quiero que lo olvides.

Theresa miró las rosas.

—Lo mismo digo —contestó en voz baja.

Después de colgar, se quedó quieta, sentada frente al escritorio, y volvió a coger la tarjeta, para releerla. Esta vez, en lugar de ponerla al lado de las flores, la guardó en su bolso, para mayor seguridad. Conocía bien a sus compañeros de trabajo, por lo que estaba segura de que alguien la leería a la menor posibilidad.

—Bueno, ¿cómo es Garrett?

Deanna se sentó frente a Theresa a la mesa del restaurante, mientras esta le enseñaba las fotos de sus vacaciones.

—No sé por dónde empezar.

Mientras miraba la foto de Garrett y Theresa en la playa, Deanna habló sin mirarla.

—Empieza por el principio. No quiero perderme ni un detalle.

Theresa ya le había contado cómo había conocido a Garrett en el puerto deportivo, así que retomó el hilo de la historia a partir de la primera tarde en que salieron a navegar. Le contó que había dejado la chaqueta a propósito en el barco, para tener una excusa para volver a verle, a lo cual Deanna replicó: «¡Maravilloso!». Después narró lo que pasó durante la comida del día siguiente y la cena de ese mismo día. Hizo una recapitulación detallada de los últimos cuatro días, sin apenas omitir nada mientras Deanna escuchaba, embelesada.

183

—Me parece que te lo has pasado muy bien —dijo Deanna con una orgullosa sonrisa maternal.

—Pues sí. Ha sido una de las mejores semanas de mi vida. Pero hay una pega…

—¿Qué pasa?

Theresa tardó un poco en responder.

—Bueno, Garrett hizo un comentario al final que hace que me plantee adónde me va a llevar todo esto.

—¿Qué dijo?

—No fue solo lo que dijo, sino «cómo» lo dijo, con un tono de voz que parecía denotar que no estuviera seguro de querer volver a verme.

—Creía que habías dicho que volverías a Wilmington dentro de un par de semanas.

—Esa es mi intención.

—Entonces, ¿dónde está el problema?

Theresa se removió inquieta, intentando ordenar sus pensamientos.

—Bueno, él sigue obsesionado con Catherine…, y… no estoy muy segura de que algún día llegue a superarlo.

Deanna de repente profirió una carcajada.

—¿Te parece gracioso? —preguntó Theresa, sorprendida.

—Tú eres graciosa, Theresa. ¿Qué esperabas? Ya sabías que seguía luchando por superar lo de Catherine antes de ir allí. Recuerda que fue su amor «eterno» lo que te pareció tan atractivo en él en un primer momento. ¿Creías que se olvidaría completamente de Catherine al cabo de un par de días, solo porque congeniasteis tan bien?

Theresa parecía avergonzada. Deanna volvió a reírse.

—Sí lo creías, ¿no es cierto? Eso es exactamente lo que esperabas.

—Deanna, tú no estabas allí… No sabes lo fantástico que parecía todo, hasta la última noche.

Su amiga suavizó el tono de voz:

—Theresa, sé que una parte de ti cree que puedes cambiar a una persona, pero la realidad es muy distinta. Tú puedes cambiar; Garrett también puede cambiar, claro. Pero lo que no puedes es obligarle a hacerlo.

—Lo sé…

—No lo sabes —la interrumpió Deanna, sin dejar de ser amable—. Y aunque así fuera, no quieres aceptarlo. Como se suele decir, ahora no puedes ver con claridad.

Theresa reflexionó sobre aquellas palabras durante unos momentos.

—Analicemos de forma objetiva lo sucedido con Garrett, ¿te parece? —preguntó Deanna.

Theresa asintió.

—Aunque tú sabías cosas de Garrett, él no sabía nada en absoluto de ti. Y sin embargo, fue él quien te preguntó si querías acompañarle a navegar. Así que supongo que la llama debió de surgir en cuanto os conocisteis. Después volviste a verlo cuando fuiste a buscar la chaqueta; entonces, él te invitó a comer. Te habló de Catherine, pero luego te preguntó si querías ir a su casa a cenar. Y a continuación, pasasteis cuatro maravillosos días juntos, durante los cuales os conocisteis y empezasteis a sentir un mutuo afecto. Si antes de irte me hubieras dicho que esto podía pasar, no lo hubiera creído. Pero ha pasado, eso es lo que importa. Y ahora ya estáis haciendo planes para volver a veros. En mi opinión, me parece que tu viaje ha sido todo un éxito.

—Entonces, ¿crees que no debería preocuparme porque no supere lo de Catherine?

Deanna negó con la cabeza.

—No exactamente. Mira, creo que no deberías adelantarte a los acontecimientos. El hecho es que hasta ahora solo habéis pasado unos cuantos días juntos. Creo que es muy poco tiempo para tomar una decisión. Si yo fuera tú, esperaría a ver cómo os sentís durante las próximas dos semanas. Cuando volváis a veros, sabrás mucho más de lo que sabes ahora.

—¿De veras lo crees? —Theresa miró a su amiga, preocupada.

—Me parece que yo tenía razón cuando en un primer momento te convencí para que fueras allí, ¿no crees?

Mientras Theresa y Deanna comían juntas, Garrett trabajaba en su despacho, oculto tras un enorme montón de papeles cuando se abrió la puerta. Fue Jeb Blake quien entró, asegurándose de que su hijo estaba solo antes de cerrar la puerta tras él. Tomó asiento en la silla situada al otro lado del escritorio, sacó un poco de tabaco y papel de fumar, y empezó a liar un cigarrillo.

—Adelante, siéntate; como puedes ver, no tengo mucho que hacer. —Garrett señaló el montón de papeles.

Jeb sonrió y siguió liando el cigarrillo.

—Llamé a la tienda un par de veces y me dijeron que no habías venido en toda la semana. ¿Qué has estado haciendo?

Garrett se reclinó en la silla y observó a su padre.

—Estoy seguro de que ya sabes la respuesta y de que probablemente sea esa la razón por la que estás aquí.

—¿Has estado con Theresa todo el tiempo?

—Sí.

Todavía entretenido con su cigarrillo, Jeb preguntó con indiferencia:

—¿Y qué habéis hecho?

—Salimos a navegar, paseamos por la playa, hablamos… Ya sabes, simplemente empezamos a conocernos mejor.

Jeb había acabado de liar el cigarrillo y se lo llevó a la boca. Sacó un encendedor Zippo del bolsillo de la camisa, lo encendió e inhaló profundamente. Mientras echaba el humo, ofreció a Garrett una pícara sonrisa.

—¿Cocinaste para ella los filetes como te enseñé?

Garrett respondió con una sonrisa cómplice.

—Por supuesto.

—¿Se quedó impresionada?

—Muy impresionada.

Jeb asintió y volvió a dar una calada al cigarrillo. Garrett notó que el aire del despacho empezaba a estar viciado.

—Bueno, eso quiere decir que por lo menos tiene una buena cualidad, ¿no?

—Tiene muchas más, papá.

—Te gustó, ¿verdad?

—Mucho.

—¿Aunque no la conozcas demasiado?

—Tengo la impresión de que lo sé todo de ella.

Jeb asintió con la cabeza y guardó silencio.

—¿Os volveréis a ver? —preguntó finalmente.

—Sí. De hecho, volverá dentro de un par de semanas con su hijo.

Jeb observó la expresión en el rostro de Garrett. Luego se puso en pie y echó a andar hacia la puerta. Antes de abrirla, se giró para mirar cara a cara a su hijo.

—Garrett, ¿puedo darte un consejo?

—Claro —respondió, sorprendido por la repentina despedida de su padre.

—Si te gusta, si te hace feliz y si te parece que la conoces desde siempre, no la dejes escapar.

—¿Por qué me dices eso?

Jeb miró fijamente a Garrett y, después de dar otra calada, contestó:

—Porque te conozco bien y sé que serás tú quien acabe con esta historia, y estoy aquí para intentar impedírtelo.

—¿De qué estás hablando?

—Sabes exactamente de qué estoy hablando —dijo bajando la voz.

Jeb se dio media vuelta, abrió la puerta y salió del despacho de Garrett sin decir una palabra más.

Aquella noche Garrett no dejaba de dar vueltas a lo que le había dicho su padre. No podía dormir. Se levantó de la cama y fue a la cocina, consciente de lo que tenía que hacer. En un cajón encontró el papel de cartas que siempre usaba cuando su mente estaba confusa. Tomó asiento ante el escritorio con la esperanza de poner en palabras sus pensamientos.

> Querida Catherine:
> No sé qué me está pasando, ni si llegaré a saberlo jamás. Han pasado muchas cosas últimamente y no acabo de encontrarles sentido.

Después de escribir esas líneas, permaneció sentado en el escritorio durante una hora, pero, por mucho que lo intentó, no se le ocurrió nada más. Sin embargo, cuando se despertó al día siguiente, a diferencia de la mayoría de los días, sus pensamientos no estaban ocupados por Catherine.

Lo primero que hizo fue pensar en Theresa.

Durante las dos semanas siguientes, Garrett y Theresa hablaron cada noche por teléfono, a veces durante horas. Él también le envió un par de cartas. En realidad eran más bien notas en las que le decía que la echaba de menos. La semana siguiente le mandó otra docena de rosas, esta vez acompañadas de una caja de caramelos.

Theresa no quería enviarle nada semejante, así que decidió mandarle una camisa de color azul claro que según ella combinaría muy bien con los vaqueros que solía llevar, además de un par de tarjetas.

Kevin volvió a casa a los pocos días, de manera que la semana pasó mucho más rápido para Theresa que para Garrett. En su primera noche en casa, mientras cenaba con su madre, Kevin explicó a trompicones sus vacaciones, antes de caer rendido en un sueño profundo de quince horas. Cuando despertó al día siguiente, su madre ya había preparado una larga lista de cosas por hacer. Necesitaba ropa nueva para el colegio, porque casi toda la que tenía se le había quedado pequeña; además tenía que apuntarse a la liga de fútbol de otoño. Aquello les ocupó casi todo el sábado. Además, había vuelto con una maleta llena de ropa sucia que había que lavar y quería revelar las fotos que había hecho durante las vacaciones, sin olvidar que el martes por la tarde tenía una cita con el dentista para ver si necesitaba ortodoncia.

En resumen, la vida había vuelto a la normalidad en casa de los Osborne.

La segunda noche después de que Kevin volviera a casa, Theresa le habló de sus vacaciones en Cape Cod, así como de su viaje a Wilmington. Mencionó a Garrett, intentando transmitirle sus sentimientos hacia él sin asustar a Kevin. En un primer momento, cuando le contó que había previsto ir a visitarlo el siguiente fin de semana, su hijo no pareció muy convencido. Pero cuando le explicó cómo se ganaba la vida Garrett, empezó a mostrar interés.

—¿Eso quiere decir que podría enseñarme a bucear? —preguntó mientras Theresa pasaba la aspiradora.

—A mí me dijo que podría hacerlo, si tú quieres.

—Guay —respondió Kevin, para después volver a lo que estaba haciendo.

Unos cuantos días después, fueron a un kiosco a comprar algunas revistas sobre submarinismo. Para cuando llegó el fin de semana, Kevin sabía cómo se llamaban todos los elementos del equipo de buceo que se podían encontrar; ya soñaba con su próxima aventura.

Entre tanto, Garrett seguía inmerso en su trabajo. Se quedaba en la tienda hasta tarde, siempre pensando en Theresa, con un ritmo de vida bastante parecido al que llevaba tras la muerte de Catherine. Cuando le comentó a su padre cuánto echaba de menos a Theresa, su padre se limitó a asentir con una sonrisa. Había algo en la mirada inquisidora de su padre que hacía a Garrett preguntarse qué era exactamente lo que el anciano tenía en la cabeza.

Theresa y Garrett habían decidido de mutuo acuerdo que

sería mejor que no se alojaran en casa de Garrett, pero, como todavía era verano, casi todos los hoteles estaban llenos. Por suerte, él conocía al propietario de un pequeño motel situado a poco más de un kilómetro de distancia de la playa en la que se encontraba su casa y había podido arreglarlo para que se quedaran allí.

Cuando por fin llegó el día en que Theresa y Kevin iban a ir a visitarlo, Garrett compró comida, limpió la furgoneta por dentro y por fuera, y se duchó antes de ir al aeropuerto.

Vestido con unos pantalones de color caqui, náuticos y la camisa que le había regalado Theresa, esperó nervioso en la puerta de llegadas.

Durante las últimas dos semanas, sus sentimientos hacia Theresa se habían intensificado. Ahora sabía que lo que pasaba entre ellos, fuera lo que fuera, no se basaba simplemente en una atracción física; su anhelo parecía indicar que se trataba de algo mucho más profundo y duradero. Mientras alargaba el cuello para intentar vislumbrar a Theresa entre los demás pasajeros, sintió una punzada de ansiedad. Había pasado mucho tiempo desde que había sentido algo parecido por otra persona. ¿Adónde conducía todo aquello?

189

Cuando Theresa salió del avión con Kevin a su lado, su nerviosismo de pronto se esfumó. Estaba muy guapa, mucho más de lo que recordaba. Y Kevin era igual que en la foto y se parecía mucho a su madre. Debía de medir algo más de metro cincuenta, tenía los ojos oscuros y el cabello de Theresa, y era un tanto desgarbado; parecía que las piernas y los brazos habían crecido un poco más rápido que el resto del cuerpo.

Llevaba unas bermudas largas, zapatillas Nike y una camiseta de Hootie and the Blowfish. Su indumentaria estaba claramente inspirada en la MTV; Garrett no pudo evitar sonreír para sus adentros. Boston, Wilmington..., en realidad no importaba demasiado. Los niños siempre serían niños.

Al verlo, Theresa le saludó con la mano. Garrett fue hacia ellos, haciendo ademán de coger su equipaje de mano. No estaba seguro de si podía besarla delante de Kevin, así que vaciló hasta que Theresa se inclinó hacia él alegremente y le dio un beso en la mejilla.

—Garrett, quiero presentarte a mi hijo, Kevin —dijo orgullosa.

—Hola, Kevin.

—Hola, señor Blake —dijo él con frialdad, como si Garrett fuera uno de sus profesores.

—Llámame Garrett —le respondió mientras extendía la mano hacia él. Kevin le dio la mano, un poco inseguro. Hasta ese momento, ningún adulto aparte de Annette le había dicho que podía llamarlo por su nombre de pila.

—¿Cómo ha ido el vuelo? —preguntó Garrett.

—Bien —respondió Theresa.

—¿Habéis comido algo?

—Todavía no.

—¿Qué os parece si comemos algo antes de llevaros al motel?

—Suena bien.

—¿Te apetece algún tipo de comida en particular? —preguntó Garrett a Kevin.

—Me gusta ir a McDonald's.

—Oh, no, cariño —dijo Theresa enseguida, pero Garrett la interrumpió haciendo un gesto con la cabeza.

—Me parece bien ir a McDonald's.

—¿Estás seguro? —preguntó Theresa.

—Afirmativo. Siempre voy a comer allí.

Kevin parecía encantado con la respuesta y los tres empezaron a caminar hacia las cintas transportadoras de equipajes. Cuando salieron del aeropuerto, Garrett preguntó:

—¿Sabes nadar, Kevin?

—Bastante bien.

—¿Te apetece que hagamos un par de clases de submarinismo este fin de semana?

—Creo que sí, he estado leyendo un poco sobre buceo —dijo, intentando parecer mayor de lo que era.

—Bien. Esperaba que dijeras eso. Con un poco de suerte, tal vez puedas incluso obtener tu certificado antes de que vuelvas a casa.

—¿Qué significa eso?

—Es una licencia que te permite hacer submarinismo siempre que quieras, una especie de carné de conducir.

—¿Y se consigue en tan pocos días?

—Claro. Tienes que aprobar un examen escrito y pasar un número de horas bajo el agua con un instructor. Pero como esta semana serás mi único alumno, a menos que tu madre también quiera aprender, tendremos tiempo de sobra.

—Guay —dijo Kevin. Se volvió hacia Theresa—. ¿Tú también vas a aprender, mamá?

—No lo sé. Quizás.

—Creo que deberías probarlo —insistió Kevin—. Será divertido.

—Tiene razón, tú también deberías aprender —añadió Garrett con una sonrisa de suficiencia, a sabiendas de que Theresa se sentiría presionada por los dos, y probablemente cedería.

—Vale —dijo ella poniendo los ojos en blanco—, yo también probaré. Pero si veo un tiburón, lo dejo.

—¿En serio hay tiburones? —preguntó Kevin de inmediato.

—Sí, probablemente veamos algunos, pero son pequeños y no molestan a las personas.

—¿Cómo de pequeños? —preguntó Theresa, al recordar la anécdota de Garrett sobre el pez martillo.

—Lo suficiente para que no tengas de qué preocuparte.

—¿Estás seguro?

—Afirmativo.

—Guay —repitió Kevin para sí mismo.

Theresa miró de soslayo a Garrett, preguntándose si estaba diciendo la verdad.

Tras recoger las maletas y hacer una parada para comer una hamburguesa, Garrett llevó a Theresa y a Kevin al motel. Después de llevar las maletas hasta su habitación, Garrett fue a la furgoneta para coger un libro y unos cuantos papeles, que trajo bajo el brazo.

—Kevin, esto es para ti.

—¿Qué es?

—Es el libro y los test que debes leer para tu certificación. No te asustes; parece que hay mucho por leer, pero en realidad no es tanto. Si quieres que empecemos mañana el curso, tendrás que leer las dos primeras secciones y rellenar el primer test.

—¿Es difícil?

—No, en realidad es bastante fácil, pero hay que hacerlo. Y puedes usar el libro para buscar las respuestas que no sepas.

—¿Quieres decir que puedo mirar las respuestas mientras hago el test?

Garrett asintió.

—Sí. Cuando doy un curso, mis alumnos deben contestar el test en casa y estoy casi seguro de que todos utilizan el libro. Lo importante es que intentes aprender lo que necesitas saber. Bucear es muy divertido, pero puede ser peligroso si no sabes lo que estás haciendo.

Garrett le dio a Kevin el libro y siguió hablando.

—Son unas veinte páginas las que hay que leer, además de rellenar el test. Si puedes tenerlo para mañana, iremos a la piscina para completar la primera parte de tu certificación. Aprenderás a ponerte el equipo y practicaremos un rato.

—¿No iremos al océano?

—Mañana no, primero tienes que dedicar un poco de tiempo a sentirte cómodo con el equipo. Cuando hayas practicado unas cuantas horas, estaremos preparados para ir al mar. El lunes o el martes probablemente podrás hacer tus primeras inmersiones en aguas abiertas. Y si conseguimos pasar un número determinado de horas en el agua, para cuando subas al avión de vuelta a casa ya tendrás tu certificación temporal. Después, solo tendrás que enviar por correo una solicitud y te enviarán la certificación definitiva al cabo de un par de semanas.

Kevin empezó a hojear la documentación.

—¿Mamá también tendrá que hacerlo?

—Sí, si quiere obtener la certificación.

Theresa se acercó a Kevin y echó un vistazo por encima de su hombro, mientras este pasaba las páginas del libro. La información contenida en él no parecía demasiado densa.

—Kevin —dijo Theresa—, podemos hacerlo juntos mañana temprano, si estás demasiado cansado para empezar ahora.

—No estoy cansado —respondió el niño sin dudarlo.

—¿Te importa si Garrett y yo salimos a la terraza a hablar un rato?

—Claro que no —dijo con aire ausente, mientras abría el libro por la primera página.

Una vez afuera, Garrett y Theresa se sentaron uno frente al otro. Theresa volvió la vista hacia su hijo y comprobó que ya estaba leyendo.

—¿No estarás poniéndoselo más fácil de lo normal para que consiga el certificado?

Garrett negó con la cabeza.

—Por supuesto que no. Para obtener un certificado de buceo deportivo de la Asociación Profesional de Instructores de Buceo, PADI, solo hay que hacer los test correctamente y pasar una cantidad determinada de prácticas en el agua con un instructor. El curso suele hacerse en tres o cuatro fines de semana, porque la mayoría de la gente no tiene tiempo de hacerlo entre semana. Kevin hará el mismo curso, solo que más concentrado.

—Te agradezco mucho que hagas esto por él.

—Oye, te olvidas de que es mi trabajo. —Tras comprobar que Kevin seguía leyendo, acercó su silla a la de Theresa—. Te he echado de menos estas dos semanas —dijo en voz baja, mientras le cogía la mano.

—Yo también.

—Estás muy guapa —añadió Garrett—. De todas las mujeres que bajaron del avión, eras con diferencia la más atractiva.

Theresa no pudo evitar sonrojarse.

—Gracias… Tú también tienes buen aspecto, sobre todo con esa camisa.

—Pensé que te gustaría que me la pusiera.

—¿Estás enfadado porque no nos quedemos en tu casa?

—Por supuesto que no. Lo entiendo, Kevin no me conoce de nada. Prefiero que me vaya conociendo hasta que se sienta a gusto conmigo, en lugar de presionarlo. Estoy de acuerdo contigo en que ya ha tenido que superar muchas cosas.

—Supongo que sabes que no podremos pasar mucho tiempo a solas este fin de semana.

—Acepto lo que sea con tal de estar contigo —respondió.

Theresa volvió a mirar hacia Kevin. Al ver que estaba absorto en la lectura del libro, se acercó a Garrett y le besó. A pesar de que sabía que no podrían pasar la noche juntos, se sentía igual de feliz. Solo con estar sentada a su lado y ver cómo él la miraba, se le aceleraba el corazón.

—Me gustaría vivir más cerca —dijo—. Eres muy adictivo.

—Lo tomaré como un cumplido.

Tres horas más tarde, cuando ya hacía rato que Kevin dormía, Theresa acompañó a Garrett a la puerta. Salieron afuera y, después de cerrar la puerta tras ellos, se besaron un buen rato, alargando una despedida que ambos hubieran deseado evitar. En sus brazos, Theresa se sentía como si volviera a ser una adolescente, como si Garrett le estuviera robando un beso en el porche de sus padres. De hecho, eso lo hacía todo aún más excitante.

—Me gustaría que pudieras quedarte aquí esta noche —susurró.

—A mí también.

—¿Te cuesta tanto como a mí decir «buenas noches»?

—Yo diría que a mí me cuesta mucho más, porque tengo que volver a una casa vacía.

—No digas eso. Me haces sentir culpable.

—Tal vez no es tan mala idea hacerte sentir un poquito culpable. Así sé que te importo.

—No estaría aquí si no fuera así. —Volvieron a besarse apasionadamente.

Garrett se apartó un poco y murmuró:

—Creo que tengo que irme. —Pero por su tono de voz parecía que no lo decía en serio.

—Lo sé.

—Pero no quiero —dijo con una pícara sonrisa.

—Ya sé a qué te refieres —contestó Theresa—. Pero debes irte. Tienes que enseñarnos a bucear mañana.

—Preferiría enseñarte un par de cosas que también sé hacer.

—Pensaba que ya lo habías hecho la última vez que estuve aquí —respondió con coquetería.

—En efecto. Pero con la práctica se consigue la perfección.

—Entonces tendremos que encontrar algún momento para practicar mientras esté aquí.

—¿Crees que podrá ser?

—Creo —dijo con sinceridad— que todo es posible si de verdad queremos.

—Espero que tengas razón.

—Claro que tengo razón —insistió ella antes de besarlo por última vez—. Casi siempre. —Theresa se separó de él lentamente y se dirigió a la puerta.

—Eso es lo que me gusta de ti, Theresa, tu seguridad en ti misma. Siempre sabes qué está pasando.

—Tienes que irte, Garrett —dijo con cierto recato—. ¿Podrías hacerme un favor?

—Lo que quieras.

—Sueña conmigo, ¿vale?

A la mañana siguiente, Kevin se despertó muy temprano y abrió las cortinas, para dejar que la luz del sol entrase a raudales en la habitación. Theresa entrecerró los ojos y se dio media vuelta en la cama, para intentar seguir durmiendo, pero su hijo era muy insistente.

—Mamá, tienes que hacer el test antes de irnos —dijo ansioso.

Theresa emitió un gemido. Se dio media vuelta y miró el reloj. Eran las seis y pico de la mañana. Había dormido menos de cinco horas.

—Es demasiado temprano —dijo, volviendo a cerrar los ojos—. ¿Me dejas dormir un poco más, cariño?

—No tenemos tiempo —respondió él, mientras se sentaba en su cama y le sacudía suavemente el hombro—. Todavía no has leído la primera sección.

—¿Lo hiciste todo anoche?

—Sí —contestó—. Este es mi test, pero no lo copies, ¿vale? No quiero meterme en líos.

—No creo que te metas en líos por ello —dijo Theresa, todavía grogui—. Conocemos al profe, ya sabes lo que quiero decir.

—Pero eso no estaría bien. Además, tienes que saber la materia, como dijo el señor Blake..., quiero decir, Garrett..., porque si no puedes tener problemas.

—Vale, vale —dijo Theresa, mientras se incorporaba lentamente. Se restregó los ojos—. ¿Hay café instantáneo en el cuarto de baño?

—No lo he visto, pero si quieres bajo un momento al vestíbulo a comprar una Coca-Cola.

—Hay algunas monedas en la cartera...

Kevin saltó de la cama y empezó a rebuscar en el bolso. Encontró unas cuantas monedas de veinticinco centavos y salió de la habitación, todavía despeinado. Theresa oyó sus pasos mientras bajaba corriendo hacia el vestíbulo. Se levantó, estiró los brazos por encima de la cabeza y después se dirigió hacia la mesa. Abrió el libro y empezó a leer el primer capítulo justo cuando Kevin volvía con dos Coca-Colas.

—Aquí tienes tu Coca-Cola —dijo el chaval, mientras la dejaba sobre la mesa—. Voy a ducharme y a prepararlo todo. ¿Dónde está mi bañador?

«Ay, la energía ilimitada de los niños», pensó Theresa.

—Está en el cajón de arriba, al lado de tus calcetines.

—Vale —dijo Kevin, abriendo el cajón—, ya lo tengo. —Después fue al baño y Theresa oyó el ruido de la ducha. Abrió la lata de Coca-Cola y siguió leyendo.

Por suerte, Garrett tenía razón al decir que no era difícil. Era un libro de fácil lectura, con fotos que describían los elementos del equipo. Cuando Kevin estuvo listo, ella ya había acabado de leerlo. Buscó el test y se dispuso a cumplimentarlo. Kevin se acercó y se quedó de pie detrás de ella, mientras Theresa leía la primera pregunta. Puesto que recordaba haber leído la respuesta en el libro, empezó a pasar páginas hacia atrás hasta llegar a la que contenía la información.

—Mamá, esa pregunta es muy fácil. No necesitas mirar el libro.

—A las seis del mañana, necesito toda la ayuda del mundo —refunfuñó Theresa, sin el menor sentimiento de culpa, puesto que Garrett había dicho que podía usar el libro.

Kevin siguió espiándola por encima del hombro mientras respondía las primeras preguntas, haciendo comentarios tales como: «No, estás mirando en otra página»; o: «¿Estás segura de que has leído todos los capítulos?», hasta que finalmente Theresa le dijo que sería mejor que se fuera a ver la tele.

—Pero no ponen nada —rezongó Kevin, hastiado.

—Entonces lee algo.

—No he traído ningún libro.

—Pues quédate sentado en silencio.

—Ya estoy sentado en silencio.

—No, no lo estás. Estás mirando por encima de mi hombro.

—Solo intentaba ayudar.

—Quédate sentado en la cama, ¿vale? Y no digas nada.

—Pero si no digo nada.

—Estás hablando.

—Pero solo porque tú me hablas.

—¿No puedes dejarme hacer el test tranquila?

—Vale, ya no hablo más. No diré ni pío.

Y así fue… solo durante dos minutos. Después empezó a silbar.

Theresa dejó el bolígrafo sobre la mesa y se volvió hacia él.

—¿Por qué estás silbando?

—Porque me aburro.

—Pues pon la televisión.

—No ponen nada…

Y así hasta que Theresa al final rellenó el test. Le había llevado casi una hora hacer algo para lo que normalmente hubiera necesitado la mitad de tiempo, de haberlo hecho en su despacho. Luego se dio una larga ducha con agua muy caliente y se vistió, con el bañador bajo la ropa. Kevin estaba ahora famélico y quería ir otra vez al McDonald's, pero Theresa se impuso y sugirió que fueran a desayunar a la cafetería Waffle House, situada al otro lado de la calle.

—Pero no me gusta la comida que hacen.

—Todavía no la has probado.

—Ya lo sé.

—Entonces, ¿cómo sabes que no te gusta?

—Simplemente lo sé.

—¿Acaso eres omnisciente?

—¿Qué quiere decir eso?

—Quiere decir, hombrecito, que por una vez vamos a comer donde yo quiero.

—¿Ah, sí?

—Sí —dijo Theresa, con más ansia de tomar café de lo normal.

Υ

Garrett llamó a la puerta de la habitación del motel a las nueve. Kevin corrió hacia allí.

—¿Estáis listos? —preguntó.

—Claro que sí —respondió enseguida Kevin—. Ya he hecho el test. Te lo enseñaré.

Se abalanzó sobre la mesa mientras Theresa se incorporaba de la cama y le daba a Garrett un rápido beso de buenos días.

—¿Cómo ha ido la mañana? —preguntó.

—Tengo la sensación de que ya es por la tarde. Kevin me despertó al amanecer para hacer el test.

Garrett sonrió mientras el chico volvía con el test.

—Aquí está, señor Blake, digo, Garrett.

Él empezó a leer las respuestas.

—A mi madre le ha costado encontrar las respuestas a algunas de ellas, pero la he ayudado —añadió Kevin, a lo que Theresa se limitó a poner los ojos en blanco—. ¿Estás lista, mamá?

—Cuando queráis —respondió ella, mientras cogía la llave de la habitación y el bolso.

—Entonces vamos —dijo Kevin, encabezando la marcha hacia el vestíbulo y la furgoneta de Garrett.

Durante toda la mañana y parte de la tarde, Garrett les enseñó las nociones básicas del submarinismo. Aprendieron cómo funcionaba el equipo, la forma de ponérselo y comprobarlo, y por último a respirar a través de la boquilla, primero al lado de la piscina, y luego bajo el agua.

—Lo más importante, y es algo que debéis recordar —explicó Garrett—, es respirar con normalidad. No aguantéis la respiración, ni tampoco respiréis de forma agitada ni demasiado lenta. Simplemente respirad de forma natural.

Por supuesto, a Theresa todo aquello no le parecía en absoluto natural, así que acabó teniendo más dificultades que su hijo. Kevin, siempre preparado para la aventura, después de pasar unos cuantos minutos bajo al agua, creía que ya lo sabía todo.

—Esto es fácil —le dijo a Garrett—. Creo que esta tarde ya estaré preparado para ir al mar.

—Estoy seguro de ello, pero aun así tenemos que hacer las clases en el orden prescrito.

—¿Qué tal va mi madre?

—Bien.

—¿Tanto como yo?

—Los dos lo estáis haciendo muy bien —dijo Garrett.

Kevin volvió a colocarse la boquilla. Se sumergió justo cuando Theresa salía a la superficie y se quitaba la suya.

—Tengo una sensación rara al respirar —dijo.

—Lo estás haciendo bien. Solo tienes que relajarte y respirar con normalidad.

—Eso es lo que dijiste la última vez que salí dando boqueadas.

—No se han producido demasiados cambios en el método de instrucción durante los últimos minutos, Theresa.

—Ya lo sé. Solo me estaba preguntando si mi botella está bien.

—La botella está perfectamente. La comprobé dos veces esta mañana.

—Pero no eres tú quien la está utilizando.

—¿Quieres que la pruebe?

—No —farfulló frustrada, entrecerrando los ojos—, me las apañaré. —Y volvió a sumergirse.

Kevin salió a la superficie y volvió a quitarse la boquilla.

—¿Mi madre está bien? La he visto salir.

—Sí, está bien. Se está acostumbrando, igual que tú.

—Me alegro. Me sentiría fatal si yo consigo la certificación y ella no.

—No te preocupes por eso. Sigue practicando.

—Vale.

Siguieron practicando. Después de unas cuantas horas en la piscina, Kevin y Theresa estaban cansados. Fueron a comer. Garrett volvió a contar las anécdotas que había vivido en sus inmersiones, esta vez para regocijo de Kevin, quien aprovechó para hacerle cientos de preguntas con los ojos muy abiertos. Garrett respondió a cada una de ellas con mucha paciencia. Theresa parecía aliviada al ver lo bien que congeniaban.

Fueron al motel para coger el libro y la lección para el día siguiente. Después Garrett los llevó a su casa. Aunque Kevin

pensaba seguir enseguida con la lectura de los siguientes capítulos, al ver que Garrett vivía en la playa cambió de planes. De
pie en la sala, miró hacia el océano y preguntó:

—¿Puedo ir al agua, mamá?

—No creo que sea buena idea —le respondió ella amable-
mente—. Ya hemos pasado todo el día en la piscina.

—Mamá…, por favor… No tienes que ir conmigo, puedes
verme desde la terraza.

Theresa vaciló. Kevin supo que la convencería.

—Por favor —volvió a decir, ofreciéndole la más cautiva-
dora de sus sonrisas.

—Vale, puedes bañarte. Pero no te adentres demasiado, ¿de
acuerdo?

—No lo haré, lo prometo —contestó alegremente. Cogió la
toalla que le dio Garrett y corrió hacia el agua. Garrett y Theresa se sentaron en la terraza y vieron cómo Kevin empezaba a
chapotear en el agua.

—Es todo un hombrecito —dijo Garrett en voz baja.

—Sí que lo es —respondió Theresa—. Y creo que le gustas.
Durante la comida, cuando fuiste al baño, dijo que eras guay.

Garrett sonrió.

—Me alegro. Es recíproco. Es uno de los mejores alumnos
que he tenido.

—Lo dices por contentarme.

—No, de veras. He tenido muchos alumnos de su edad en
mis cursos y, en comparación, es muy maduro y educado. Además de amable. En estos tiempos veo muchos niños consenti-
dos, pero él no me lo parece.

—Gracias.

—Lo digo en serio, Theresa. Después de que me contaras tus
preocupaciones, no estaba seguro de con qué me iba a encontrar.
Pero Kevin es un muchacho estupendo. Lo has criado muy bien.

Theresa le cogió la mano y la rozó suavemente con los labios.

—Significa mucho para mí que hables así de Kevin. No he
conocido muchos hombres que quieran hablar de mi hijo, por
no decir pasar algún tiempo con él —dijo en voz baja.

—Ellos se lo pierden.

Theresa sonrió.

—¿Cómo puede ser que siempre sepas escoger exactamente las palabras que me hacen sentir bien?

—Tal vez sea porque sabes sacar lo mejor de mí.

—Tal vez.

Por la tarde, Garrett les llevó al videoclub para alquilar un par de películas que Kevin quería ver y pidió unas pizzas para los tres. Vieron una de las películas juntos en la sala, mientras cenaban. Después de cenar Kevin empezó a parecer cansado. A las nueve de la noche ya se había quedado dormido delante del televisor. Theresa le sacudió suavemente y le dijo que tenían que irse al motel.

—¿Por qué no nos quedamos aquí a dormir esta noche? —balbuceó, medio dormido.

—Creo que deberíamos irnos —respondió Theresa en voz baja.

—Si queréis, podéis dormir en mi cama —propuso Garrett—. Yo dormiré en el sofá.

—¿Por qué no, mamá? Estoy muy cansado.

—¿Estás seguro? —preguntó, pero Kevin ya iba hacia el dormitorio tambaleándose. Oyeron los muelles de la cama chirriar cuando Kevin se dejó caer en la cama de Garrett. Los dos le siguieron y le echaron un vistazo desde la puerta. No había tardado ni un segundo en volver a dormirse.

—Parece que no te ha dejado elegir —susurró Garrett.

—Todavía no estoy segura de que sea una buena idea.

—Me comportaré como un perfecto caballero, lo prometo.

—No eres tú quien me preocupa. Es solo que no quiero que Kevin se lleve una falsa impresión.

—¿Te refieres a que no quieres que sepa que nos queremos? Creo que ya lo sabe.

—Ya sabes a qué me refiero.

—Sí, lo sé. —Garrett se encogió de hombros—. Oye, si quieres te ayudo a llevarle hasta la furgoneta, lo haré encantado.

Theresa observó a Kevin durante unos instantes, mientras escuchaba su respiración profunda y regular. Parecía totalmente ausente de este mundo.

—Bueno, supongo que por una noche no pasa nada —cedió Theresa, y Garrett le hizo un guiño.

—No esperaba menos de ti.

—Espero que no olvides tu promesa de ser un perfecto caballero.

—No lo haré.

—Pareces muy seguro de ello.

—Bueno…, una promesa es una promesa.

Theresa cerró la puerta sigilosamente y rodeó con sus brazos el cuello de Garrett. Le dio un beso mordisqueándole el labio con un gesto juguetón.

—Me parece muy bien, porque, si fuera por mí, no creo que pudiera contenerme.

Garrett hizo una mueca de dolor.

—Sabes realmente cómo ponérselo difícil a los hombres, ¿verdad?

—¿Estás acusándome de provocarte?

—No —respondió Garrett en voz baja—. Estoy diciendo que creo que eres perfecta.

En lugar de ver la otra película, Garrett y Theresa tomaron asiento en el sofá, con sendas copas de vino, y empezaron a hablar. Ella fue un par de veces a ver si Kevin todavía estaba durmiendo. Al parecer, ni se había movido.

A medianoche, Theresa bostezaba continuamente, así que Garrett propuso que fuera a descansar.

—Pero he venido hasta aquí para verte —protestó soñolienta.

—Ya, pero, si no duermes lo suficiente, empezarás a verme borroso.

—Estoy bien, de verdad —contestó ella antes de volver a bostezar. Garrett se puso en pie y fue a un armario del que extrajo una sábana, una manta y una almohada, para hacerse la cama en el sofá.

—Insisto. Intenta dormir un poco. Tenemos unos cuantos días para vernos.

—¿Estás seguro?

—Afirmativo.

Theresa ayudó a Garrett a preparar la cama en el sofá y después se dirigió al dormitorio.

—Si prefieres no dormir con tu ropa, en el segundo cajón encontrarás camisetas —dijo Garrett.

Ella volvió a besarlo.

—He pasado un día fantástico —dijo.

—Yo también.

—Siento estar tan cansada.

—Hoy ha sido un día duro para ti. Es perfectamente comprensible.

Todavía entrelazados, Theresa le susurró al oído.

—¿Siempre resulta tan fácil llevarse bien contigo?

—Intento que sea así.

—Pues estás haciendo un buen trabajo.

Pocas horas más tarde, Garrett se despertó con la sensación de que alguien le estaba dando golpecitos en las costillas. Abrió los ojos y vio a Theresa sentada a su lado. Llevaba una de sus camisetas.

—¿Estás bien? —preguntó Garrett, incorporándose.

—Sí —susurró ella, acariciándole un brazo.

—¿Qué hora es?

—Las tres pasadas.

—¿Kevin está dormido?

—Como un tronco.

—¿Puedo preguntarte por qué te has levantado?

—Tuve un sueño y no podía seguir durmiendo.

Él se restregó los ojos.

—¿Y qué has soñado?

—Contigo —respondió Theresa en un murmullo.

—¿Era un sueño agradable? —preguntó Garrett.

—Oh, sí… —La voz de Theresa se fue apagando, mientras se inclinaba sobre él para besarle el pecho. Garrett la atrajo hacia sí. Echó un vistazo rápidamente a la puerta del dormitorio, que Theresa había cerrado.

—¿No te preocupa que Kevin pueda vernos? —preguntó él.

—Un poco, pero confío en que seas discreto.

Theresa deslizó la mano por debajo de la manta y acarició su vientre con los dedos. Era una sensación eléctrica.

—¿Estás segura de esto?

—Ajá —contestó ella.

Hicieron el amor en silencio, con ternura, y después permanecieron tumbados uno al lado del otro. Durante un buen rato, ninguno de los dos habló. Cuando se insinuaron las primeras luces en el cielo, se dieron un beso de buenas noches y Theresa volvió al dormitorio. Al cabo de pocos minutos, Theresa dormía profundamente. Garrett la observó desde el umbral.

Por alguna razón, le resultó imposible volver a dormirse.

A la mañana siguiente, Theresa y Kevin hicieron el test juntos mientras Garrett iba a buscar panecillos para el desayuno. Después fueron de nuevo a la piscina. En esta ocasión, la clase era más complicada y abarcaba toda una serie de enseñanzas distintas. Theresa y Kevin practicaron la «respiración a dos», por si sucedía que uno de ellos se quedaba sin aire bajo el agua y tenían que compartir una única botella. Garrett les advirtió del peligro de dejarse llevar por el pánico durante una inmersión y salir demasiado rápido a la superficie.

—En ese caso, sufriríais lo que vulgarmente se ha dado en llamar «enfermedad del buzo», fenómeno que no solo es doloroso, sino que puede costaros la vida.

También pasaron bastante tiempo en la parte más profunda de la piscina, buceando durante períodos cada vez más prolongados, para acostumbrarse al equipo y practicar el método para destaparse los oídos. Hacia el final de la clase, Garrett les enseñó a saltar desde el borde de la piscina, de forma que, al hacerlo, los visores quedaran perfectamente ajustados a la cara. Como era de prever, después de unas cuantas horas ambos estaban agotados, así que dieron por terminada la jornada.

—¿Mañana iremos al mar? —preguntó Kevin mientras regresaban a la furgoneta.

—Si quieres, podemos hacerlo. Creo que estás preparado, pero si lo prefieres también podemos seguir practicando en la piscina.

—No, creo que estoy preparado.

—¿Estás seguro? No quiero presionarte.

—Estoy seguro —respondió Kevin rápidamente.

—¿Y tú, Theresa? ¿Estás lista para ir al océano?

—Si Kevin está listo, yo también.

—¿Todavía puedo conseguir la certificación para el martes? —preguntó Kevin.

—Si las inmersiones en el océano van bien, ambos la obtendréis.

—¡Genial!

—¿Cuál es el plan para el resto del día? —preguntó Theresa.

Garrett empezó a guardar las botellas en la parte trasera de la furgoneta.

—Pensé que podríamos salir a navegar. Parece que hoy habrá unas condiciones fantásticas.

—¿Puedo aprender eso también? —preguntó Kevin con gran entusiasmo.

—Claro. Serás el segundo oficial.

—¿También necesito un carné para eso?

—No, en realidad eso depende del capitán y, puesto que soy yo mismo, puedo nombrarte segundo de a bordo ahora mismo.

—¿Así de simple?

—Así de simple.

Theresa casi pudo leer los pensamientos de Kevin cuando este la miró boquiabierto: «Primero aprendo a bucear y luego me convierto en segundo oficial. Ya verás cuando se lo cuente a mis amigos».

Garrett no se equivocaba al predecir unas condiciones excelentes, así que los tres disfrutaron de la salida. Le enseñó a Kevin los conceptos básicos de la navegación, desde cómo y cuándo hacer bordadas, hasta saber cuál sería la dirección del viento basándose en la observación de las nubes. Al igual que en su primera cita, comieron sándwiches y ensalada, pero, esta vez, una familia de marsopas que jugueteaban alrededor del velero les ofreció todo un espectáculo mientras comían.

Cuando volvieron al muelle, ya era tarde. Después, una vez que Garrett hubo enseñado a Kevin cómo se aseguraba el barco para protegerlo de posibles tormentas imprevistas, los llevó de vuelta al motel.

Puesto que los tres estaban exhaustos, Theresa y Garrett se despidieron rápidamente. De hecho, cuando Garrett llegó a su casa, tanto Theresa como Kevin ya se habían acostado.

Al día siguiente, Garrett les guio en su primera inmersión en el mar. Una vez superado el nerviosismo inicial, empezaron a disfrutar tanto que al final cada uno de ellos consumió dos botellas de oxígeno en el transcurso de aquella tarde. Gracias a que el tiempo en la costa seguía siendo estable, las aguas estaban claras y había una visibilidad excelente. Garrett les hizo unas cuantas fotos mientras exploraban uno de los barcos hundidos a poca profundidad de la costa de Carolina del Norte. Les prometió que las llevaría a revelar esa misma semana, para enviárselas lo antes posible.

De nuevo pasaron la tarde en casa de Garrett. Cuando Kevin se quedó dormido, Garrett y Theresa se sentaron en la terraza y se dejaron acariciar por la cálida y húmeda brisa.

Tras comentar cómo había ido la clase de submarinismo de aquella tarde, Theresa se quedó callada durante un rato.

206

—No puedo creer que tengamos que irnos mañana —dijo por fin, con un deje de tristeza en la voz.

—Estos días han pasado volando.

—Eso es porque hemos estado muy ocupados.

Theresa sonrió.

—Ahora puedes hacerte una idea de cómo es mi vida en Boston.

—¿Siempre corriendo?

Theresa asintió.

—Exactamente. Kevin es lo mejor que me ha pasado, pero a veces resulta agotador. Siempre tiene que hacer algo.

—Pero tampoco lo cambiarías, ¿no? Me refiero a que supongo que no te gustaría estar criando a un adicto a la televisión, ni a un niño que se pasa todo el día en su habitación escuchando música, ¿me equivoco?

—No.

—Entonces deberías dar gracias por lo que tienes. Es un chico estupendo; me lo he pasado muy bien con él, de veras.

—Me alegro mucho. Creo que él también se lo ha pasado

en grande. —Theresa hizo una pausa—. ¿Sabes una cosa? Aunque esta vez no hemos pasado tanto tiempo a solas, tengo la sensación de que ahora te conozco mucho mejor que cuando vine sola.

—¿A qué te refieres? Sigo siendo el mismo que antes.

Theresa sonrió.

—Sí y no. Cuando estuve aquí por primera vez, no tuviste que compartirme con nadie, y ambos sabemos que es bastante más fácil comenzar una relación si le puedes dedicar mucho tiempo. Esta vez has visto realmente cómo sería nuestra relación al tener a Kevin con nosotros... Lo has llevado mucho mejor de lo que hubiera podido imaginar.

—Gracias, pero tampoco ha sido tan duro. Mientras estemos juntos, no me importa tanto lo que hagamos. Simplemente me gusta pasar tiempo contigo.

Garrett pasó un brazo por su espalda y la atrajo hacia sí. Theresa apoyó la cabeza en su hombro. El silencio solo se veía interrumpido por el ruido de las olas al morir en la playa.

—¿Os quedaréis a pasar la noche? —preguntó Garrett.

—Estaba considerando seriamente esa posibilidad.

—¿Quieres que vuelva a comportarme como un perfecto caballero?

—Tal vez. O tal vez no.

Garrett arqueó las cejas.

—¿Estás coqueteando conmigo?

—Solo lo estaba intentando —confesó, y Garrett no pudo menos que reírse—. ¿Sabes, Garrett? Me siento muy cómoda contigo.

—¿Cómoda? Hablas como si fuera un sofá.

—No era mi intención que sonara así. Quiero decir que me siento bien cuando estamos juntos.

—Como debe ser. Yo también me siento bastante bien contigo.

—¿Bastante bien? ¿Eso es todo?

Garrett negó con la cabeza.

—No, no es solo eso —Por un momento, casi parecía avergonzado—. Después de que volvieras a Boston la otra vez, mi padre me hizo una visita para aleccionarme.

—¿Y qué te dijo?

—Me dijo que, si me hacías feliz, no debería dejarte escapar.

—¿Y cómo pretendes hacerlo?

—Supongo que tendré que convencerte con mi carisma.

—Ya lo has hecho.

Garrett la miró. Después desvió la mirada hacia el océano. Tras un instante, volvió a hablar en voz baja.

—Entonces supongo que tendré que decirte que te quiero.

«Te quiero.»

En el cielo había innumerables estrellas, que brillaban en el cielo oscuro. En el horizonte se acumulaban unas nubes distantes, que reflejaban la luz de la luna creciente. Theresa volvió a oír aquellas palabras en el interior de su mente.

«Te quiero.»

Esta vez no había ambivalencia, ni el menor atisbo de duda en su declaración.

—¿En serio? —susurró por último Theresa.

—Sí —confirmó Garrett, volviendo el rostro hacia ella—, te quiero. —Al decir estas palabras, ella vio algo nuevo en sus ojos.

—Oh, Garrett… —empezó a decir Theresa, insegura, antes de que Garrett la interrumpiera con un movimiento de cabeza.

—Theresa, no espero que tú sientas lo mismo por mí. Solo quería que supieras lo que yo siento. —Se quedó pensativo un rato, durante el cual recordó el sueño que había tenido—. Durante las últimas dos semanas, han pasado muchas cosas… —Se interrumpió, pero, cuando Theresa hizo ademán de decir algo, él la hizo callar con un gesto de cabeza. Al cabo de un instante prosiguió—. No estoy seguro de entender qué está sucediendo, pero sí sé lo que siento por ti.

Recorrió suavemente con un dedo el contorno de la mejilla y sus labios.

—Te quiero, Theresa.

—Yo también te quiero —dijo ella en voz baja, como si probara cómo sonaban aquellas palabras, con la esperanza de que fueran ciertas.

Después permanecieron abrazados un buen rato, hasta que entraron en la casa para hacer el amor entre susurros hasta el alba. Pero esta vez, tras regresar al dormitorio, Theresa fue incapaz de dormir, desvelada por el milagro que les había unido. Garrett dormía profundamente.

ϒ

El siguiente fue un día memorable. Siempre que tenían la oportunidad, Garrett y Theresa se tomaban la mano. Cuando Kevin no miraba, se besaban furtivamente.

Ese día también lo pasaron practicando. Al acabar la última clase de submarinismo, Garrett les dio sus certificados temporales, cuando todavía se encontraban en el barco.

—Ahora podéis salir a bucear cuando y donde queráis —dijo mirando a Kevin, que sostenía el certificado en sus manos como si fuera de oro—. Solo tenéis que enviar esta solicitud y tendréis vuestro certificado PADI oficial al cabo de un par de semanas. Pero recordad que no es seguro salir a bucear uno solo. Siempre se debe ir acompañado.

Puesto que era su último día en Wilmington, Theresa pagó la cuenta del motel y los tres fueron a casa de Garrett. Kevin quería pasar las últimas horas en la playa. Theresa y Garrett buscaron un lugar para sentarse cerca de la orilla. Garrett y Kevin jugaron un rato con un *frisbee*. Cuando se dieron cuenta de que se estaba haciendo tarde, Theresa entró en la casa y preparó algo de comer.

Tomaron una cena rápida en la terraza (perritos calientes hechos en la barbacoa), antes de que Garrett les llevara al aeropuerto. Cuando Theresa y Kevin ya habían embarcado, Garrett se quedó todavía unos minutos para observar cómo el avión se dirigía hacia la pista. Cuando desapareció, caminó hacia la furgoneta y volvió a casa, mirando constantemente el reloj para contar las horas que faltaban hasta que pudiera llamar a Theresa.

Ya en sus asientos, Theresa y Kevin hojeaban unas revistas. Hacia la mitad del vuelo de vuelta, Kevin de repente se volvió hacia ella y le preguntó:

—Mamá, ¿te gusta Garrett?

—Sí. Pero me importa más si te gusta a ti.

—Creo que es guay. Quiero decir, para ser un adulto.

Theresa sonrió.

—Parece que habéis congeniado. ¿Te alegras de haber hecho este viaje?

Kevin asintió.

—Sí, me ha gustado. —Hizo una pausa, mientras jugeteaba con la revista—. Mamá, ¿puedo preguntarte algo?

—Claro.

—¿Vas a casarte con Garrett?

—No lo sé. ¿Por qué?

—¿Quieres hacerlo?

Tardó un poco en responder.

—No estoy segura. Sé que no quiero casarme con él ahora mismo. Todavía tenemos que conocernos mejor.

—Pero ¿es posible que quieras casarte con él en el futuro?

—Tal vez.

Kevin la miró aliviado.

—Me alegro. Parecías muy feliz cuando estabas con él.

—¿Cómo te diste cuenta?

—Mamá, tengo doce años. Sé más cosas de las que crees.

Ella le cogió una mano.

—Ajá. ¿Qué habrías pensado si te hubiera dicho que me quiero casar con él enseguida?

Kevin reflexionó un instante.

—Supongo que te habría preguntado dónde vamos a vivir.

Por mucho que caviló, a Theresa no se le ocurrió una respuesta adecuada. Esa era la cuestión: ¿dónde?

Capítulo 11

Cuatro días después de que Theresa se fuera de Wilmington, Garrett tuvo otro sueño, pero en esta ocasión la protagonista era Catherine. En aquel sueño, ambos se encontraban en una pradera que acababa en un acantilado sobre el océano. Estaban caminando juntos, con las manos entrelazadas, hablando, cuando Garrett dijo algo que la hizo reír. De repente, Catherine le soltó la mano y echó a correr, mirando a Garrett por encima del hombro y riendo, y empezó a provocar a Garrett para que intentara atraparla. Él le siguió el juego, también riendo, con una sensación bastante parecida a la que tuvo el día en que se casaron.

Al verla correr, no pudo evitar pensar en lo hermosa que era. Sus cabellos al viento reflejaban la luz del sol en su cenit; las piernas esbeltas se movían ágiles, rítmicamente. A pesar de que estaba corriendo, su sonrisa parecía despreocupada, relajada, como si en realidad estuviera quieta.

—Atrápame si puedes, Garrett. ¿A que no me pillas? —exclamó.

Tras incitarlo de ese modo, el sonido de su risa se quedó flotando en el aire a su alrededor, como si fuera música.

Él estaba a punto de atraparla cuando se dio cuenta de que Catherine se dirigía al acantilado. Parecía no darse cuenta de ello, debido a la excitación y la alegría que sentía.

«Pero eso es imposible —pensó Garrett—. Tiene que saberlo.»

Garrett le pidió a gritos que se detuviera, pero, en lugar de eso, Catherine se puso a correr aún más rápido.

Se estaba acercando al borde del acantilado.

Con una sensación de terror, vio que todavía se encontraba demasiado lejos de ella como para poder detenerla.

Corrió tan rápido como pudo, mientras le pedía a gritos que diera media vuelta. Catherine parecía no oírle. Sintió que un torrente de adrenalina le recorría el cuerpo, alimentada por un miedo paralizante.

—¡Detente, Catherine! —gritó, sin apenas aire en sus pulmones—. ¡El acantilado! ¡No estás mirando a dónde vas! —Cuanto más gritaba, más inaudible era su voz, hasta que se convirtió en un susurro.

Catherine siguió corriendo, ajena al precipicio que se abría a tan solo un par de metros de ella.

Garrett estaba ganando terreno.

Pero todavía estaba demasiado lejos.

—¡Detente! —volvió a gritar, aunque era consciente de que ella no podía oírle. Ahora solo tenía un hilo de voz.

Garrett tuvo una sensación de pánico que nunca antes había experimentado. Deseó con todas sus fuerzas que sus piernas se movieran a mayor velocidad, pero empezaba a estar cansado. A cada paso que daba sentía las piernas más y más pesadas.

«No lo conseguiré», pensó, alarmado.

Entonces, tan brusca y repentinamente como había echado a correr, Catherine se detuvo. Se volvió hacia él, fingiendo hacer caso omiso del peligro.

Catherine se había detenido a pocos centímetros del borde del acantilado.

—¡No te muevas! —gritó Garrett, pero su voz seguía siendo tan solo un murmullo. Se detuvo apenas a un metro de Catherine y alargó la mano para ofrecérsela a ella, mientras intentaba recuperar el aliento.

—Ven aquí —suplicó—. Estás al borde del acantilado.

Catherine sonrió y miró hacia el abismo. Al darse cuenta de que había estado a punto de caerse, se volvió hacia él.

—¿Creías que ibas a perderme?

—Sí —dijo todavía en voz baja—, y te prometo que no volveré a permitir que suceda.

Υ

Garrett se despertó y se incorporó, todavía en la cama. Durante varias horas fue incapaz de volver a conciliar el sueño. Cuando por fin consiguió dormir, no fue un sueño profundo. A la mañana siguiente casi eran las diez cuando pudo levantarse. Todavía se sentía exhausto y deprimido, y le resultó imposible pensar en otra cosa que no fuera el sueño. Sin saber qué hacer, llamó a su padre y quedó con él para desayunar en el local en el que solían encontrarse.

—No sé por qué me siento así —confesó a su padre tras unos cuantos minutos charlando de cosas intrascendentes—. No lo entiendo.

Su padre no respondió. En lugar de eso, miró a su hijo por encima de la taza de café y guardó silencio mientras Garrett seguía hablando.

—No es que ella haya hecho nada para que me sienta molesto —prosiguió—. Pasamos un fin de semana largo juntos. Me gusta mucho. También conocí a su hijo: es un muchacho estupendo. Es solo que... No lo sé. No sé si voy a ser capaz de seguir adelante.

Garrett hizo una pausa, durante la cual solo se oía el ruido procedente de las mesas contiguas.

—¿Seguir adelante con qué? —preguntó por fin Jeb.

Garrett removió su café con aire ausente.

—No sé si puedo volver a verla.

Su padre arqueó una ceja pero no dijo nada. Garrett siguió hablando.

—Tal vez no es nuestro destino. Lo que quiero decir es que ni siquiera vive aquí. Vive a mil seiscientos kilómetros, tiene su propia vida y sus propios intereses. Y yo estoy aquí, vivo aquí y llevo una vida completamente distinta. Quizá le iría mejor con otra persona, alguien a quien pueda ver más a menudo.

Reflexionó sobre lo que acababa de decir, a sabiendas de que ni él mismo creía sus propias palabras. No obstante, tampoco quería hablar de su sueño.

—Me refiero a que..., ¿cómo es posible construir una relación si no nos vemos con frecuencia?

Su padre seguía guardando silencio, mientras Garrett continuaba hablando, como si fuera un monólogo.

—Si viviera cerca y pudiera verla todos los días, creo que mis sentimientos serían distintos. Pero ahora que se ha ido...

213

Garrett no acabó la frase, para intentar encontrarle un sentido a sus confusos pensamientos. Después de un rato, volvió a hablar.

—Es simplemente que no veo la manera de hacer que esto funcione. He pensado mucho en ello y no sé cómo hacerlo posible. No quiero mudarme a Boston, y estoy seguro de que ella no quiere venir aquí, así que, ¿qué nos queda?

Garrett calló y esperó a que su padre comentara algo, lo que fuera, sobre lo que acababa de decir. Pero Jeb no soltó prenda durante un buen rato. Finalmente, profirió un suspiro y desvió la mirada.

—A mí me parece que estás buscando excusas —le dijo poco a poco—. Intentas convencerte a ti mismo y me estás utilizando para que escuche tu monólogo.

—No, papá; eso no es cierto. Estoy intentando encontrar una solución a este asunto.

—¿Con quién crees que estás hablando, Garrett? —dijo Jeb Blake haciendo un gesto de incredulidad con la cabeza—. A veces juraría que crees que me he caído de un guindo y he ido dando tumbos por la vida sin aprender nada por el camino. Pero sé exactamente por lo que estás pasando. Estás tan absorto en tu solitaria vida actual que tienes miedo de lo que podría pasar si encontraras a alguien que pudiera apartarte de ella.

—No tengo miedo —protestó Garrett.

Su padre le interrumpió.

—Ni siquiera puedes admitirlo, ¿a que no? —Por su tono de voz se intuía de forma inequívoca que se sentía decepcionado—. ¿Sabes una cosa, Garrett? Cuando tu madre murió, yo también busqué excusas, que me repetí a mí mismo durante muchos años. ¿Quieres saber cuáles fueron las consecuencias? —Miró fijamente a su hijo—. Ahora soy un anciano y estoy cansado, pero, sobre todo, estoy solo. Si pudiera volver atrás, cambiaría muchas cosas. Pero no me perdonaría nunca que tú cometieses los mismos errores. —Jeb hizo una pausa antes de seguir hablando, ahora con un tono más suave—. Me equivoqué, Garrett, al no intentar encontrar a otra persona. Al sentirme culpable respecto a tu madre. Al seguir viviendo de ese modo, siempre sufriendo por dentro y preguntándome cuál sería su opinión. Porque ¿sabes una cosa? Creo que tu madre hubiese querido que encontrase a otra compañera. Tu madre hubiera querido que fuera feliz. ¿Sabes por qué?

Garrett no respondió.

—Porque me quería. Y si crees que al sufrir, como has venido haciendo desde hace años, estás demostrando tu amor a Catherine, entonces supongo que, en algún punto del camino, debo haberme equivocado en tu educación.

—Eso no es cierto…

—Tiene que serlo. Porque, cuando te miro, me veo a mí mismo y, para ser sincero, me gustaría ver a alguien distinto: a alguien que ha aprendido que no hay nada de malo en seguir adelante, en encontrar a alguien que te haga feliz. Pero ahora mismo es como si me estuviera mirando en el espejo y me viera a mí mismo hace veinte años.

Garrett pasó el resto de la tarde solo, caminando por la playa, reflexionando sobre las palabras de su padre. Al evocar aquella conversación, se daba cuenta de que desde un buen principio no había sido sincero, por lo que no le sorprendía que su padre le hubiera descubierto. ¿Por qué había querido hablar con él? ¿Acaso deseaba que su padre se encarara con él tal como había hecho?

A medida que transcurría la tarde, se sintió más y más confundido. Después le pudo una especie de sensación de insensibilidad. Cuando llamó a Theresa por la noche, el sentimiento de culpa por haber traicionado a su mujer, que había sentido como consecuencia del sueño, había remitido lo suficiente como para poder hablar con ella. Seguía ahí, pero atenuado. Cuando Theresa cogió el teléfono, Garrett sintió que perdía intensidad. El sonido de su voz le recordó cómo se sentía cuando estaban juntos.

—Me alegro de que hayas llamado —dijo alegremente—. Hoy he estado pensando mucho en ti.

—Yo también —dijo Garrett—. Me gustaría que estuvieras aquí.

—¿Estás bien? Pareces un poco alicaído.

—Estoy bien… Simplemente me siento solo. ¿Qué tal tu día?

—Como siempre. Mucho trabajo en la oficina y en casa. Pero ahora que has llamado, me siento mejor.

Garrett sonrió.

—¿Está Kevin contigo?

—Está en su habitación leyendo un libro sobre submarinismo. Ahora dice que cuando sea mayor quiere ser instructor.

—¿De dónde habrá sacado esa ocurrencia?

—No tengo la menor idea —respondió Theresa con un tono burlón—. ¿Y tú? ¿Qué has hecho hoy?

—La verdad es que no mucho. No he ido a la tienda. Me he tomado el día libre y he estado deambulando por la playa.

—Espero que estuvieras soñando conmigo…

La ironía de su comentario hizo mella en Garrett, quien no pudo responder directamente.

—Te he echado mucho de menos.

—Hace muy poco que me fui —replicó Theresa con dulzura.

—Lo sé. Hablando de eso, ¿cuándo volveremos a vernos?

Theresa se sentó a la mesa del comedor y echó un vistazo a su agenda.

—Mmm… ¿qué te parece dentro de tres semanas? Estaba pensando que esta vez tal vez podrías venir tú a Boston. Kevin se va a un campamento de fútbol toda la semana. Podríamos aprovechar para pasar más tiempo a solas.

—¿No prefieres volver aquí?

—Creo que sería mejor si vienes tú, si te parece bien. Me estoy quedando sin días de vacaciones, pero si vienes podría organizar convenientemente mi horario de trabajo. Además, creo que ya es hora de que salgas de Carolina del Norte, aunque solo sea para que veas que el resto del país tiene mucho que ofrecer.

Mientras Theresa hablaba, Garrett se sorprendió a sí mismo mirando fijamente la foto de Catherine sobre la mesita de noche. Tardó un poco en responder.

—Vale… Supongo que podría hacerlo.

—No pareces muy seguro de ello.

—Sí que lo estoy.

—Entonces, ¿qué te pasa?

—Nada.

Theresa hizo una pausa cargada de incertidumbre.

—¿De veras estás bien, Garrett?

MENSAJE EN UNA BOTELLA

Después de unos cuantos días y varias llamadas telefónicas, empezó a sentirse como antes. En más de una ocasión, llamó a Theresa ya entrada la noche, simplemente para oír su voz.

—Hola, soy yo otra vez —decía en esas ocasiones.

—Hola, Garrett; ¿qué pasa? —preguntaba ella medio dormida.

—No mucho. Solo quería darte las buenas noches antes de que te fueras a la cama.

—Ya estoy en la cama.

—¿Qué hora es?

Theresa miró el reloj.

—Casi medianoche.

—¿Por qué estás despierta? Deberías estar durmiendo —decía él bromeando, y después dejaba que fuera ella quien colgara para que pudiera descansar.

A veces, cuando no podía dormir, pensaba en aquella semana con Theresa, y en lo agradable que era el tacto de su piel, embriagado por el deseo de volver a tenerla entre sus brazos.

Después, al entrar en el dormitorio, veía la foto de Catherine al lado de su cama. Y en ese momento volvía a revivir el sueño con una claridad total.

Garrett sabía que seguía turbado por aquel sueño. En el pasado, habría escrito una carta a Catherine para poder ver las cosas desde otra perspectiva. Después habría salido con el *Happenstance*, habría hecho la misma ruta que habían seguido juntos la primera vez que salieron a navegar tras haber restaurado el velero y habría metido la carta en una botella para arrojarla al océano.

Curiosamente, ya no era capaz de proceder del mismo modo. Cuando se sentó a escribir, no encontró las palabras adecuadas. Por último, sintiéndose cada vez más frustrado, se puso a recordar.

—¡Vaya sorpresa! —dijo Garrett mientras señalaba el plato de Catherine, en el que había un montón de ensalada de espinacas del bufé que tenían ante ellos.

Catherine se encogió de hombros con un gesto de suficiencia.

—¿Qué hay de malo en querer comer ensalada?

—Nada —se apresuró a decir Garrett—. Solo que es la tercera vez esta semana.

—Ya lo sé. Es que me apetece mucho, no sé por qué.

—Si sigues comiendo así, te convertirás en un conejo.

Ella se rio mientras aliñaba su plato.

—Por esa regla de tres —replicó ella, mientras echaba un vistazo a la comida de Garrett—, si sigues comiendo marisco y pescado, te convertirás en un tiburón.

—Ya soy un tiburón —repuso él, arqueando las cejas.

—Puede que lo seas, pero, si sigues metiéndote conmigo, nunca te daré la oportunidad de demostrarlo.

Garrett sonrió.

—¿Por qué no me dejas demostrártelo este fin de semana?

—¿Cuándo? Tienes que trabajar.

—Este fin de semana no. Lo creas o no, lo he organizado para que podamos estar juntos. Hace mucho que no pasamos todo un fin de semana a solas, ya ni me acuerdo de la última vez.

—¿Qué tenías pensado?

—No sé. Tal vez navegar, o hacer otra cosa. Lo que tú quieras.

Ella se rio.

—Pues yo sí que tenía planes: un viaje a París para ir de compras, un safari rápido, o dos…, pero supongo que podré cancelarlos.

—Entonces, ¿tenemos una cita?

A medida que pasaban los días, su sueño empezó a difuminarse. Cada vez que llamaba a Theresa, se sentía un poco mejor. También habló con Kevin un par de veces; el entusiasmo del chico por la presencia de Garrett en sus vidas le ayudó a recuperar el equilibrio. Aunque durante el mes de agosto parecía que el tiempo pasaba más despacio, tal vez debido al calor y la humedad, intentó mantenerse lo más ocupado que pudo y evitar darle demasiadas vueltas a lo compleja que era la situación.

Dos semanas más tarde, pocos días antes de que Garrett se fuera a Boston, sonó el teléfono mientras estaba preparando algo en la cocina.

—Hola, desconocido —dijo—. ¿Tienes unos minutos?

—Siempre tengo tiempo para hablar cuando se trata de ti.

—Solo te llamaba para saber a qué hora llega tu vuelo. La última vez que hablamos no estabas seguro de la hora exacta.

—Espera un momento —dijo, rebuscando en el cajón de la cocina para comprobar su itinerario—. Ya lo tengo: llegaré a Boston poco después de la una.

—Me va muy bien. Tengo que dejar a Kevin en el campamento unas cuantas horas antes, así que todavía tendré tiempo de arreglar el apartamento.

—¿Vas a limpiar para mí?

—Te trataré a cuerpo de rey. Incluso voy a pasar la aspiradora.

—¡Qué honor!

—Pues sí. Es un honor reservado exclusivamente para ti y para mis padres.

—¿Debería llevar un par de guantes blancos para comprobar que has hecho un buen trabajo?

—Si lo haces, no vivirás para ver el anochecer.

Garrett rio y cambió de tema.

—Tengo muchas ganas de volver a verte —dijo de todo corazón—. Las últimas tres semanas han sido mucho más duras que las primeras que pasamos separados.

—Ya lo sé. Podía notarlo en tu voz. Hace unos días parecías estar muy deprimido, y…, bueno, estaba empezando a preocuparme.

Garrett se preguntó si Theresa sospechaba cuál era el motivo de su melancolía. Apartó aquel pensamiento de su mente y siguió hablando:

—Lo estaba, pero ya se me ha pasado. Ya tengo hecha la maleta.

—Espero que no la hayas llenado de cosas inútiles.

—¿Como por ejemplo?

—No sé…, por ejemplo, un pijama.

Garrett volvió a reír.

—No tengo ningún pijama.

—Menos mal. Porque no lo ibas a necesitar.

Tres días más tarde, Garrett llegó a Boston.

Después de recogerlo en el aeropuerto, Theresa le enseñó la

ciudad. Comieron en Faneuil Hall, vieron las evoluciones de los remeros en el Charles River y pasearon un rato por el campus de Harvard. Como de costumbre, fueron de la mano casi todo el día, deleitándose de su mutua compañía.

En más de una ocasión, Garrett se había preguntado por qué las últimas tres semanas habían sido tan duras para él. Sabía que parte de su ansiedad era producto de aquel sueño que le había turbado, pero, al volver a estar con Theresa, aquellas sensaciones inquietantes se le antojaron inconsistentes y distantes. Cada vez que Theresa se reía o apretaba su mano, conseguía reafirmar lo que había sentido la última vez que ella le visitó en Wilmington, y así desterraba los pensamientos oscuros que le atormentaban en su ausencia.

Cuando empezó a refrescar y el sol comenzó a ocultarse tras los árboles, Theresa y Garrett pararon para comprar comida mexicana preparada. Cuando llegaron al apartamento, se sentaron en el suelo de la sala de estar a la luz de las velas. Garrett le echó un vistazo a la estancia.

—Tienes un apartamento muy bonito —dijo, mientras pescaba unos cuantos frijoles con un nacho—. Por alguna razón, pensaba que sería pequeño, pero es más grande que mi casa.

—Tal vez un poco más. De todos modos, gracias por el cumplido. A nosotros nos va bien: es muy práctico para todo.

—¿Porque hay muchos restaurantes cerca, por ejemplo?

—Exacto. No bromeaba cuando te dije que no me gustaba cocinar. No soy exactamente como Martha Stewart.

—¿Quién?

—No importa —dijo Theresa.

Al interior del coche llegaba el ruido del tráfico. Un automóvil frenó en seco con un chirrido, alguien tocó el claxon y enseguida el aire se llenó de las atronadoras bocinas de otros coches que se unieron a esa suerte de coro.

—¿Siempre está tan tranquilo? —preguntó Garrett.

Theresa asintió mientras miraba hacia la ventana.

—Los viernes y los sábados por la noche es aún peor, normalmente no se oye tanto. Eso sí, después de un tiempo, te acostumbras.

Seguían oyéndose los ruidos típicos de la ciudad. En la distancia sonaba una sirena. El estruendo fue en aumento a medida que se acercaba.

—¿Podrías poner algo de música? —preguntó Garrett.

—Claro. ¿Qué clase de música te gusta?

—Me gustan las dos clases de música —respondió, haciendo una pausa teatral—: el *country* y la música *country*.

Theresa profirió una carcajada.

—No tengo nada de eso.

Garrett movió la cabeza disfrutando de su propio chiste.

—Estaba bromeando. Es un chiste muy viejo, no tiene demasiada gracia, pero he esperado durante años para soltarlo.

—De niño debiste hartarte de ver *Hee-Haw*.

Ahora le tocó reír a Garrett.

—Volviendo a mi pregunta, ¿qué clase de música te gusta? —insistió Theresa.

—Pon lo que quieras.

—¿Qué te parece un poco de *jazz*?

—Suena bien.

Theresa eligió un CD que pensó que podría gustarle y lo puso en el reproductor. Enseguida empezó a sonar la música, justo en el momento en el que el embotellamiento parecía descongestionarse.

—Bueno, ¿qué te parece Boston? —le preguntó.

—Me gusta. Para ser una gran ciudad, no está mal. No me parece tan impersonal como creía y, además, está limpia. Supongo que me la había imaginado diferente. Ya sabes a qué me refiero: la multitud, el asfalto, los rascacielos, ni un árbol, y atracadores en cada esquina. Pero no es así en absoluto.

Theresa sonrió.

—Es bonito, ¿no crees? Quiero decir que, aunque no esté en la playa, tiene su propio atractivo. En especial si tenemos en cuenta lo que la ciudad tiene que ofrecer. Puedes ir a un concierto sinfónico, o visitar museos, o simplemente pasear por el parque de Common. Hay cosas para todos, incluso un club de vela.

—Ahora entiendo por qué te gusta vivir aquí —comentó Garrett, mientras se preguntaba por qué parecía que le estaba intentando vender la ciudad.

—Sí, me gusta. Y a Kevin también.

Garrett cambió de tema:

221

—¿Dijiste que se iba a un campamento de fútbol?

Theresa asintió.

—Sí. Está intentando entrar en un equipo de muchachos de hasta doce años de edad. No sé si lo conseguirá, pero él cree que tiene posibilidades. El año pasado llegó a la última fase de la selección con once años.

—Debe de ser bueno.

—Lo es —respondió Theresa moviendo la cabeza para darle énfasis a su respuesta. Después apartó los platos vacíos y se acercó a él—. Pero ya basta de hablar de Kevin —dijo con dulzura—. No tiene por qué ser siempre el tema central. Podemos charlar de otras cosas, ¿sabes?

—Como por ejemplo...

Theresa le besó en el cuello.

—Como por ejemplo de lo que me gustaría hacer contigo ahora que te tengo para mí sola.

—¿Estás segura de que solo quieres hablar de ello?

—Tienes razón —susurró ella—. ¿Quién querría hablar en estos momentos?

Al día siguiente, Theresa volvió a hacer de guía turística para Garrett. Pasaron casi toda la mañana en los barrios italianos del North End, deambulando por sus estrechas y sinuosas calles, y haciendo alguna parada para tomar un café con unas pastas típicas llamadas *cannoli*. Aunque él sabía que Theresa escribía columnas para varios periódicos, no entendía exactamente en qué consistía su trabajo. Abordó el tema mientras paseaban por la ciudad.

—¿No puedes escribir desde casa?

—Con el tiempo, supongo que sí. Ahora mismo no es posible.

—¿Por qué?

—Bueno, para empezar, esa posibilidad no está contemplada en mi contrato. Además, tengo que hacer muchas más cosas, aparte de sentarme delante del ordenador y escribir. Con frecuencia tengo que hacer entrevistas, y eso requiere tiempo, a veces incluso tengo que viajar. Por otro lado, no hay que olvidar el trabajo de investigación necesario, sobre todo cuando escribo sobre temas relacionados con la medicina o la psicología; si trabajo en la oficina tengo acceso a muchos más recursos. Y por último, no hay que olvidar que tengo que estar localizable. Muchos de los artículos que escribo son del interés de mucha gente. Recibo llamadas de lectores durante todo el día. Si trabajara desde casa, sé que mucha gente me llamaría por la noche, cuando estoy con Kevin, y no estoy dispuesta a compartir el tiempo que paso con él.

—¿También te llaman a casa?

—Rara vez. Mi número no está en el listín, así que sucede poco.

—¿También te han llamado chiflados?

Theresa asintió.

—Creo que eso les pasa a todos los columnistas. Mucha gente llama al periódico porque quiere que se publiquen sus historias. Me llama gente que está en prisión, reivindicando su inocencia, o que se queja de que los servicios municipales no recogen la basura cuando toca. También hay gente que llama preocupada por la delincuencia callejera. Me parece que he recibido llamadas acerca de todo tipo de temas.

—Creía haber entendido que escribías sobre la educación de los hijos.

—Así es.

—Entonces, ¿por qué te llaman a ti y no llaman a otras personas?

Theresa se encogió de hombros.

—Estoy segura de que también lo hacen, pero eso no les impide llamarme a mí también. Mucha gente empieza la conversación diciendo: «Nadie quiere escucharme y usted es mi última esperanza». —Theresa se volvió hacia él antes de continuar—. Supongo que creen que puedo hacer algo para solucionar sus problemas.

—¿Por qué?

—Verás, los columnistas no son como los demás colaboradores de un periódico. La mayoría de los artículos publicados tienen un tono impersonal, se trata de periodismo puro y duro, hechos y cifras, y cosas así. Pero supongo que hay gente que como lee mi columna cree que me conoce. Empiezan a considerarme como una especie de amiga. Y las personas se dirigen a sus amigos cuando necesitan ayuda.

223

—Supongo que eso te pone a veces en situaciones incómodas.

Theresa se encogió de hombros.

—Sí, pero intento no pensar en ello. Además, mi trabajo también tiene partes positivas, como, por ejemplo, ofrecer información útil a la gente, estar al día de los últimos avances médicos y exponerlos de forma que sean accesibles para profanos en la materia, o incluso compartir historias optimistas que hacen el día más agradable.

Garrett se detuvo en un puesto de fruta fresca. Cogió un par de manzanas y le dio una a Theresa.

—¿Cuál ha sido la columna más popular de las que has escrito? —preguntó Garrett.

Theresa sintió que le faltaba el aliento. «¿La más popular? Muy fácil: una vez encontré un mensaje en una botella; recibí cientos de cartas.»

Se esforzó por pensar en otra columna.

—Oh… Me envían muchas cartas cuando escribo sobre la enseñanza de niños discapacitados —dijo por fin.

—Debe de ser una sensación gratificante —comentó Garrett, mientras pagaba al tendero.

—Sí que lo es.

Antes de dar un mordisco a la manzana, Garrett preguntó:

—¿Podrías seguir escribiendo tu columna si trabajaras para otro periódico?

Theresa reflexionó sobre aquella pregunta.

—Sería bastante complicado, sobre todo si quiero seguir publicando en varios periódicos del país. Como todavía soy nueva y aún me estoy labrando un nombre, la verdad es que el respaldo del *Boston Times* me ayuda mucho. ¿Por qué?

—Simple curiosidad —respondió él.

A la mañana siguiente, Theresa fue a la oficina a trabajar, pero volvió a casa poco después de la hora de comer. Pasaron la tarde en el parque Common de Boston, donde hicieron un picnic, que se vio interrumpido en dos ocasiones por personas que reconocieron a Theresa por su fotografía en el periódico. Garrett se dio cuenta entonces de que ella era muy conocida, más de lo que hubiera podido imaginar.

—No sabía que fueras tan famosa —dijo con cierta ironía, cuando volvieron a estar a solas.

—No lo soy, es que mi foto aparece encabezando mi columna. Supongo que por eso la gente me reconoce.

—¿Te pasa muy a menudo?

—La verdad es que no. Unas cuantas veces por semana.

—Eso es bastante —comentó Garrett, sorprendido.

Ella negó con la cabeza.

—No si piensas en los verdaderos famosos. Ni siquiera pueden ir a comprar sin que alguien les haga fotos. En comparación, yo llevo una vida bastante normal.

—Aun así, debe de ser un poco extraño que se te acerque gente desconocida.

—En realidad, es bastante halagador. La mayoría de la gente es muy amable.

—Puede que sí, pero, de todos modos, me alegro de no haber sabido que eras tan famosa desde el principio.

—¿Por qué?

—Tal vez me hubiera sentido demasiado intimidado como para preguntarte si querías salir a navegar conmigo.

Theresa le cogió una mano.

—No puedo imaginarme que haya algo que pueda intimidarte.

—Eso es que no me conoces.

Theresa guardó silencio por un instante.

—¿De verdad te hubieras sentido intimidado? —preguntó con cierta timidez.

—Probablemente.

—¿Por qué?

—Supongo que me preguntaría qué es lo que alguien como tú podría ver en mí.

Ella se acercó a él para besarle.

—Te diré lo que veo. Veo al hombre al que quiero y que me hace feliz…, alguien a quien quiero seguir viendo durante mucho tiempo.

—¿Cómo es posible que siempre sepas qué decir?

—Podría ser porque sé más de ti de lo que puedes imaginar —dijo Theresa en voz baja.

—¿Por ejemplo?

225

Una sonrisa perezosa se dibujó en sus labios.

—Por ejemplo, sé que ahora mismo quieres que vuelva a besarte.

—¿En serio?

—Estoy absolutamente segura.

Y tenía razón.

Aquella noche, Garrett le dijo:

—¿Sabes, Theresa? No soy capaz de encontrar un solo defecto en ti.

Estaban en la bañera, rodeados por montañas de burbujas. Theresa estaba apoyada en el pecho de Garrett, y él recorría su cuerpo con la esponja mientras hablaba.

—¿Qué se supone que quieres decir? —preguntó intrigada, volviendo la cabeza para mirarle.

—Pues eso, que no veo ningún defecto en ti. O sea, que eres perfecta.

—No soy perfecta, Garrett —respondió ella, aunque encantada con el cumplido.

—Sí lo eres. Eres hermosa, simpática, me haces reír, eres inteligente y una madre estupenda. Si a eso añadimos que eres famosa, no creo que haya nadie en el mundo que esté a tu altura.

Ella le acarició un brazo, mientras seguía relajada, apoyada en él.

—Creo que me estás mirando a través de unas gafas de color de rosa. Pero tengo que decir que me gusta…

—¿Estás diciendo que no soy imparcial?

—No, pero creo que hasta ahora solo has visto mi lado bueno.

—No sabía que tuvieras otro lado —dijo Garrett mientras le apretaba con fuerza ambos brazos—. Ahora mismo, tus dos lados me parecen igual de buenos.

Theresa se rio.

—Ya sabes a qué me refiero. Todavía no has visto mi lado oscuro.

—No lo tienes.

—Claro que sí. Todo el mundo tiene un lado oscuro. Lo que pasa es que, cuando estás conmigo, prefiere quedarse escondido.

—Bueno, ¿cómo describirías tu lado oscuro?

Theresa pensó un momento.

—Bueno, para empezar, soy muy obstinada y puedo ser muy mala cuando me enfado. Me vuelvo agresiva y suelto lo primero que se me pasa por la cabeza y, créeme, no son cumplidos precisamente. También tengo tendencia a decir a los demás exactamente lo que pienso, incluso cuando soy consciente de que sería mejor dar media vuelta e irme.

—No suena tan mal.

—Todavía no me has visto cuando me pongo así.

—Sigue sin parecerme tan mal.

—Bueno, déjame que te ponga un ejemplo. Cuando me encaré con David por primera vez al enterarme de que tenía una amante, le llamé de todo, soltando unas cuantas palabras más que malsonantes.

—Se lo merecía.

—Tal vez, pero no estoy segura de que se mereciera que le tirara un jarrón.

—¿Eso hiciste?

Theresa asintió.

—Tenías que haber visto la expresión de su cara. Nunca me había visto así.

—¿Qué hizo?

—Nada, creo que estaba demasiado conmocionado como para actuar. Sobre todo cuando seguí con los platos. Aquella noche dejé el armario de la cocina casi vacío.

Garrett sonrió admirado.

—No sabía que fueras tan peleona.

—Es que me crie en el Medio Oeste. No se te ocurra meterte conmigo, colega.

—No lo haré.

—Menos mal, porque ahora he mejorado mi puntería.

—Lo tendré en cuenta.

Se sumergieron un poco más en el agua caliente. Garrett seguía recorriendo su cuerpo con la esponja.

—Sigo pensando que eres perfecta —dijo suavemente.

Theresa cerró los ojos.

—¿Incluso ahora que conoces mi lado oscuro? —preguntó.

—Sobre todo por eso. Le da más emoción.

—Me alegro, porque yo creo que tú también eres perfecto.

Y

El resto de la semana pasó volando. Por las mañanas, Theresa iba a trabajar durante unas cuantas horas, pero luego volvía a casa para pasar las tardes y las noches con Garrett. Por la noche a veces pedían comida por teléfono, o bajaban a cenar a uno de los numerosos pequeños restaurantes que había cerca del apartamento. Alguna vez alquilaron una película, pero casi siempre preferían disfrutar de su compañía sin otras distracciones.

El viernes por la noche Kevin llamó desde el campamento. Estaba eufórico mientras le explicaba a su madre que había conseguido entrar en el equipo. Aunque eso implicaba que tendría que ir a jugar con más frecuencia fuera de Boston, por lo que tendrían que viajar muchos fines de semana, Theresa se alegró mucho por él. Luego, para su sorpresa, Kevin le pidió que le pasara con Garrett, quien le escuchó atentamente mientras el muchacho le explicaba sus experiencias en el campamento. Garrett le felicitó. Cuando colgó, Theresa abrió una botella de vino para celebrar la buena suerte de Kevin hasta bien entrada la madrugada.

El domingo por la mañana, el último día de Garrett en Boston, desayunaron tarde y copiosamente con Deanna y Brian. Garrett de inmediato supo apreciar lo que a Theresa le gustaba aquella mujer: era encantadora y divertida, y no paró de reírse con ella durante todo el almuerzo. Deanna le hizo preguntas sobre submarinismo y navegación, mientras Brian comentaba que, si tuviera su propio negocio, nunca conseguiría sacarlo adelante porque el golf simplemente le absorbía demasiado.

Theresa estaba encantada de que se llevaran tan bien. Después de comer, las dos mujeres se fueron juntas al cuarto de baño para charlar.

—¿Qué te parece? —preguntó Theresa con expectación.

—Es fantástico —reconoció Deanna—. Es más guapo que en las fotos que me enseñaste.

—Ya lo sé. Cada vez que le miro, mi corazón da un vuelco.

Deanna se acicaló el pelo, esforzándose en darle un poco más de volumen.

—¿Esta semana ha ido como esperabas?

—Mejor incluso.

Deanna le ofreció una sonrisa radiante.

—Por la forma en que te miraba juraría que realmente le importas. Me recordáis a Brian y a mí, por la manera que tenéis de trataros. Formáis buena pareja.

—¿De veras lo crees?

—No te lo diría si no lo pensara.

Deanna sacó el pintalabios del bolso para retocarse.

—¿Le ha gustado Boston? —soltó de repente.

Theresa también cogió su lápiz de labios.

—Me parece que se lo ha pasado bien, aunque no es a lo que está acostumbrado. Hemos visitado un montón de sitios interesantes.

—¿Te hizo algún comentario en particular?

—No..., ¿por qué? —Theresa miró a Deanna, intrigada.

—Simplemente me preguntaba si ha dicho algo que podría hacerte pensar que se mudaría a Boston si se lo pidieras —respondió Deanna sin cambiar el tono de voz.

Eso era algo que Theresa había intentado eludir.

—No hemos hablado de eso todavía —dijo al final.

—¿Cuándo piensas hacerlo?

Su voz interior murmuró en un susurro: «La distancia entre nosotros es un problema, pero hay algo más; no lo olvides».

Theresa sacudió la cabeza, como para apartar aquella idea.

—No creo que haya llegado el momento, todavía no. —Hizo un pausa para ordenar sus pensamientos—. Ya sé que tendremos que sacar el tema algún día, pero no creo que nos conozcamos desde hace tanto tiempo como para empezar a tomar decisiones sobre el futuro. Todavía estamos conociéndonos.

Deanna le lanzó una suspicaz mirada maternal.

—Pero le conoces lo bastante como para estar enamorada de él, ¿no es así?

—Sí —admitió Theresa.

—Entonces eres consciente de que deberéis tomar esa decisión, os guste o no.

Theresa tardó un poco en responder.

—Lo sé.

Deanna le puso una mano en el hombro.

—¿Qué pasará si tienes que elegir entre perderlo o irte de Boston?

229

Theresa reflexionó sobre aquella pregunta y acerca de lo que implicaba la respuesta.

—No estoy segura —dijo en voz baja, mientras miraba a su amiga con una expresión de duda en el rostro.

—¿Puedo darte un consejo?

Theresa asintió. Deanna la tomó del brazo mientras salían del baño y le habló al oído para que nadie pudiera escucharla.

—Sea cual sea tu decisión, recuerda que debes ser capaz de seguir con tu vida sin mirar atrás. Si estás segura de que Garrett puede quererte como tú necesitas y de que serás feliz a su lado, tendrás que hacer lo que sea para conservarlo. El amor verdadero es un bien muy escaso, y es lo único que da un sentido auténtico a la vida.

—Pero eso también es aplicable a él, ¿no crees? ¿No debería estar dispuesto a hacer algún sacrificio por su parte?

—Por supuesto.

—Entonces, ¿adónde nos lleva todo esto?

—Al mismo punto donde estabas antes, Theresa: un problema al que tarde o temprano deberás enfrentarte.

Durante los dos meses siguientes, la relación a larga distancia de Theresa y Garrett empezó a evolucionar de una forma inesperada, pero que ambos hubieran podido prever.

Consiguieron estar juntos tres veces más, haciendo milagros con sus agendas, siempre durante un fin de semana. En una de ellas, Theresa voló a Wilmington para poder estar los dos a solas. Pasaron el tiempo refugiados en casa de Garrett, con excepción de una noche en la que salieron a navegar. Él fue dos veces a Boston y pasó gran parte del tiempo en la carretera para que Kevin pudiera jugar en el campeonato de fútbol, pero no le importó. Eran los primeros partidos a los que asistía y le parecieron muy emocionantes, mucho más de lo que imaginaba.

—¿Cómo es posible que no estés tan entusiasmada como yo? —le preguntó a Theresa durante un momento especialmente emocionante del partido.

—Espera a ver unos cuantos centenares de partidos. Estoy segura de que entonces serás capaz de responder tú mismo a esa pregunta —replicó Theresa bromeando.

En aquellos fines de semana que pasaron juntos, era como si el mundo exterior no importara en absoluto. Normalmente, Kevin pasaba alguna noche en casa de un amigo; de ese modo podían estar como mínimo algún tiempo a solas. Pasaban las horas hablando y riendo, abrazándose y haciendo el amor, intentando recuperar el tiempo que habían estado separados. Pero ninguno de los dos mencionaba qué pasaría en el futuro con su relación. Vivían el día a día, sin que ninguno de ellos estuviera seguro de qué cabía esperar del otro. No es que no estuvieran enamorados. De eso, como mínimo, estaban seguros.

Pero como no se veían con demasiada frecuencia, su relación tenía más altibajos de los que ninguno de los dos había experimentado antes. Puesto que todo iba bien cuando estaban juntos, les parecía que todo iba mal cuando estaban separados. A Garrett le costaba especialmente aceptar la distancia. Normalmente, su optimismo duraba unos cuantos días tras sus encuentros, pero después empezaba a estar cada vez más triste cuando pensaba en las semanas que pasarían antes de que se volvieran a ver.

Obviamente deseaba pasar con Theresa todo el tiempo que fuera posible. Ahora que había acabado el verano, a Garrett le resultaba más fácil viajar que a ella. Aunque la mayoría de los empleados eran de temporada y ya se habían ido, se las podía apañar bien, pues no había demasiado trabajo en la tienda. La agenda de Theresa era completamente distinta, aunque solo fuera por Kevin, quien debía ir al colegio y asistir a los partidos los fines de semana, de manera que era muy complicado salir de Boston, aunque solo fuera por un par de días. Si bien Garrett estaba dispuesto a desplazarse más a menudo a Boston para visitarla, Theresa simplemente no tenía tiempo. En más de una ocasión, Garrett le propuso ir a verla, pero no había podido ser, por una razón u otra.

Garrett sabía a ciencia cierta que otras parejas debían hacer frente a situaciones más complicadas que la suya. Su padre le contó que, en varias ocasiones, no había podido hablar con su madre durante meses. Así ocurrió cuando le enviaron a Corea, donde pasó dos años con los marines. O cuando el negocio de la pesca de camarones no iba del todo bien, tenía que buscar trabajo en los cargueros que pasaban de camino a Sudamérica. Aquellos viajes podían durar meses. La única forma de

231

comunicarse que sus padres tenían en aquellos tiempos era por correo, y las cartas eran, en el mejor de los casos, poco frecuentes. Garrett y Theresa no lo tenían tan difícil, pero tampoco era un consuelo.

Sabía que la distancia entre ellos era un problema, pero no parecía haber perspectivas de cambio en un futuro próximo. Desde su punto de vista, solo había una posible solución: uno de los dos tendría que trasladarse. Por muchas vueltas que le diera, y por mucho que se quisieran, siempre llegaba a esa conclusión.

En su interior, intuía que Theresa pensaba lo mismo que él. Por eso ninguno de los dos quería hablar sobre el tema. Parecía más fácil no sacar el asunto a colación, puesto que eso significaría tomar una dirección de la que ninguno de los dos estaba seguro.

Uno de los dos tendría que cambiar su vida radicalmente.

Pero ¿quién?

Garrett tenía su propio negocio en Wilmington, la clase de vida que quería vivir, la única que sabía cómo vivir. Boston era bonito para ir de visita, pero no era su casa. Nunca había considerado la posibilidad de vivir en ningún otro lugar. Además, tenía que pensar que su padre se estaba haciendo mayor; aunque exteriormente seguía estando muy bien de salud, la vejez le estaba dando alcance, y Garrett era lo único que tenía.

Por otra parte, Theresa tenía fuertes vínculos en Boston. Aunque sus padres no vivían allí, Kevin iba a un colegio que le gustaba, y ella tenía una brillante carrera en un periódico muy importante, además de una red de amigos que tendría que dejar atrás. Había trabajado muy duro para llegar hasta allí; si se iba de Boston, probablemente tendría que dejarlo. ¿Sería capaz de ello, sin guardarle rencor por haberle instado a hacerlo?

Garrett no quería pensar en ello. En lugar de eso, intentaba concentrarse en el hecho de que amaba a Theresa. Prefería aferrarse a la convicción de que, si estaban hechos para estar juntos, encontrarían la manera.

Sin embargo, en lo más profundo de su ser, sabía que no sería tan fácil, y no solo debido a la distancia. Cuando regresó de su segundo viaje a Boston, hizo ampliar y enmarcar una foto de Theresa, que colocó en la otra mesita de noche, en el lado opuesto de la que albergaba la fotografía de Catherine, pero, a pesar de sus sentimientos por Theresa, su retrato parecía fuera de lugar en su dormitorio. Pocos días después, cambió la foto de sitio, pero seguía sin encajar. Independientemente de dónde la pusiera, le parecía como si los ojos de Catherine lo estuvieran mirando. «Esto es absurdo», se dijo a sí mismo después de cambiarla de sitio por enésima vez. No obstante, al final guardó el retrato de Theresa en el cajón y cogió el de Catherine en sus manos. Suspiró, mientras se sentaba en la cama y lo sostenía ante él.

—Nosotros no teníamos estos problemas —susurró mientras repasaba con un dedo los contornos de su imagen—. Todo parecía más fácil, ¿no crees?

Cuando asumió que la fotografía no iba a responder, renegó de su estupidez y volvió a sacar del cajón la foto de Theresa.

Miró fijamente ambos retratos. Entonces pudo entender por qué estaba sufriendo tanto. Amaba a Theresa más de lo que nunca hubiera creído posible…, pero seguía queriendo a Catherine…

¿Acaso era posible amar a las dos a la vez?

—Estoy impaciente por volver a verte —dijo Garrett.

Estaban a mediados de noviembre, un par de semanas antes del día de Acción de Gracias. Theresa y Kevin habían planeado ir a ver a los abuelos en las vacaciones, aunque ella las había organizado de tal modo que podría ir a visitar a Garrett el fin de semana anterior, para pasar un poco de tiempo con él. Había pasado un mes desde la última vez que estuvieron juntos.

—Yo también —respondió ella—. Además, me prometiste que por fin conocería a tu padre, ¿no es cierto?

—Claro. Además, tiene pensado celebrar el día de Acción de Gracias de forma anticipada en su casa. No para de preguntarme qué te gustaría comer. Creo que quiere causar una buena impresión.

—Dile que no tiene que preocuparse demasiado. Cualquier cosa me parecerá bien.

—Ya se lo he dicho. Pero creo que está muy nervioso.

—¿Por qué?

—Porque hace mucho que no tenemos invitados a comer ese día. Hace años que lo celebramos los dos solos.

—¿Así que voy a romper una tradición familiar?

—Prefiero pensar que estamos iniciando una nueva. Además, ha sido él quien se ha ofrecido voluntario, no lo olvides.

—¿Crees que le caeré bien?

—Estoy seguro.

Cuando Jeb Blake supo que Theresa sería su invitada, empezó a hacer cosas que hasta entonces no había hecho nunca. En primer lugar, contrató a alguien para que limpiara la pequeña casa en la que vivía, trabajo que al final llevó casi dos días porque insistió en que la casa tenía que estar inmaculada. También se compró una camisa y una corbata. Al salir del dormitorio con la ropa nueva, no pudo evitar advertir la expresión de sorpresa en el rostro de Garrett.

—¿Qué tal estoy? —preguntó.

—Muy bien, pero ¿por qué te has puesto una corbata?

—No es por ti, es por la cena de este fin de semana.

Garrett mantuvo la mirada fija en su padre, con una sonrisa irónica en la cara.

—Creo que nunca antes te había visto con corbata.

—Antes sí que llevaba, pero no te fijabas.

—No tienes que llevar corbata solo porque venga Theresa.

—Ya lo sé —replicó lacónico—, pero me apetece ponérmela para la ocasión.

—Estás nervioso porque por fin vas a conocerla, ¿no es así?

—No.

—Papá, no tienes que fingir ser alguien que no eres. Estoy seguro de que le caerás bien a Theresa, independientemente de cómo vayas vestido.

—Eso no significa que no pueda arreglarme para la dama que será tu acompañante, ¿no te parece?

—Claro.

—Entonces supongo que ya hemos hablado bastante sobre este asunto, ¿no crees? No he venido hasta aquí para que me des consejos, sino para preguntarte si tengo buen aspecto.

—Estás muy bien.

—Gracias.

Jeb dio media vuelta y volvió al dormitorio, mientras se desabrochaba la camisa y se aflojaba el nudo de la corbata. Garrett le siguió con la mirada hasta que desapareció tras la puerta, pero poco después oyó que su padre le llamaba.

—¿Qué quieres ahora? —preguntó Garrett.

Su padre asomó la cabeza por la puerta.

—Tú también llevarás corbata, ¿no?

—La verdad es que no entraba en mis planes.

—Pues cambia tus planes. No quiero que Theresa piense que he criado a alguien que no se sabe vestir para semejantes ocasiones.

El día anterior a la visita de Theresa, Garrett ayudó a su padre a ultimar los preparativos. Cortó el césped mientras Jeb desempaquetaba la porcelana de su boda, que ya no usaba casi nunca, y lavaba a mano los platos. Tras buscar la cubertería de plata a juego, lo cual no resultó tan fácil, Jeb encontró un mantel en el armario y decidió que daría a la mesa un toque especial. Lo puso en la lavadora justo cuando Garrett entraba en la casa después de acabar su tarea en el jardín. Este fue al armario de la cocina y cogió un vaso.

—¿A qué hora vendrá? —preguntó Jeb asomando la cabeza por la puerta.

Garrett llenó el vaso de agua y respondió hablando por encima del hombro.

—Su avión llega a las diez. Así que deberíamos estar aquí hacia las once.

—¿A qué hora querrá comer?

—No lo sé.

Jeb fue a la cocina.

—¿No se lo has preguntado?

—No.

—Entonces, ¿cómo sabré a qué hora tengo que poner el pavo en el horno?

Garrett bebió un trago de agua.

—Puedes calcular que comeremos hacia media tarde. Estoy seguro de que le da igual a qué hora.

—¿Podrías llamarla para preguntárselo?

—No creo que sea realmente necesario. No es tan importante.

—Para ti quizá no. Pero yo la conoceré mañana; si al final os casáis, no quiero ser objeto de chistes graciosos en los próximos años.

Garrett arqueó las cejas.

—¿Quién ha dicho que vamos a casarnos?

—Nadie.

—Entonces, ¿por qué has sacado el tema?

—Porque —se apresuró a decir— pensé que alguien tendría que hacerlo, y no estaba seguro de que tú encontraras el momento de hablar de ello.

Garrett miró fijamente a su padre.

—¿Crees que debería casarme con ella?

Jeb le guiñó un ojo mientras respondía.

—Mi opinión no importa, lo importante es lo que tú pienses, ¿no crees?

Aquella noche, Garrett estaba abriendo la puerta de su casa justo cuando sonó el teléfono. Corrió para llegar a tiempo de cogerlo y oyó la voz que esperaba escuchar.

—¿Garrett? —preguntó Theresa—. Parece que te has quedado sin aliento.

Él sonrió.

—Hola, Theresa. Acabo de entrar por la puerta. He estado en casa de mi padre todo el día para ayudarle a prepararlo todo. Tiene muchas ganas de conocerte.

Se hizo un silencio incómodo.

—De eso quería hablarte… —dijo por fin Theresa.

Garrett sintió un nudo en la garganta.

—¿Qué pasa?

Theresa tardó un poco en responder.

—Lo siento mucho, Garrett… No sé cómo decírtelo, pero al final no voy a poder ir a Wilmington.

—¿Ha pasado algo malo?

—No, no pasa nada. Se trata simplemente de que a última hora me ha surgido algo: una conferencia muy importante a la que tengo que asistir.

—¿Qué clase de conferencia?

—Es de trabajo. —Theresa volvió a hacer una pausa—. Sé

que suena fatal, pero no iría si no fuese importante de verdad.

Garrett cerró los ojos.

—¿A quién va dirigida?

—A peces gordos y directores de medios de comunicación. Van a reunirse en Dallas este fin de semana. Deanna cree que sería bueno que conociera a algunos de ellos.

—¿Y acabas de enterarte?

—No..., bueno, sí. En realidad ya sabía que iba a celebrarse, pero no tenía por qué ir. Normalmente, los columnistas no están invitados, pero Deanna tocó todas las teclas y lo arregló todo para que fuéramos juntas. —Theresa prosiguió en un tono vacilante—: Lo siento de veras, Garrett, pero, como te digo, es una publicidad fantástica, una oportunidad que se presenta una vez en la vida.

Garrett guardó silencio.

—Lo entiendo.

—Estás enfadado conmigo, ¿verdad?

—No.

—¿Estás seguro?

—Sí.

Theresa sabía por su tono de voz que no estaba diciendo la verdad, pero no creía que pudiera decirle nada que le hiciera sentir mejor.

—¿Le dirás a tu padre que lo siento?

—Sí, se lo diré.

—¿Puedo llamarte este fin de semana?

—Sí, si quieres.

Garrett comió el día siguiente con su padre, quien hizo todo lo posible por quitar importancia al asunto.

—Si lo que te dijo es cierto —argumentaba su padre—, tiene una buena excusa. No puede descuidar su trabajo. Tiene que mantener a un hijo y debe hacer todo lo posible para darle lo que necesita. Además, solo es un fin de semana, lo cual no es mucho en términos relativos.

Garrett asintió, atento a las palabras de su padre, pero todavía molesto por aquel asunto. Jeb prosiguió:

—Estoy seguro de que entre los dos podréis arreglarlo. Probablemente Theresa preparará algo muy especial para vuestro próximo encuentro.

Garrett calló. Jeb dio un par de bocados antes de volver a hablar.

—Tienes que entenderlo, Garrett. Theresa tiene responsabilidades, igual que tú, y a veces son prioritarias. Estoy seguro de que, si pasara algo en la tienda de lo que tuvieras que ocuparte personalmente, tú habrías hecho lo mismo.

Garrett se reclinó en la silla, apartando a un lado el plato, que apenas había probado.

—Puedo entenderlo todo, papá. Se trata simplemente de que hace un mes que no nos vemos. Tenía muchas ganas de que viniera.

—¿Y no crees que a ella le pasa lo mismo?

—Eso dijo.

Jeb se inclinó por encima de la mesa y volvió a poner el plato de Garrett frente a él.

—Come un poco —dijo—. Me he pasado todo el día cocinando. ¿No irás a hacerme un feo?

Garrett miró su plato. Aunque no tenía más hambre, cogió el tenedor y comió un poco más.

—¿Sabes? —dijo su padre mientras seguía comiendo—, esta no será la última vez que pase algo semejante, así que no deberías dejar que te afecte tanto.

—¿A qué te refieres?

—Me refiero a que mientras sigáis viviendo a más de mil quinientos kilómetros de distancia, volverán a surgir imprevistos que no os permitirán veros con la frecuencia que ambos desearíais.

—¿Crees que no soy consciente de ello?

—Estoy seguro de que sí. Lo que no sé es si alguno de los dos tendrá el valor de hacer algo al respecto.

Garrett miró a su padre, mientras pensaba: «Papá, venga; dime cómo te sientes realmente. No disimules».

—Cuando yo era joven —prosiguió Jeb, haciendo caso omiso de la amargura que reflejaba el rostro de su hijo—, las cosas eran mucho más sencillas. Si un hombre amaba a una mujer, le pedía que se casara con él, y después vivían juntos. Era así de simple. Pero en vuestro caso, es como si no supierais qué hacer.

—Como ya te he dicho en alguna ocasión, no es tan fácil...

—Claro que sí. Si la quieres, tienes que encontrar el modo de estar con ella. Es así de simple. De ese modo, si sucede algo que os impide veros un fin de semana, no acabarás actuando como si tu vida ya no tuviera sentido. —Hizo una pausa antes de continuar—. La manera como lo estáis intentando, simplemente, no es natural; a largo plazo, no va a funcionar. Lo sabes, ¿verdad?

—Sí, lo sé —se limitó a responder Garrett, mientras deseaba que su padre dejara de hablar de ese tema.

Su padre arqueó una ceja, como esperando a que Garrett dijera algo más, pero, al ver que callaba, volvió a hablar.

—¿«Sí, lo sé»? ¿Eso es todo lo que vas a decir?

Garrett se encogió de hombros.

—¿Qué más quieres que diga?

—Podrías decir que, la próxima vez que la veas, vais a resolver este asunto. Eso puedes decir.

—De acuerdo, intentaremos buscar una solución.

Jeb dejó el tenedor sobre el plato y miró a su hijo.

—Yo no he dicho eso, Garrett; he dicho que entre los dos «vais» a resolver este asunto.

—¿Por qué insistes tanto?

—Porque —arguyó— si no lo hacéis, tú y yo seguiremos comiendo solos en días como hoy durante los próximos veinte años.

Al día siguiente, lo primero que hizo Garrett fue salir con el *Happenstance*. No volvió hasta el crepúsculo. Aunque Theresa había dejado un mensaje para él desde de su hotel en Dallas, Garrett no la había llamado, diciéndose a sí mismo que era demasiado tarde y que ella ya debía de haberse acostado. Se estaba mintiendo, lo sabía, pero es que todavía no le apetecía hablar con ella.

Lo cierto era que no le apetecía hablar con nadie. Seguía molesto por lo que Theresa había hecho, y no se le ocurría mejor lugar para pensar en ello que el océano, donde nadie podría importunarle. La mayor parte de la mañana se la pasó preguntándose si Theresa se habría dado cuenta de cuánto le había molestado que no fuera a verle. Se convenció a sí mismo de que lo

239

más probable es que no fuera consciente de ello, de lo contrario no lo habría hecho.

Eso, claro está, en caso de que realmente le amara.

Pero cuando el sol empezó a alzarse en la bóveda del cielo, su rabia empezó a esfumarse. Al poder pensar con mayor claridad sobre aquella situación, concluyó que su padre, como de costumbre, tenía razón. Los motivos de que no hubiera podido ir no tenían tanto que ver con él, como con las vidas tan diferentes que llevaban. Efectivamente, ella tenía responsabilidades que no podía ignorar. Así pues, mientras siguieran haciendo cada uno su vida, volverían a pasar por situaciones como aquella.

Aunque no le gustaba, se preguntó si todas las relaciones pasaban por momentos semejantes. Para ser sinceros, no lo sabía. La única relación auténtica que había tenido antes había sido su matrimonio con Catherine. No resultaba fácil compararlas. Para empezar, él y Catherine estuvieron casados y vivían bajo el mismo techo. A eso había que añadir que se conocían de toda la vida y, puesto que eran más jóvenes, no tenían las mismas responsabilidades que Garrett y Theresa soportaban ahora. Acababan de finalizar sus estudios, no poseían una casa y, por supuesto, tampoco había niños a los que mantener. No, lo que tenían era completamente distinto de lo que él ahora compartía con Theresa. No era justo intentar comparar ambas relaciones.

Sin embargo, había algo que no podía ignorar, algo que no pudo quitarse de la cabeza durante toda la tarde. Ciertamente, las diferencias entre ambas relaciones eran obvias; y sí, sabía que no era justo compararlas, pero, en última instancia, lo que más le pesaba era el hecho de que nunca había dudado de que Catherine y él fueran un equipo. Tampoco había tenido que plantearse en ningún momento su futuro con ella, como tampoco tuvo que cuestionarse nunca si uno de los dos se negaría a sacrificarlo todo por el otro. Incluso cuando discutían sobre dónde vivirían, sobre si debían empezar con la tienda, o sobre qué hacer en las noches de los sábados, eso no significaba que alguno de los dos dudara de su relación. En su forma de relacionarse había algo que le hacía intuir una continuidad a largo plazo, algo que le recordaba que siempre estarían juntos.

Theresa y Garrett, por el contrario, todavía no tenían nada parecido.

Para cuando el sol se puso, llegó a la conclusión de que no era justo pensar de esa manera. Él y Theresa se conocían desde hacía poco tiempo, no era realista esperar algo semejante tan pronto. Con el tiempo necesario y las circunstancias apropiadas, también se convertirían en un equipo.

¿O no?

Movió la cabeza con incredulidad, al darse cuenta de que no estaba muy seguro.

No estaba seguro de muchas cosas.

Pero sí sabía que nunca había sometido su relación con Catherine a un análisis tan pormenorizado, y eso tampoco era justo. Además, no le iba a ayudar en nada. Por mucho que se rompiera la cabeza, eso no cambiaría el hecho de que no se veían tan a menudo como querían, o más bien, necesitaban.

No. Lo que necesitaban ahora era actuar.

Garrett llamó a Theresa en cuanto llegó a casa por la noche.

—¿Sí? —respondió Theresa medio dormida.

Garrett empezó a hablar con un tono suave.

—Hola, soy yo.

—¿Garrett?

—Siento haberte despertado. Te llamo porque dejaste un par de mensajes en el contestador.

—Me alegro de que hayas llamado. No estaba segura de que respondieras a mis mensajes.

—Estos días no tenía muchas ganas de hacerlo.

—¿Sigues enfadado conmigo?

—No —dijo en voz baja—. Estoy triste, tal vez, pero no enfadado.

—¿Porque no he ido este fin de semana?

—No. Porque no estás casi ningún fin de semana.

Aquella noche Garrett volvió a tener un sueño.

Estaban en Boston. Caminaban por una de las calles más animadas de la ciudad, atestada por la multitud habitual de individuos, hombres y mujeres, jóvenes y viejos, algunos vestidos con trajes, otros ataviados con ropas holgadas, siguiendo la moda ge-

241

neral de la juventud actual. Durante un rato, estuvieron mirando escaparates, como en sus visitas anteriores. Era un día claro y luminoso, sin una nube en el cielo, y Garrett estaba disfrutando de la compañía de Theresa.

Ella se detuvo ante el escaparate de una pequeña tienda de artesanía y le preguntó a Garrett si quería entrar. Él negó con la cabeza y dijo: «Entra si quieres, te esperaré aquí». Theresa se aseguró de que no le importaba y entró en la tienda. Él se quedó cerca de la puerta, con aire relajado, bajo la sombra de los rascacielos; entonces, con el rabillo del ojo, vio algo que le pareció familiar.

Era una mujer de cabellos rubios hasta los hombros, que caminaba por la acera a poca distancia de donde se encontraba.

Garrett tuvo que parpadear, desvió la mirada un instante y después se volvió rápidamente en aquella dirección. Había algo en sus andares que le llamó la atención. La observó mientras se alejaba poco a poco. Al final, la mujer se detuvo y volvió la cabeza hacia atrás, como si se acordara de que olvidaba algo. Garrett sintió que le faltaba el aliento.

«Catherine.»

No podía ser.

Garrett movió la cabeza con incredulidad. A tanta distancia no podía decir a ciencia cierta si se equivocaba o no.

Empezó a caminar de nuevo justo en el momento en que Garrett la llamó por su nombre.

—Catherine, ¿eres tú?

Ella parecía no poder oírle por encima del ruido reinante en la calle. Él miró por encima de su hombro y vio que Theresa seguía mirando los artículos de la tienda. Cuando volvió a mirar hacia la calle, la silueta de Catherine, o quienquiera que fuese, estaba doblando la esquina.

Empezó a andar hacia ella, cada vez más rápido, hasta que echó a correr. Las aceras estaban más y más abarrotadas, como si la gente saliera de un vagón de metro que acabara de abrir sus puertas. Tuvo que esquivar el gentío antes de poder llegar a la esquina.

Al doblar la esquina, vio una calle que cada vez se le antojaba más oscura y amenazadora. Volvió a acelerar el paso. Aunque no había llovido, de pronto se dio cuenta de que estaba pisando charcos. Se detuvo un momento para recuperar el aliento, sintiendo el corazón desbocado en su pecho. Entonces, la niebla empezó a inundarlo todo, casi como una ola, y muy pronto no fue capaz de ver a más de pocos metros.

—Catherine, ¿estás ahí? —gritó—. ¿Dónde estás?

Oyó unas risas a lo lejos, pero no podía decir de dónde procedían exactamente.

Empezó a caminar de nuevo, esta vez muy poco a poco. Volvió a oír las risas, felices, infantiles. Se detuvo en seco.

—¿Dónde estás?

Silencio.

Miró por todas partes.

Nada.

La niebla se hacía cada vez más espesa. Empezó a lloviznar. Reanudó la marcha, sin estar seguro de adónde debía dirigir sus pasos.

Vislumbró una silueta que se adentraba en la niebla y corrió hacia ella.

La figura femenina seguía alejándose, pero ahora se encontraba a poca distancia de él.

La lluvia arreció. De repente, todo parecía moverse a cámara lenta. Empezó a correr... despacio..., cada vez más despacio... Vio la silueta justo delante de él... La niebla se espesaba por momentos... La lluvia se había convertido en un aguacero... Entrevió sus cabellos...

Y de repente, desapareció. Garrett volvió a detenerse. La lluvia y la niebla impedían ver nada.

—¿Dónde estás? —volvió a gritar.

Nada.

—¿Dónde estás? —repitió, esta vez más fuerte.

—Estoy aquí —dijo una voz que surgía de entre la lluvia y la niebla.

Intentó secarse la cara para poder ver.

—¿Catherine? ¿Eres tú?

—Soy yo, Garrett.

Pero no era su voz.

Theresa surgió entre la niebla.

—Estoy aquí.

Garrett despertó y se sentó en la cama, empapado en sudor.

243

Se secó la cara con la sábana y permaneció sentado, desvelado, durante un buen rato.

Aquel mismo día, Garrett fue a ver a su padre.

—Creo que quiero casarme con ella, papá.

Estaban pescando juntos, en un extremo del espigón, al lado de una docena de pescadores más, que en su mayoría parecían estar sumidos en sus pensamientos. Jeb le miró sorprendido.

—Hace dos días me diste a entender que no querías volver a verla.

—He pensado mucho desde entonces.

—Me imagino —dijo Jeb en voz baja. Recogió el sedal, comprobó el cebo y volvió a arrojarlo al agua. Aunque no estaba seguro de pescar algo que valiera la pena conservar, en su opinión pescar era uno de los mayores placeres de la vida.

—¿La quieres? —preguntó Jeb.

Garrett le miró sorprendido.

—Por supuesto. Ya te lo he dicho unas cuantas veces.

Su padre negó con la cabeza.

—No…, no lo has hecho —dijo con sinceridad—. Hemos hablado mucho de ella, me dijiste que te hace feliz, que crees conocerla y que no quieres perderla, pero nunca hasta ahora me has dicho que la querías.

—Es lo mismo.

—¿Ah, sí?

Cuando volvió a casa, seguía sin poder quitarse de la cabeza la conversación que había mantenido con su padre.

—¿Ah, sí?

—Claro que sí —había respondido sin dudar—. Y aunque no lo fuera, la quiero.

Jeb miró fijamente a su hijo un instante y, al final, desvió la mirada.

—¿Quieres casarte con ella?

—Sí.

—¿Por qué?

—Porque la quiero, por eso. ¿Acaso no basta?

—Tal vez.

Garrett enrolló el sedal, con cierta frustración.

—¿No eras tú quien decía que en primer lugar deberíamos casarnos?

—Sí.

—Entonces, ¿por qué estás cuestionando mi decisión ahora?

—Porque quiero estar seguro de que deseas hacerlo por las razones adecuadas. Hace dos días, ni siquiera estabas seguro de que quisieras volver a verla. Y ahora resulta que estás preparado para casarte. Simplemente me parece un cambio de actitud tremendo. Me gustaría saber si se debe a tus sentimientos hacia Theresa y si tu decisión no tiene nada que ver con Catherine.

Sintió una punzada de dolor al oír su nombre.

—Catherine no tiene nada que ver con esto —se apresuró a decir Garrett. Hizo un gesto de desesperación con la cabeza y profirió un largo suspiro—. ¿Sabes, papá?, a veces no te entiendo. Vienes presionándome desde hace tiempo. Me has repetido una y otra vez que debo dejar atrás el pasado, que tengo que encontrar a otra persona. Y cuando por fin lo he conseguido, parece que quieres convencerme de lo contrario.

Jeb pasó la mano que tenía libre por encima del hombro de su hijo.

—No estoy intentando convencerte de nada, Garrett. Me alegro de que hayas encontrado a Theresa y de que la quieras. De veras espero que acabes casándote con ella. Simplemente he dicho que, si piensas casarte, será mejor que lo hagas por los motivos adecuados. El matrimonio es algo entre dos, no hay cabida para un tercero. Y no sería justo para ella de no ser así.

Garrett tardó un poco en responder.

—Papá, quiero casarme porque la quiero. Quiero pasar el resto de mi vida con ella.

Su padre guardó silencio durante un buen rato, mirándole fijamente. Después dijo algo que hizo apartar la vista a Garrett.

—Entonces, en otras palabras, ¿me estás diciendo que has superado del todo la pérdida de Catherine?

Aunque sentía el peso de la mirada expectante de su padre, no supo qué contestar.

245

Υ

—¿Estás cansada? —preguntó Garrett.

Estaba tumbado en la cama mientras hablaba con Theresa, con la luz de la mesita de noche como única iluminación.

—Sí, acabo de llegar a casa. Ha sido un fin de semana muy largo.

—¿Ha ido tan bien como esperabas?

—Creo que sí. Todavía no puedo estar segura, pero conocí a muchas personas que tal vez estarían interesadas en mi columna.

—Entonces ha valido la pena.

—Sí y no. Me pasé casi todo el tiempo arrepintiéndome de no haber ido a visitarte.

Garrett sonrió.

—¿Cuándo te vas a visitar a tus padres?

—El miércoles por la mañana. Estaré fuera hasta el domingo.

—¿Tienen ganas de veros?

—Claro, no han visto a Kevin desde hace casi un año. Sé que están impacientes por tenernos en su casa durante unos cuantos días.

—Eso está muy bien.

Se hizo una breve pausa.

—¿Garrett?

—Sí.

Theresa le habló con dulzura.

—Quiero que sepas que sigo sintiéndome muy mal por no haber ido este fin de semana.

—Ya lo sé.

—¿Podría compensarte?

—¿Qué tienes pensado?

—Bueno… ¿Podrías venir el fin de semana próximo?

—Supongo que sí.

—Estupendo, porque voy a preparar un fin de semana especial para nosotros dos solos.

En efecto, fueron dos días inolvidables.

Theresa le había llamado más a menudo de lo habitual en las dos semanas anteriores. Normalmente era Garrett quien llamaba, pero, cada vez que tenía intención de hacerlo, Theresa parecía anticipársele. En dos ocasiones, cuando se disponía a marcar su número, el teléfono sonó antes de que hubiera tenido tiempo de ponerse el auricular en la oreja. La segunda vez, Garrett respondió simplemente:

—Hola, Theresa. —Al verla tan sorprendida, empezaron a bromear sobre sus poderes paranormales.

Cuando llegó a Boston dos semanas después, Theresa le esperaba en el aeropuerto. Le había pedido que llevara ropa elegante. Garrett bajó del avión luciendo una americana. Era la primera vez que le veía así vestido.

—¡Caramba! —exclamó Theresa.

Se ajustó la chaqueta un tanto cohibido.

—¿Me queda bien?

—Te queda de maravilla.

Fueron directamente a cenar desde el aeropuerto. Theresa había hecho una reserva en el restaurante más elegante del centro. Fue una comida fantástica y tranquila, y después Theresa llevó a Garrett al teatro a ver *Les Misérables*. Las entradas estaban agotadas, pero ella conocía al director del teatro, que les consiguió las mejores butacas.

Era tarde cuando llegaron a casa de Theresa. El siguiente día fue para Garrett igual de acelerado que el anterior. Ella le enseñó la oficina y le presentó a unos cuantos compañeros de trabajo. Después visitaron el Museo de Bellas Artes durante el resto de la tarde. Por la noche, se encontraron con Deanna y Brian para cenar en Anthony's, un restaurante situado en la planta más alta del edificio Prudential Tower, con unas vistas magníficas de toda la ciudad.

Garrett nunca había visto nada igual.

Su mesa estaba al lado de la ventana. Deanna y Brian se pusieron en pie para saludarlos.

—Os acordáis de Garrett, ¿verdad? Almorzamos juntos en una ocasión —dijo Theresa, intentando no parecer ridícula.

—Claro que sí. Me alegro de volver a verte, Garrett —respondió Deanna, acercándose a él para darle un rápido abrazo y besarle en la mejilla—. Siento haber insistido para que Theresa me acompañara hace un par de semanas. Espero que no te enfadaras con ella.

—No pasa nada —contestó Garrett, asintiendo, todavía un poco tenso.

—Me alegro. Porque creo que valió la pena, si tenemos en cuenta los resultados.

Garrett la miró intrigado. Theresa inclinó la cabeza hacia su amiga y le preguntó:

—¿De qué estás hablando, Deanna?

Los ojos de Deanna centelleaban.

—Ayer, después de que salieras de la oficina, recibí buenas noticias.

—¿Qué pasa? —preguntó Theresa.

—Bueno —empezó a decir, como con indiferencia—, hablé con Dan Mandel, director de Media Information Inc., durante unos veinte minutos, más o menos, y resulta que le has causado muy buena impresión. Le gustó tu desenvoltura y cree que eres una buena profesional. Y lo mejor de todo es que… —Deanna hizo una pausa para añadir un poco de dramatismo, esforzándose por reprimir una sonrisa.

—¿Qué es?

—Ha seleccionado tu columna para publicarla en todos sus periódicos, a partir de enero.

Theresa se llevó una mano a la boca para ahogar un grito, que aun así fue lo bastante audible como para que los comensales de todas las mesas cercanas se volvieran hacia ella. Se acercó a Deanna, mientras hablaba rápidamente. Garrett dio un paso atrás.

—Me estás tomando el pelo —exclamó Theresa, con gesto incrédulo.

Deanna negó con la cabeza, sonriendo ampliamente.

—No. Te aseguro que es lo que me ha dicho. Quiere volver a hablar contigo el martes. He quedado a las diez de la mañana para hacer una teleconferencia.

—¿Estás segura de lo que dices, de que quiere distribuir mi columna?

—Sí. Le envié tu dosier de colaboraciones junto con unas cuantas de tus columnas, y él me llamó. Sin duda está interesado. Creo que ya está decidido.

—No puedo creerlo.

—Pues créetelo. Además, un pajarito me ha dicho que hay más gente interesada.

—Oh…, Deanna…

Theresa se abalanzó sobre ella y la abrazó de forma impulsiva, con una expresión de emoción en la cara. Brian le dio un codazo a Garrett.

—Buenas noticias, ¿eh?

Garrett tardó un poco en responder.

—Sí..., muy buenas.

Tomaron asiento para cenar. Deanna pidió una botella de champán para brindar por el brillante futuro de Theresa. Las dos mujeres charlaron sin parar el resto de la velada. Garrett estuvo callado, sin saber qué decir. Como si percibiera su incomodidad, Brian empezó a hablar con él.

—Son como quinceañeras, ¿no te parece? Deanna se ha pasado todo el día dando vueltas por casa, impaciente por contárselo.

—Me gustaría poder entenderlo un poco mejor. En realidad, no sé qué decir.

Brian cogió su copa, mientras negaba con la cabeza; finalmente contestó arrastrando un poco las palabras.

—No te preocupes por eso; aunque lo hubieras entendido, probablemente no te dejarían meter baza. Siempre hablan así. Si no supiera que es imposible, juraría que en otra vida fueron hermanas gemelas.

Garrett miró a Theresa y Deanna, sentadas en el lado opuesto de la mesa.

—Puede que tengas razón.

—Además —añadió Brian—, ya lo entenderás mejor cuando tengas que convivir día a día con esto. Después de un tiempo, lo comprenderás casi tan bien como ellas. Lo sé porque a mí me ha pasado.

El comentario hizo mella en él. «¿Cuando tengas que convivir día a día con esto?»

Garrett no respondió. Brian decidió cambiar de tema.

—¿Cuánto tiempo te quedas?

—Hasta mañana por la noche.

Brian asintió.

—Debe de ser duro no poder veros a menudo, ¿no?

—A veces.

—Me lo imagino. Sé que Theresa se deprime de vez en cuando.

Sentada frente a él, Theresa sonreía a Garrett.

—¿De qué estáis hablando vosotros dos? —preguntó alegremente.

—De todo un poco —dijo Brian—, pero sobre todo de tu buena fortuna.

Garrett asintió brevemente sin decir nada. Theresa le miró mientras él se removía en su asiento. Resultaba evidente que se sentía incómodo, aunque no estaba segura de por qué. Enseguida se encontró haciendo conjeturas sobre qué le pasaba.

—Has estado muy callado esta noche —comentó Theresa.

Estaban en su apartamento, sentados en el sofá, con la radio como música de fondo.

—Supongo que no tenía mucho que decir.

Theresa le cogió una mano y le habló con dulzura.

—Me alegro de que estuvieras conmigo cuando Deanna me dio la noticia.

—Me alegro por ti, Theresa. Sé que significa mucho para ti.

Theresa sonrió insegura y, cambiando de tema, preguntó:

—¿Te lo pasaste bien hablando con Brian?

—Sí..., es una persona muy agradable. —Hizo una pausa—. Pero no soy muy bueno en los grupos, sobre todo cuando me siento fuera de onda. Es solo que... —Se interrumpió, mientras cavilaba si valía la pena decir algo más, y decidió no hacerlo.

—¿Qué?

Garrett negó con la cabeza.

—Nada.

—Oye, ¿qué ibas a decir?

Garrett contestó después de unos momentos que aprovechó para elegir cuidadosamente sus palabras.

—Solo iba a decir que este fin de semana me ha resultado un poco extraño. El espectáculo, las cenas de lujo, salir con tus amigos... —Garrett se encogió de hombros—. No era lo que esperaba.

—¿No te lo estás pasando bien?

Garrett se pasó las manos por el pelo, como si volviera a sentirse incómodo.

—No es que no me lo haya pasado bien. Es solo que… —volvió a encogerse de hombros—, yo no soy así. No son las cosas que suelo hacer.

—Precisamente por eso planifiqué el fin de semana de esta manera: quería enseñarte cosas nuevas.

—¿Por qué?

—Por la misma razón por la que tú querías enseñarme a bucear, porque es algo emocionante, algo distinto.

—No he venido para hacer cosas distintas, sino para pasar un poco de tiempo contigo. Hace mucho que no estábamos juntos y, desde que he llegado, tengo la impresión de estar corriendo de un lado a otro. Ni siquiera hemos tenido un momento para hablar, y me voy mañana.

—Eso no es cierto. Ayer cenamos solos y hoy también podíamos haber hablado en el museo. Hemos tenido mucho tiempo para hablar.

—Sabes a qué me refiero.

—No, no lo sé. ¿Qué querías hacer? ¿Pasarnos el día sentados en el apartamento?

Garrett no respondió. Guardó silencio durante unos instantes. Después se levantó del sofá, fue hacia el otro extremo de la sala y apagó la radio.

—Hay algo que quiero decirte desde que llegué —dijo todavía dándole la espalda.

—¿Qué pasa?

Bajó la cabeza. «Ahora o nunca», murmuró para sí mismo. Se dio la vuelta y, haciendo acopio de valor, respiró hondo antes de contestar.

—Supongo que me ha costado mucho aguantar sin verte durante más de un mes. La verdad es que ahora mismo no estoy seguro de si quiero seguir con esto.

A Theresa se le cortó la respiración durante un segundo.

Al ver su cara, avanzó hacia ella, sintiendo una incómoda opresión en el pecho ante lo que iba a decir.

—No es lo que estás pensando —se apresuró a decir—. Te equivocas por completo. No es que no quiera verte más, sino que quiero verte siempre. —Al llegar al sofá, se arrodilló ante

251

ella. Theresa le miró sorprendida. Él le tomó una mano entre las suyas.

—Quiero que te vengas a vivir a Wilmington.

Aunque sabía que alguna vez tendrían que hablar de ello, no esperaba que tuviera que ser precisamente en ese momento. Desde luego no de ese modo. Garrett siguió hablando.

—Sé que es un paso importante, pero, si te vienes a vivir conmigo, no tendremos que estar separados tanto tiempo. Podríamos vernos todos los días. —Alzó una mano para acariciarle una mejilla—. Quiero pasear por la playa contigo, quiero salir a navegar contigo. Quiero que estés cuando vuelva a casa del trabajo. Quiero sentirme como si nos conociéramos de toda la vida...

Las palabras salían a borbotones. Theresa intentaba encontrarles sentido. Garrett siguió hablando.

—Te echo tanto de menos cuando no estás... Sé que tu trabajo está aquí, pero estoy seguro de que podrías trabajar en el periódico local...

Cuanto más hablaba, más confusa se sentía Theresa. Empezaba a tener la impresión de que Garrett estaba intentando recrear su relación con Catherine.

—Espera un momento —dijo por fin, interrumpiéndole—. No puedo recoger mis cosas e irme. Quiero decir que... Kevin tiene que ir al colegio...

—No tiene que ser ahora mismo —replicó—. Puedes esperar hasta que acabe el curso, si te parece mejor. Llevamos así mucho tiempo, podemos aguantar un par de meses más.

—Pero él es feliz aquí, es su hogar. Tiene sus amigos, el fútbol...

—Puede tener lo mismo en Wilmington.

—Eso no lo sabes. Es fácil decirlo, pero no puedes saberlo con seguridad.

—¿No has visto lo bien que nos llevamos?

Retiró la mano de entre las suyas, cada vez más frustrada.

—¿No ves que eso no tiene nada que ver? Ya sé que os lleváis bien, pero tampoco le has pedido hasta ahora que cambie su vida. Yo tampoco se lo he pedido. —Theresa hizo una pausa—. Además, no se trata solo de él. ¿Qué pasa conmigo, Garrett? Has estado en la cena esta noche y sabes lo que ha pasado. Acabo de recibir una noticia estupenda relacionada con mi columna, ¿y ahora quieres que también lo deje todo?

—Quiero que no dejemos lo nuestro. Es muy distinto.

—Entonces, ¿por qué no vienes tú aquí?

—¿Y qué haría?

—Lo mismo que en Wilmington. Ser instructor de submarinismo, salir a navegar, lo que sea. Mudarte es mucho más fácil para ti que para mí.

—No puedo. Ya te he dicho que esto —señaló con un gesto su alrededor y el exterior a través de las ventanas— no es para mí. Aquí estaría perdido.

Theresa se puso en pie y empezó a deambular por la sala, nerviosa. Se pasó una mano por el pelo.

—No es justo.

—¿Qué es lo que no te parece justo?

Le miró cara a cara.

—Todo. Que me pidas que me vaya de aquí y que cambie toda mi vida. Es como si me pusieras condiciones: «Podemos estar juntos, pero tiene que ser a mi manera». ¿Y qué pasa con mis sentimientos? ¿Acaso no son igual de importantes?

—Claro que sí. Tú eres importante; nosotros somos importantes.

—Perdona, pero, por tus palabras, no lo parece. Es como si solo pensaras en ti mismo. Quieres que deje todo por lo que he luchado, pero tú no estás dispuesto a dejar nada. —Habló sin dejar de mirarle a los ojos.

Garrett se levantó del sofá y fue hacia ella. Cuando se acercó, Theresa retrocedió y alzó sus brazos como si fueran una barrera.

—Mira, Garrett, ahora mismo no quiero que me toques, ¿de acuerdo?

Garrett dejó caer los brazos a los costados. Durante un buen rato, ninguno dijo nada. Theresa se cruzó de brazos y desvió la mirada.

—Debo de suponer que tu respuesta es que no vendrás —dijo por último Garrett, con un tono airado.

Theresa respondió sin precipitarse.

—No. Mi respuesta es que vamos a tener que hablarlo.

—¿Para que puedas convencerme de que no tengo razón?

Su comentario no merecía ninguna respuesta. Hizo un gesto

de incredulidad con la cabeza, fue hacia la mesa del comedor, cogió el bolso y fue hacia la puerta.

—¿Adónde vas?

—Voy a comprar un poco de vino. Necesito una copa.

—Es muy tarde.

—Hay una tienda en la esquina. Volveré enseguida.

—¿Por qué no podemos hablarlo ahora?

—Porque —dijo rápidamente— necesito estar unos minutos a solas para poder pensar.

—¿Estás escabulléndote? —Aquello sonó como una acusación.

Abrió la puerta y se quedó en el umbral mientras respondía.

—No, Garrett, no me estoy escabullendo. Estaré de vuelta enseguida. No me gusta que me hables así. No es justo que me hagas sentir culpable. Me has pedido que cambie toda mi vida y voy a dedicar unos minutos a pensarlo.

Theresa salió del apartamento. Garrett se quedó mirando fijamente la puerta durante unos cuantos segundos, con la esperanza de que volviera a entrar. Al ver que eso no sucedía, se maldijo a sí mismo en silencio. Nada había salido como esperaba. Hacía apenas unos minutos que le había pedido que se mudase a Wilmington, y ahora acababa de salir por la puerta diciendo que quería estar sola. ¿Cómo había conseguido apartarla de él?

Sin saber qué hacer, empezó a dar vueltas por el apartamento. Fue a la cocina, luego a la habitación de Kevin y siguió deambulando por toda la casa. Cuando llegó al dormitorio, se detuvo antes de entrar. Fue hacia la cama y se sentó, ocultando la cabeza entre las manos.

¿Estaba siendo injusto al pedirle que se fuera de Boston? Resultaba obvio que ella tenía su vida allí, una buena vida, pero estaba seguro de que podía tener lo mismo en Wilmington. Aunque había intentado analizar la situación desde distintos puntos de vista, probablemente sería mucho mejor que si vivieran juntos en Boston. Miró a su alrededor y se dio cuenta de que no podía vivir en un apartamento. Y aunque fueran a vivir a una casa, ¿disfrutaría de unas bonitas vistas? ¿O tendrían que vivir en un barrio residencial, rodeados por una docena de casas exactamente iguales?

Era un tema complicado. Y por alguna razón, Theresa había

malinterpretado todo lo que había dicho. No era su intención que Theresa se sintiera como si le estuviera dando un ultimátum, pero, al recordar la conversación, se dio cuenta de que eso era exactamente lo que había hecho.

Suspiró, mientras se preguntaba cuál sería el siguiente paso. De algún modo, percibía que, independientemente de lo que dijese cuando Theresa regresara, seguirían discutiendo. Y eso era algo que quería evitar a toda costa. Las discusiones rara vez ayudaban a encontrar una solución.

Pero si no había de servir de nada seguir hablando, ¿qué otra opción le quedaba? Reflexionó durante unos instantes y al final decidió escribirle una carta par explicarle mejor cómo se sentía. Escribir siempre le había ayudado a pensar con más claridad, en especial durante los últimos años. Tal vez de ese modo Theresa podría entender cuáles eran sus motivos.

Echó un vistazo hacia la mesita de noche, sobre la que descansaba el teléfono, lo que le hizo pensar que quizá tendría algo a mano para tomar notas, pero no vio ningún bloc ni nada para escribir. Abrió el cajón, revolvió su contenido y enseguida encontró un bolígrafo.

Siguió rebuscando algo de papel, entre las revistas, un par de libros de bolsillo y algunos joyeros vacíos, hasta que de pronto vio algo que le resultaba familiar y que llamó su atención.

Un velero.

Un velero estampado en un papel y que sobresalía entre una delgada agenda y un ejemplar antiguo de la revista *Ladies' Home Journal*. Lo cogió, convencido de que era una de las cartas que había escrito a Theresa en los últimos dos meses; de repente, se quedó pasmado.

¿Cómo era posible?

Aquel papel de cartas era un regalo de Catherine. Él solo lo usaba para escribirle a ella. Para las cartas que enviaba a Theresa empleaba un papel distinto que había comprado en una tienda.

Garrett contuvo la respiración. Rápidamente empezó a sacar cosas del cajón, entre ellas la revista, y con mucho cuidado extrajo no una, sino cinco páginas con el barco estampado. Sumido en su perplejidad, parpadeó varias veces antes de mirar la primera que había encontrado y empezó a leer su propia caligrafía: «Queridísima Catherine...».

«Oh, Dios mío», pensó. Miró la segunda página. Era una fotocopia: «Mi querida Catherine...».

Y la siguiente carta: «Querida Catherine...».

—¿Qué es esto? —masculló entre dientes, incapaz de creer lo que veían sus ojos—. No puede ser... —Volvió a examinar aquellos folios para asegurarse de que no estaba soñando.

Pero era real. Una de las cartas era un original; las otras dos, copias; pero eran sus cartas, las que le había escrito a Catherine después de soñar con ella, las que había arrojado al mar desde el *Happenstance*, convencido de que nunca más volvería a verlas.

Empezó a leerlas de forma compulsiva. Con cada palabra, cada frase, sus emociones volvieron a salir a la superficie y las revivió. Los sueños, los recuerdos, la pérdida, la angustia. Tuvo que dejar de leer.

Apretó los labios, con la boca seca, y se limitó a mirar las cartas, sin leerlas, horrorizado. Casi no oyó el ruido de la puerta de entrada cuando Theresa regresó.

—Garrett, ya he vuelto. —Luego solo se oyeron sus pasos en el suelo. Después dijo—: ¿Dónde estás?

Él no respondió. Lo único que podía hacer era intentar comprender cómo podía haber ocurrido. ¿Cómo era posible que estuvieran en su poder? Eran sus cartas... personales.

Las cartas a su mujer.

Cartas que eran exclusivamente asunto suyo.

Theresa entró en el dormitorio y le vio sentado en la cama. Aunque él no podía saberlo, estaba lívido, y los nudillos que sujetaban aquellas páginas con fuerza estaban blancos como la cera.

—¿Te encuentras bien? —le preguntó ella, todavía sin saber qué era lo que Garrett tenía en las manos.

Durante unos instantes, parecía como si no le hubiera oído. Después, alzó la vista lentamente y la miró.

Theresa estaba confusa. Se disponía a hablar de nuevo cuando, de repente, como una fuerte marea, lo entendió todo: el cajón abierto, las páginas que Garrett sostenía en sus manos, la expresión en su rostro. De inmediato supo qué estaba pasando.

—Garrett... Puedo explicártelo —se apresuró a decir, en voz baja. Pero él no parecía dispuesto a escucharla.

—Mis cartas... —susurró, mientras la miraba con una mezcla de confusión y rabia.

—Yo...

—¿Cómo conseguiste mis cartas? —preguntó en un tono de exigencia que hizo retroceder a Theresa.

—Encontré una botella en la playa y...

Garrett la interrumpió.

—¿La encontraste?

Theresa asintió, intentando dar una explicación.

—Cuando estaba en Cape Cod. Salí a correr y la encontré...

Garrett volvió a mirar la primera página, la única carta original, que había escrito hacía un año.

Pero las otras...

—¿Y las demás? —preguntó, señalando las copias—. ¿Cómo las conseguiste?

Theresa respondió con suavidad.

—Me las enviaron.

—¿Quién? —Se puso en pie, confundido.

Theresa avanzó hacia él, tendiéndole una mano.

—Las personas que las habían encontrado. Una de ellas leyó mi columna...

—¿Publicaste mi carta? —Garrett habló como si acabara de recibir un golpe en el estómago.

Theresa tardó un poco en responder.

—No sabía... —empezó a decir.

—¿Qué es lo que no sabías? —dijo Garrett alzando la voz, obviamente herido—. ¿Que estaba mal hacer algo así? ¿Que no era algo que yo quisiera compartir con el resto del mundo?

—El mar llevó tu carta a la playa, deberías haber sabido que alguien podía encontrarla —replicó enseguida—. No usé vuestros nombres.

—Pero la publicaste en un periódico... —dijo con incredulidad, mientras su voz se iba apagando.

—Garrett...

—No sigas —atajó enojado. Volvió a mirar las cartas y después a ella, como si la estuviera viendo por primera vez—. Me has mentido —anunció, casi como si se tratara de una revelación.

—No te mentí.

Garrett no escuchaba.

—Me has mentido —repetía, casi para sí mismo—. Y además

257

fuiste a buscarme. ¿Por qué? ¿Para poder escribir otra columna? ¿Solo por eso?

—No…, no es lo que te imaginas…

—Entonces, ¿de qué va todo esto?

—Después de leer tus cartas, yo… quería conocerte.

Garrett no comprendía sus palabras. Seguía alzando la vista de las cartas para mirarla a ella brevemente y volver a las páginas que él mismo había escrito. Su mirada estaba cargada de reproches.

—Me has mentido —dijo por tercera vez—. Me has utilizado.

—No es cierto…

—¡Sí lo es! —gritó Garrett, cuya voz reverberó en la habitación. Recordando a Catherine, sostuvo las cartas ante Theresa, como para mostrárselas por primera vez—. Estas cartas son mías. Se trata de mis sentimientos, mis pensamientos, mi manera de hacer frente a la pérdida de mi mujer. Son mías, y no tienen nada que ver contigo.

—No era mi intención hacerte daño.

La miró con dureza, sin decir nada. Los músculos de la mandíbula se tensaron.

—Todo esto ha sido una farsa, ¿no es así? —dijo por fin, sin esperar una respuesta—. Te hiciste con mis sentimientos hacia Catherine e intentaste manipularlos para convertirlos en lo que tú querías. Creías que porque amaba a Catherine también podría amarte a ti, ¿verdad?

Muy a su pesar, Theresa palideció. Súbitamente se sintió incapaz de articular palabra.

—Lo tenías todo planeado desde el principio, ¿me equivoco? —Garrett volvió a hacer una pausa, pasándose la mano que le quedaba libre por el pelo. Cuando volvió a hablar, tenía la voz quebrada—. Todo era un montaje…

Por un momento, Garrett parecía aturdido. Theresa intentó acercarse a él.

—Garrett, es cierto; admito que quería conocerte. Las cartas eran tan hermosas que deseé conocer a la clase de persona capaz de escribir así. Pero no sabía qué pasaría, no había trazado ningún plan. —Theresa le cogió una mano—. Te quiero, Garrett. Tienes que creerme.

Cuando Theresa dejó de hablar, él retiró la mano y se alejó de ella.

—¿Qué clase de persona eres?

Era un comentario hiriente. Theresa respondió a la defensiva.

—Te estás equivocando...

Garrett no cedió, haciendo caso omiso de su respuesta.

—Te imaginaste una disparatada fantasía...

Aquello era demasiado.

—¡Basta ya, Garrett! —chilló Theresa, furiosa, herida por sus palabras—. ¡No estás escuchando nada de lo que te digo!

—Mientras gritaba, sintió que las lágrimas empezaban a anegar sus ojos.

—¿Por qué debería escucharte? Desde que te conozco no has dejado de mentir.

—¡No te he mentido! ¡Simplemente no te conté lo de las cartas!

—¡Porque sabías que estaba mal!

—No, porque sabía que no lo entenderías —contestó en un intento de recuperar la compostura.

—¡Sí que lo entiendo! ¡Ahora comprendo la clase de persona que eres!

Theresa entrecerró los ojos.

—No te comportes así.

—¿A qué te refieres? ¿A que no debería estar enfadado? ¿Ni sentirme herido? Acabo de descubrir que toda esta historia era una charada, y ¿ahora quieres que pare?

—¡Cállate! —volvió a gritar, exteriorizando una repentina erupción de ira.

Garrett parecía haberse quedado atónito. Se limitó a mirarla sin decir nada. Por último, con la voz quebrada, volvió a mostrarle las cartas.

—Crees que puedes entender lo que Catherine y yo teníamos, pero no es así. Por muchas cartas que hayas leído, por muy bien que creas conocerme, no serás capaz de entenderlo nunca. Lo que teníamos era real, era auténtico, y ella también...

Hizo una pausa para ordenar sus pensamientos y miró a Theresa como si fuera una extraña. Luego se puso muy tenso y añadió algo que hirió a Theresa mucho más profundamente que todo lo que había dicho antes.

—Lo nuestro nunca ha sido ni remotamente parecido a lo que Catherine y yo teníamos.

No esperó a que Theresa respondiera, sino que pasó a su lado, ignorándola, para hacer la maleta. Arrojó sus cosas de cualquier modo en su interior y cerró rápidamente la cremallera. Por un momento, Theresa pensó que debía detenerle, pero le flaqueaban las piernas después de aquel último comentario.

Garrett se incorporó y cogió la maleta.

—Esto —dijo con las cartas en la mano— es mío y me lo llevo.

Theresa se dio cuenta de repente de que Garrett se disponía a irse.

—¿Por qué te vas? —preguntó.

Garrett la miró fijamente.

—Ni siquiera sé quién eres.

Sin añadir nada más, dio media vuelta, atravesó la sala de estar y salió por la puerta.

Capítulo 12

Sin saber adónde ir, después de salir del apartamento, Garrett paró un taxi para ir al aeropuerto. A aquellas hora no había ningún vuelo, por lo que acabó pasando el resto de la noche en la terminal, todavía demasiado enojado como para poder dormir. Deambuló por allí durante horas, vagando por la zona de las tiendas que ya hacía rato que habían cerrado; solo se detenía para echar un vistazo de vez en cuando a través de la suerte de barricadas tras las que se atrincheraban los viajeros nocturnos.

Por la mañana, cogió el primer vuelo y llegó a casa poco después de las once. Lo primero que hizo fue ir a su dormitorio. Sin embargo, aunque ya estaba tumbado en la cama, no podía conciliar el sueño, turbado por lo sucedido la noche anterior. Después de un buen rato intentando dormir, se dio por vencido y se levantó. Se duchó y se vistió, y volvió a sentarse en la cama. Su mirada se dirigió a la foto de Catherine. Luego la cogió y se la llevó a la sala de estar.

En la mesa de la cocina, las cartas descansaban en el mismo lugar en el que las había dejado. En el apartamento de Theresa estaba demasiado aturdido como para prestarles la debida atención, pero ahora, acompañado por la foto, abordó la lectura muy despacio, casi con una actitud reverencial, como si pudiera notar la presencia de Catherine.

—¡Hola! Ya estaba pensando que se te había olvidado nuestra cita —dijo Garrett al ver a Catherine acercarse al embarcadero con las bolsas de la compra.

Ella sonrió y le dio la mano para subir al barco.

—No me he olvidado. Es que tenía que pasar por otro sitio antes de venir.

—¿Adónde has ido?

—Pues la verdad es que he tenido que ir al médico.

Garrett cogió las bolsas y las dejó a un lado.

—¿Estás bien? Ya sé que últimamente no has estado muy fina...

—Estoy bien —respondió, interrumpiéndole en un tono amable—. Pero no creo que salir a navegar esta noche sea una buena idea.

—¿Qué pasa?

Catherine volvió a sonreír mientras se inclinaba hacia delante y sacaba un pequeño envoltorio de una de las bolsas. Garrett la miró mientras ella lo abría.

—Cierra los ojos —dijo— y después te lo explicaré todo.

Aunque todavía estaba un poco inquieto, hizo lo que ella le pedía y oyó el ruido del papel al desenvolverlo.

—Vale, ahora ya puedes abrirlos.

Catherine sostenía en sus manos ropita de bebé.

—¿Qué es esto? —preguntó Garrett, todavía sin comprender.

El rostro de Catherine estaba resplandeciente.

—Estoy embarazada —dijo emocionada.

—¿Embarazada?

—Ajá. De ocho semanas, técnicamente hablando.

—¿Ocho semanas?

Catherine asintió con la cabeza.

—Creo que debí de quedarme embarazada la última vez que salimos a navegar.

Todavía conmocionado, Garrett cogió la ropa de bebé y la sostuvo con delicadeza en sus manos. Se acercó a Catherine y la abrazó.

—No puedo creerlo...

—Pues es verdad.

Una amplia sonrisa se dibujó en sus labios cuando Garrett empezó a asimilar la noticia.

—Estás embarazada.

Catherine cerró los ojos y le susurró al oído:

—Y tú vas a ser padre.

Y

El chirrido de una puerta interrumpió su recuerdo. Su padre asomó la cabeza.

—He visto tu furgoneta aparcada y quería saber si todo está bien —le dijo—. Creía que no volverías hasta esta noche. —Al ver que Garrett no decía nada, entró en la cocina; de inmediato reparó en la fotografía de Catherine sobre la mesa—. ¿Estás bien, hijo? —preguntó, prudente.

Fueron a la sala de estar y Garrett se lo explicó todo desde el principio: los sueños que le habían asaltado durante años, los mensajes que había arrojado al mar, hasta concluir con la discusión de la noche anterior. No omitió nada. Al terminar, su padre cogió las cartas que Garrett aún tenía entre las manos.

—¡Vaya sorpresa! —dijo, mientras echaba un vistazo a las cartas, asombrado de que nunca se las hubiera mencionado. Después de una pausa, añadió—: Pero ¿no crees que has sido demasiado duro con ella?

Su hijo negó con la cabeza.

—Lo sabía todo de mí, papá, y me lo ocultó. Fue un montaje.

—No, eso no es cierto —dijo en un tono tranquilizador—. Puede que viniera aquí para conocerte, pero no te obligó a enamorarte de ella. Eso lo hiciste tú solito.

Garrett apartó la mirada antes de volver a posarla sobre la foto encima de la mesa.

—Pero ¿no crees que hizo mal en ocultármelo?

Jeb suspiró. Intentó esquivar la cuestión, consciente de que una respuesta afirmativa haría que Garrett se enrocara en su posición. En lugar de eso, buscó otra manera de abrirle los ojos a su hijo.

—Hace un par de semanas, cuando estábamos en el espigón, me dijiste que querías casarte con ella porque la querías. ¿Te acuerdas?

Garrett asintió con aire ausente.

—¿Por qué has cambiado de opinión?

Miró a su padre, confuso.

—Ya te he dicho que…

Jeb le interrumpió con delicadeza.

—Sí, ya me lo has explicado, pero no has sido sincero. Ni con-

263

migo ni con Theresa, ni siquiera contigo mismo. Puede que no te dijera lo de las cartas, y tal vez tengas razón en que no debería habértelo ocultado. Pero esa no es la razón por la que sigues tan disgustado. La verdad es que estás enfadado porque Theresa ha hecho que te des cuenta de algo que no querías reconocer.

Garrett miró a su padre, pero no respondió. Después se levantó del sofá y fue a la cocina, apremiado por la necesidad de rehuir aquella conversación. En la nevera encontró una jarra de té frío y se sirvió un poco en un vaso. Luego abrió el congelador, y, sin cerrarlo, sacó la cubitera. Con un movimiento brusco que denotaba su frustración, al intentar sacar un par de cubitos tiró con tanta fuerza que estos salieron volando y quedaron desparramados sobre la encimera y el suelo.

Mientras Garrett mascullaba y maldecía en la cocina, Jeb se quedó mirando fijamente la foto de Catherine y pensó en su mujer. Dejó las cartas al lado del retrato y se dirigió a la puerta corredera. La abrió y observó que el viento gélido de diciembre procedente del Atlántico levantaba grandes olas que rompían en la orilla con violencia, con un estruendo que retumbaba en toda la casa. Jeb contempló el oleaje y los remolinos del océano, hasta que oyó que alguien llamaba a la puerta.

Se volvió, preguntándose quién podría ser. Se dio cuenta de que, curiosamente, nadie había llamado nunca a la puerta cuando él estaba de visita.

Garrett seguía en la cocina y aparentemente no había oído los golpes. Jeb fue a abrir. Tras él, las campanillas de viento colgadas en la terraza no paraban de sonar.

—Un momento —gritó.

Cuando abrió la puerta principal, una ráfaga de viento inundó la sala de estar, haciendo volar las cartas, que acabaron esparcidas por el suelo. Pero Jeb no se dio cuenta de ello. La persona que estaba en el porche reclamaba toda su atención. No pudo evitar mirarla fijamente.

Ante él había una mujer joven de cabellos oscuros, a la que nunca había visto antes. Se quedó sin palabras, como pasmado, en la entrada, aunque sabía exactamente quién era. Se hizo a un lado para dejarla pasar.

—Pasa —dijo en voz baja.

Al entrar en la casa y cerrar la puerta tras ellos, el viento cesó de inmediato. Theresa miró a Jeb, sintiéndose incómoda. Ambos guardaron silencio durante unos instantes.

—Tú debes de ser Theresa —dijo finalmente él, que al mismo tiempo todavía podía oír a Garrett mascullando entre dientes mientras recogía los hielos desperdigados por la cocina—. He oído hablar de ti.

Ella cruzó los brazos, como si se sintiera insegura.

—Sé que no me esperabais…

—No pasa nada —la animó Jeb.

—¿Está aquí?

Jeb asintió y señaló con la cabeza la cocina.

—Sí, está aquí. Se estaba preparando una bebida.

—¿Cómo está?

Jeb se encogió de hombros y sus labios dibujaron poco a poco un atisbo de sonrisa.

—Tendrás que preguntárselo tú misma…

Theresa asintió. De repente le asaltó la duda de si había sido buena idea ir a verle. Echó un vistazo a su alrededor y vio las cartas esparcidas por el suelo. También vio la maleta de Garrett, todavía en la puerta del dormitorio, sin abrir. Aparte de eso, la casa tenía el mismo aspecto de siempre.

Con excepción, por supuesto, de la fotografía.

La vio al mirar por encima del hombro de Jeb. Normalmente estaba en el dormitorio, pero, por alguna razón, ahora ocupaba un lugar destacado; Theresa no podía apartar la mirada de ella. Seguía mirándola cuando Garrett volvió a entrar en la sala de estar.

—Papá, ¿qué ha pasado aquí?

Se quedó paralizado. Theresa lo miró insegura. Pasaron unos instantes antes de que ninguno hablara. Después, Theresa inspiró hondo.

—Hola, Garrett —dijo.

Él no respondió. Jeb cogió las llaves de la mesa, consciente de que había llegado el momento de irse.

—Creo que tenéis muchas cosas de las que hablar, así que será mejor que me vaya.

Fue a la puerta, mientras miraba de reojo a Theresa.

—Encantado de conocerte —murmuró. Pero al decir esas palabras, levantó las cejas e hizo un leve movimiento con los hombros, como para desearle suerte. Enseguida estuvo en la calle.

—¿Por qué has venido? —preguntó Garrett en un tono neutro cuando estuvieron a solas.

—Porque quería… —dijo con voz suave—. Quería volver a verte.

—¿Por qué?

No respondió. En lugar de eso, tras un momento de vacilación, avanzó hacia él, sin dejar de mirarle a los ojos. Cuando se hubo acercado lo suficiente, colocó un dedo sobre los labios de Garrett y, con un gesto de la cabeza, le pidió que no hablara.

—Chis —susurró—, no preguntes nada…, por ahora. Por favor… —Theresa intentó sonreír, pero, ahora que la tenía más cerca, Garrett se dio cuenta de que había estado llorando.

No podía decir nada. No había palabras para describir hasta qué punto estaba sufriendo.

En lugar de hablar, le abrazó. Garrett también la rodeó con los brazos cuando ella apoyó la cabeza en su pecho, no sin cierta reticencia. Luego, Theresa le besó el cuello y lo atrajo hacia sí. Le pasó una mano por el pelo y acercó la boca a una de sus mejillas, tanteando; después le rozó los labios. Le besó con suavidad al principio, apenas rozando sus labios, para después volver a hacerlo, esta vez de forma más apasionada. Garrett se dejó llevar, sin pensar, y empezó a reaccionar a las caricias de Theresa. Empezó a recorrerle la espalda con las manos, hasta que sus cuerpos se fundieron en un abrazo.

En medio de la sala de estar, con el rugido del océano como ruido de fondo, siguieron abrazándose con fuerza, abandonándose al deseo cada vez más apremiante. Al final, Theresa se apartó un poco de él, mientras le cogía una mano para conducirle hasta el dormitorio.

Liberó su mano y fue hacia el otro extremo de la habitación, mientras él esperaba al lado de la puerta. El dormitorio estaba únicamente iluminado por la tenue luz del salón, que proyectaba sombras por todo el dormitorio. Vaciló un momento antes de volver a mirarle a la cara y después empezó a desnudarse. Garrett hizo ademán de cerrar la puerta, pero ella le indicó con un gesto de cabeza que no lo hiciera. Quería verlo con claridad y que él la viera a ella, que se diera cuenta de que estaba con ella, con nadie más.

Despacio, con parsimonia, se quitó la ropa. La blusa…, los vaqueros…, el sujetador…, las bragas. Se quitó todas aquellas prendas muy poco a poco, con los labios ligeramente entreabiertos y sin dejar de mirarle a los ojos. Ya desnuda, permaneció de pie ante él y permitió que Garrett recorriera su cuerpo con la mirada.

Por último, se acercó a Garrett. Cuando Theresa estuvo muy cerca, empezó a acariciarle el pecho, los hombros, los brazos, rozándolo apenas, como si quisiera guardar para siempre en su memoria el tacto de su piel. Luego retrocedió un poco para dejar que Garrett se desvistiera y observó cómo lo hacía, posando los ojos en cada parte de su cuerpo mientras las prendas caían al suelo. Se puso a su lado y empezó a besarle los hombros; después dio una vuelta a su alrededor, sin despegar los labios de su piel, dejando una sensación cálida y húmeda allí donde sus labios le rozaban. Luego le llevó a la cama, se tumbó y lo atrajo hacia sí.

Hicieron el amor apasionadamente, aferrándose casi con desesperación el uno al otro. Nunca antes habían hecho el amor con esa clase de pasión, cada uno consciente del placer que sentía el otro, con la electricidad de las caricias a flor de piel. Como si tuvieran miedo del porvenir, parecían verse abocados a adorar el cuerpo del otro con una intensidad que quedaría grabada en su memoria. Cuando finalmente llegaron juntos al orgasmo, Theresa echó atrás la cabeza y gritó, sin intentar reprimirse.

Después ella se quedó sentada en la cama, con la cabeza de Garrett en su regazo. Le acarició el pelo con las manos, rítmicamente, sin dejar de hacerlo hasta que se dio cuenta de que su respiración se había hecho más profunda.

Aquella tarde, cuando Garrett despertó, estaba solo en la cama. Al no ver la ropa de Theresa, se puso enseguida los vaqueros y la camisa, y salió rápidamente del dormitorio mientras se abrochaba los botones, para buscarla por toda la casa.

Hacía frío.

La encontró en la cocina. Estaba sentada, abrigada con su chaqueta. En la mesa había una taza de café casi vacía, como si llevara un buen rato sentada allí. La cafetera estaba en el fregadero. Garrett miró el reloj y calculó que había dormido casi dos horas.

—Hola —dijo con timidez.

Theresa giró la cabeza y lo vio al mirar por encima del hombro.

267

—Hola…, no te he oído levantarte —dijo con voz apagada.

—¿Estás bien?

No respondió directamente.

—¿Quieres sentarte conmigo? Tengo muchas cosas que contarte.

Garrett tomó asiento a la mesa, mientras esbozaba un asomo de sonrisa. Theresa jugueteaba con la taza de café, cabizbaja. Garrett acercó una mano para apartar un mechón de pelo de su cara. Al ver que no reaccionaba, retiró la mano.

Finalmente, sin mirar a Garrett, cogió con la mano las cartas que descansaban en su regazo y las dejó sobre la mesa. Debía de haberlas recogido del suelo mientras él dormía.

—Encontré una botella cuando salí a correr, en mis vacaciones del verano pasado —empezó a decir, con un tono de voz neutro y distante, como si estuviera recordando algo que le hacía daño—. No tenía la menor idea de qué había dentro, pero, cuando leí el mensaje, empecé a llorar. Era tan hermoso… Me di cuenta de que aquellas palabras salían directamente del corazón. Y aquella forma de escribir…; supongo que me identifiqué con el contenido de la carta, porque yo también me sentía muy sola.

Theresa alzó la vista para mirarle.

—Esa mañana, se la enseñé a Deanna. La idea de publicarla fue suya. En un principio yo me opuse…; me parecía demasiado personal, pero ella no veía qué podía haber de malo en ello. Pensó que mucha gente disfrutaría con su lectura. Así que cedí. Supuse que ahí acabaría todo. Pero no fue así.

Theresa suspiró.

—Cuando volví a Boston, recibí una llamada de una lectora, que me envió otra de tus cartas, que había encontrado hace un par de años. Después de leerla, sentí mucha curiosidad, pero tampoco pensé que aquella segunda carta conduciría a algo.

Theresa hizo una pausa.

—¿Has oído hablar de la revista *Yankee*?

—No.

—Es una revista de ámbito regional, no demasiado conocida fuera de Nueva Inglaterra, pero contiene artículos interesantes. Ahí encontré la tercera carta.

Garrett la miró atónito.

—¿Había sido publicada allí?

—En efecto. Busqué al autor de aquel artículo, quien me envió la tercera carta, y…, bueno, la curiosidad pudo más que yo. Ahora tenía no una, sino tres cartas, Garrett, y todas ellas me conmovían de igual modo. Así que, con ayuda de Deanna, averigüé quién eras y dónde estabas, y vine hasta aquí para conocerte.

Theresa le ofreció una sonrisa triste.

—Tal como tú dijiste, parece como si todo fuera una especie de fantasía, pero no lo era. No vine hasta aquí para enamorarme de ti ni para escribir una columna. Vine exclusivamente para ver quién eras, eso es todo. Quería conocer a la persona que escribía aquellas cartas tan hermosas. Así que fui al puerto y ahí estabas tú. Hablamos y, entonces, si recuerdas, me preguntaste si quería salir a navegar contigo. De no haberlo hecho, probablemente me habría marchado ese mismo día.

Garrett se quedó sin habla. Theresa alargó una mano para posarla con suavidad sobre la de Garrett.

—Pero, ¿sabes qué?, aquella noche nos lo pasamos muy bien, y pensé que me gustaría volver a verte. No era por las cartas, sino por tu forma de tratarme. Y a partir de ahí, todo empezó a surgir de forma natural. Después de nuestro primer encuentro, nada de lo que ha pasado entre nosotros formaba parte de ningún plan. Simplemente, ocurrió.

Garrett guardó silencio un instante, con la mirada clavada en las cartas.

—¿Por qué no me dijiste lo de las cartas? —preguntó por fin.

Theresa tardó un poco en responder.

—Había momentos en los que quería hacerlo, pero… No sé… Supongo que me convencí a mí misma de que no tenía tanta importancia que te hubiera conocido a través de ellas. Lo único que me parecía importante era que nos entendíamos muy bien. —Hizo una pausa, consciente de que aún quedaba algo por decir—. Además, creí que no lo entenderías. Y no quería perderte.

—Si me lo hubieras dicho antes, lo habría entendido.

Theresa le observó atentamente mientras respondía.

—¿De veras lo crees, Garrett? ¿Estás seguro de que realmente lo habrías entendido?

Él sabía que era el momento de la verdad. Al ver que no respondía, Theresa negó con un movimiento de cabeza y desvió la mirada.

269

—Anoche, cuando me pediste que viniera a vivir aquí, no pude decirte que sí de inmediato porque me inquietaba por qué me lo pedías. —Hizo una pausa, dudando—. Necesitaba estar segura de que me quieres a mí, Garrett. Necesitaba estar segura de que me lo pedías por nosotros, y no porque todavía estuvieras huyendo de algo. Supongo que quería que me convencieras cuando volví de la tienda. Pero, en lugar de eso, encontraste las cartas…

Theresa se encogió de hombros y empezó a hablar en un tono aún más suave.

—En el fondo, supongo que lo sabía desde el principio, pero quería creer que todo se arreglaría.

—¿De qué estás hablando?

Theresa no respondió directamente a su pregunta.

—Garrett, no es que no crea que me quieres; sé que me amas. Eso es lo que hace que esto sea tan difícil. Sé que me quieres, y yo siento lo mismo por ti. En otras circunstancias, quizá seríamos capaces de superar todo esto. Pero ahora mismo, no creo que podamos. No creo que estés preparado.

Garrett sintió como si le hubieran dado un puñetazo en el estómago. Theresa le miró a los ojos.

—No estoy ciega, Garrett. Sabía por qué te quedabas a veces tan callado cuando estábamos juntos. Sabía por qué querías que me mudara a Wilmington.

—Porque te echaba de menos —la interrumpió.

—Tal vez, en parte…, pero eso no era todo —dijo ella. Hizo una pausa para parpadear, con el fin de reprimir el llanto. Prosiguió, pero ahora le temblaba la voz—. También era por Catherine.

Se restregó la comisura de los ojos, en un claro intento de contener las lágrimas, decidida a no derrumbarse.

—Cuando me hablaste de ella por primera vez, observé la expresión de tu cara…, y me pareció obvio que seguías amándola. Y anoche, a pesar de tu enfado, volví a verlo en tus ojos. Incluso después de todo el tiempo que hemos pasado juntos, me he dado cuenta de que todavía la quieres. Y luego…, todo lo que dijiste… —Theresa respiró hondo, agitadamente—. No solo estabas enfadado por haber encontrado las cartas en mi casa, sino porque sentías que yo era una amenaza para todo lo que compartías con Catherine... Y creo que aún crees que es así.

Garrett apartó la vista, oyendo en su mente el eco de la acusación de su padre. Theresa volvió a rozar su mano.

—Eres como eres, Garrett, un hombre capaz de amar intensamente, pero también para siempre. Por mucho que me quieras, no creo que puedas llegar a superar lo de Catherine, y yo no puedo vivir con la ansiedad de que no puedas dejar de compararme con ella.

—Podemos intentar superarlo —empezó a decir con voz ronca—. Quiero decir..., puedo intentar superarlo. Sé que esto puede cambiar...

Theresa le interrumpió apretándole suavemente la mano.

—Sé que quieres creerlo, y una parte de mí también quiere convencerse de ello. Si ahora me abrazaras y me suplicaras que me quedara, estoy segura de que lo haría, porque me has dado algo que hacía mucho que echaba de menos en mi vida. Y seguiríamos igual que antes, convencidos de que todo está bien... Pero en el fondo no sería así, ¿no te das cuenta? Porque la próxima vez que discutiéramos... —Hizo una pausa—. No puedo competir con ella. Y por mucho que quiera seguir contigo, no puedo permitirlo, porque tú no lo permitirías.

—Pero sabes que te quiero.

Theresa esbozó una leve sonrisa. Dejó la mano de Garrett, para acariciar con suavidad su mejilla.

—Yo también te quiero, Garrett. Pero a veces el amor no basta.

Él se quedó callado, con el rostro lívido. El silencio que se hizo entonces quedó interrumpido por las lágrimas de Theresa.

Garrett se acercó a ella y la rodeó lánguidamente con un brazo, casi sin fuerzas. Theresa se refugió en su pecho, temblando y llorando, y él apoyó la mejilla en su cabello. Pasó un buen rato hasta que ella se secó la cara y se apartó. Se miraron a los ojos. Garrett parecía estar suplicando con la mirada. Theresa negó con la cabeza.

—No puedo quedarme, Garrett. Aunque los dos lo estemos deseando, no puedo.

Aquellas palabras le hirieron. De repente, todo le daba vueltas.

—No... —dijo con voz temblorosa.

Theresa se puso en pie, consciente de que, si no se iba en ese momento, no tendría valor para hacerlo. Afuera retumbó un trueno. Pocos segundos después empezó a llover.

—Tengo que irme.

Se colgó el bolso en el hombro y echó a andar hacia la puerta. Garrett se quedó paralizado por un momento, aturdido.

Pero en el último momento, todavía traspuesto, se puso en pie y la siguió. La lluvia empezaba a arreciar. El coche de alquiler estaba aparcado al lado de la entrada. Garrett observó que Theresa abría la puerta del coche, sin saber qué decir.

Ya en el asiento del conductor, ella buscó la llave y después la puso en el contacto. Cerró la puerta obligándose a sonreír. Aunque estaba lloviendo, bajó la ventana para poder ver mejor a Garrett. Giró la llave. El motor arrancó. Theresa esperó unos instantes, con el coche parado, durante los cuales no dejaron de mirarse a los ojos.

La expresión en el rostro de Garrett la desarmó y minó su frágil determinación. Por un momento, deseó echarse a atrás, decirle que en realidad no había querido decir eso, que todavía le amaba, que aquello no debería acabar así. Sintió que sería muy fácil, que era lo correcto...

Pero por mucho que deseaba hacerlo, no consiguió pronunciar aquellas palabras.

Garrett avanzó hacia el coche. Theresa le indicó con un movimiento de cabeza que no lo hiciera. Eso haría la despedida aún más difícil.

—Te echaré de menos, Garrett —dijo en voz baja, sin estar segura de que la hubiera oído.

Puso la marcha atrás.

La lluvia era cada vez más intensa: ahora caían las gotas gélidas y gruesas típicas de una tormenta de invierno.

Garrett se había quedado parado, mirándola.

—Por favor —dijo con voz rasgada—, no te vayas. —El ruido de la lluvia amortiguaba sus palabras, casi inaudibles.

Theresa no respondió.

Consciente de que volvería a echarse a llorar si no se iba de allí enseguida, subió la ventanilla. Miró por encima del hombro para maniobrar. Garrett puso una mano sobre el capó cuando el coche empezó a moverse. Sus dedos se deslizaron sobre la superficie húmeda mientras el coche retrocedía lentamente. Enseguida, el automóvil estuvo en la carretera, listo para salir. Theresa había accionado los limpiaparabrisas.

Con una repentina desesperación, Garrett sintió que aquella era su última oportunidad.

—¡Theresa! —gritó—. ¡Espera!

Ella no pudo oírle debido al fragor de la lluvia. El coche ya se alejaba de la casa.

Garrett corrió hasta el final del camino, sacudiendo los brazos para llamar su atención. Pero aparentemente ella no se dio cuenta.

—¡Theresa! —volvió a gritar.

Estaba en medio de la carretera, corriendo tras el coche, pisando los charcos que empezaban a formarse. Las luces de freno parpadearon durante un segundo; luego permanecieron encendidas cuando el coche se detuvo. Envuelto en la lluvia y la bruma, parecía un espejismo. Sabía que Theresa veía por el retrovisor cómo él recortaba la distancia que los separaba. «Todavía hay una posibilidad...»

De pronto, las luces de freno se apagaron y el coche siguió avanzando, cada vez más rápido, acelerando. Garrett corría tras él, persiguiéndolo por la carretera, viendo cómo se alejaba, cada vez más pequeño. Le dolían los pulmones, pero seguía corriendo, en una carrera contra la sensación de futilidad. Ahora llovía a cántaros. Las gruesas gotas de la tormenta empapaban su ropa y dificultaban la visibilidad.

Garrett se detuvo. La lluvia hacía el aire más denso y le costaba respirar. La camisa se le había quedado pegada al cuerpo, y el cabello le tapaba los ojos. Permaneció en medio de la carretera, bajo la lluvia, viendo que el coche doblaba la esquina y desaparecía.

Aun así, Garrett permaneció allí, en medio de la calle durante un buen rato, intentando recuperar el aliento, con la esperanza de que Theresa diera media vuelta y regresara, maldiciéndose por haber dejado que se marchara.

Deseaba tener otra oportunidad.

Pero se había ido.

Poco después, otro coche hizo sonar el claxon para que se apartara. Garrett sintió que el corazón le daba un vuelco. Se dio la vuelta bruscamente y se secó el agua de los ojos, con la esperanza de ver la cara de Theresa tras el parabrisas, pero no era ella. Se hizo a un lado para dejar pasar al vehículo. Al ver la mirada curiosa del conductor, de pronto se dio cuenta de que nunca se había sentido tan solo.

Una vez que estuvo en el avión, Theresa se sentó con el bolso en el regazo. Había sido uno de los últimos pasajeros en embarcar, casi a punto de perder el avión.

Miró por la ventanilla y vio las cortinas de lluvia moverse con las ráfagas de viento. Bajó la mirada. En la pista unos operarios se afanaban en cargar las últimas maletas, para evitar que quedaran empapadas. Acabaron justo en el momento en que se cerraba la puerta de la cabina. Poco después, la rampa de embarque regresó a la terminal.

Estaba anocheciendo. Apenas quedaban unos cuantos minutos de luz mortecina. Las azafatas hicieron un último recorrido por la cabina, para comprobar que el equipaje de mano estaba en su lugar. Luego se fueron hacia sus asientos. Las luces interiores parpadearon y el avión empezó a separarse lentamente de la terminal, y a girar hacia la pista.

El avión se detuvo, a la espera de la autorización para despegar, en posición paralela a la terminal.

Theresa miró hacia la terminal con aire distraído. Por el rabillo del ojo, vio una figura solitaria de pie, muy cerca de una de las ventanas de la terminal, con las manos apoyadas en el cristal.

Intentó enfocar la vista. ¿Era él?

No podía estar segura. Los cristales tintados de la terminal sumados a la densa lluvia no dejaban ver bien. De no haber estado tan cerca del cristal, habría sido imposible que su vista captara aquella presencia.

Theresa siguió mirando la figura fijamente, con un nudo en la garganta.

Quienquiera que fuera seguía allí, inmóvil.

Se oyó el rugido de los motores, que fue disminuyendo en intensidad a medida que el avión empezaba a rodar por la pista. Theresa sabía que despegarían al cabo de pocos instantes. La puerta de embarque quedó atrás mientras el avión iba ganando velocidad.

«Adelante…, hacia la pista de despegue…, lejos de Wilmington…»

Volvió la cabeza, forzando la vista con la esperanza de ver la figura por última vez, pero no pudo distinguir si seguía allí.

Mientras el avión rodaba por la pista hasta la posición definitiva de despegue, Theresa siguió mirando por la ventanilla, preguntándose si realmente había visto aquella figura o si solo habían sido imaginaciones suyas. El avión dio la vuelta para ponerse en posición. Theresa sintió la potencia de los motores al avanzar por la pista y el ruido sordo del tren de aterrizaje hasta que los neumáticos abandonaron el asfalto. Entrecerró los ojos anegados de lágrimas mientras el avión despegaba, para contemplar la vista aérea de Wilmington. Reconoció las playas vacías al sobrevolarlas…, el espigón…, el puerto deportivo…

El avión empezó a trazar una curva, ladeándose levemente, para poner rumbo al norte, hacia casa. Desde la ventana ahora solo podía ver el océano, el mismo que los había unido.

Detrás de las espesas nubes, el sol descendía rápidamente y se ocultaba en el horizonte.

Justo antes de introducirse en las nubes que le taparían la vista, posó delicadamente una mano en el cristal de la ventanilla y volvió a imaginarse el tacto de la mano de Garrett.

—Adiós —susurró.

Y empezó a llorar en silencio.

Capítulo 13

El año siguiente, el invierno se adelantó. Sentada en la playa, cerca del lugar en el que encontró la botella, Theresa advirtió que la gélida brisa del océano había arreciado desde que había llegado a la playa aquella mañana. Unas siniestras nubes grises pasaban a gran velocidad por encima de ella. Las olas empezaban a encabritarse y rompían en la playa con más frecuencia. Se dio cuenta de que la tormenta por fin se estaba acercando.

Llevaba casi todo el día allí, reviviendo su relación con Garrett hasta el día en que se dijeron adiós por última vez. Parecía buscar en sus recuerdos algo que la ayudara a comprender, algo que se le hubiera pasado por alto. Durante todo el año pasado, la expresión de Garrett, de pie en la entrada de su casa, y su reflejo en el retrovisor corriendo tras el coche mientras se alejaba la habían atormentado. Dejarlo había sido lo más difícil que había hecho jamás. A menudo deseaba poder volver atrás en el tiempo, para cambiar el pasado.

Al final se puso en pie. Empezó a caminar sigilosamente por la orilla, deseando que Garrett estuviera allí con ella. Estaba segura de que disfrutaría de aquel día brumoso y tranquilo, y se lo imaginó caminando a su lado mientras observaba el horizonte. Se detuvo un instante, mirando hipnotizada las aguas agitadas. Cuando por fin alzó la vista, se dio cuenta de que también había perdido la imagen de Garrett. Se quedó inmóvil un buen rato, intentando volver a evocarla, pero no pudo; entonces se dio cuenta de que había llegado el momento de irse. Reanudó la marcha, esta vez más despacio, preguntándose si Garrett hubiera entendido, de saberlo, por qué había vuelto allí.

Muy a su pesar, evocó los días que siguieron a su último adiós. «Perdimos tanto tiempo evitando hablar de cosas que no fuimos capaces de decir» se dijo. «Ojalá…», empezó a pensar por enésima vez. Las imágenes de aquellos días comenzaron a desfilar por su mente como si fueran un pase de diapositivas que no podía detener.

«Ojalá…»

Cuando regresó a Boston, Theresa recogió a Kevin de camino a casa. Había pasado el día en casa de un amigo y le contó atropelladamente la película que habían visto, sin darse cuenta de que su madre apenas le prestaba atención. Cuando llegaron a casa, Theresa pidió unas pizzas y cenaron en el salón con la televisión encendida. Cuando acabaron, ella se sorprendió pidiéndole a Kevin que se quedara un rato haciéndole compañía, en lugar de insistir en que acabara sus deberes. Él se acurrucó junto a su madre en el sofá, lanzándole de vez en cuando una mirada angustiada, pero ella se limitaba a acariciarle el pelo y a sonreírle con aire ausente, como si su mente estuviera muy lejos de allí.

Un poco más tarde, cuando Kevin ya estaba acostado, Theresa se puso un pijama y se sirvió una copa de vino. De camino al dormitorio, apagó el contestador automático.

El lunes comió con Deanna y se lo contó todo. Intentó parecer fuerte, pero su amiga le cogió la mano todo el rato, mientras escuchaba atentamente, sin hacer apenas ningún comentario.

—Es lo mejor —dijo Theresa con determinación al concluir su relato—. Es mi decisión. —Deanna le lanzó una mirada escrutadora, compasiva. Pero no dijo nada: se limitó a asentir ante las valientes afirmaciones de Theresa.

Durante los siguientes días, intentó no pensar en él. La reconfortaba trabajar en su columna. El hecho de concentrarse en el trabajo de documentación y destilarlo en palabras requería toda su energía mental. La actividad febril de la sala de redacción también la ayudaba a olvidar. Por otra parte, la conferencia con Dan Mandel había salido tal como Deanna había prometido, así que Theresa empezó a abordar su trabajo con un entusiasmo renovado, preparando hasta dos y tres columnas diarias, más productiva que nunca.

Sin embargo, por la noche, cuando Kevin se iba a la cama y se quedaba sola, le costaba no evocar la imagen de Garrett. Imitando los hábitos que había desarrollado en el trabajo, Theresa intentó concentrarse en otras tareas. En primer lugar limpió la casa a conciencia durante unas cuantas noches: enceraba el suelo, limpiaba la nevera, pasaba el aspirador y quitaba el polvo, incluso reorganizó los armarios. Nada se salvó de aquella fiebre de limpieza. Revisó incluso el contenido de los cajones en busca de la ropa que ya no se ponía nunca, para donarla a la gente necesitada. La guardó en cajas que cargó en el maletero del coche. Aquella noche vagó por el apartamento, buscando algo, lo que fuera, que quedase por hacer. Al final, al darse cuenta de que seguía sin poder dormir, encendió el televisor. Fue cambiando de canal hasta que encontró una entrevista a Linda Ronstadt en el programa *Tonight*. A Theresa siempre le había gustado su música, pero cuando Linda se acercó al micrófono para cantar una balada, rompió a llorar, sin poder parar durante casi una hora.

Aquel fin de semana fue con Kevin a ver un partido de fútbol americano entre los New England Patriots y los Chicago Bears. Su hijo había insistido en ir antes de que acabara la temporada de fútbol. Theresa finalmente había cedido, aunque no entendía demasiado bien el juego. Tomaron asiento en las gradas. De sus bocas salían nubes de vaho, mientras bebían un espeso chocolate caliente y animaban al equipo local.

Después, cuando fueron a cenar, Theresa le contó que ya no iría más a visitar a Garrett.

—Mamá, ¿pasó algo la última vez que fuiste a ver a Garrett? ¿Dijo algo que te molestó?

—No —respondió en un tono suave—, para nada. —Tuvo un momento de duda antes de apartar la mirada—. Simplemente no podía ser.

Aunque Kevin parecía más que desconcertado por la respuesta, ella no supo darle otra explicación mejor.

Pasó una semana. Theresa estaba trabajando ante el ordenador cuando sonó el teléfono.

—¿Theresa?

—¿Sí? —respondió, sin haber reconocido todavía la voz.

—Soy Jeb Blake…, el padre de Garrett. Sé que te parecerá extraño, pero me gustaría hablar contigo.

—Hola —dijo tartamudeando—. Mm… sí, claro, dime.

Jeb hizo una pausa.

—Preferiría hablar contigo en persona, si fuera posible. Por teléfono no me siento cómodo.

—¿Puedo preguntarte de qué se trata?

—De Garrett —dijo en voz baja—. Ya sé que no tengo derecho a pedírtelo, pero ¿podrías venir a Wilmington? No te lo pediría si no fuera importante.

Al final Theresa le dijo a Jeb que iría. Salió del trabajo y fue a buscar a Kevin al colegio antes de hora. Después fueron a casa de una amiga de confianza y le explicó que probablemente estaría fuera unos cuantos días. Kevin intentó sonsacarle el motivo de aquel viaje tan repentino, pero el comportamiento extraño y casi ausente de su madre le dejó claro que tendría que esperar.

—Salúdale de mi parte —dijo Kevin, después de dar un beso de despedida a su madre.

Theresa se limitó a asentir. Después fue al aeropuerto y cogió el primer vuelo. Una vez que estuvo en Wilmington, fue directamente a casa de Garrett, donde Jeb la estaba esperando.

—Me alegro de que hayas venido —la saludó Jeb.

—¿Qué pasa? —preguntó Theresa, buscando alguna señal de la presencia de Garrett en el apartamento.

Jeb parecía más viejo de lo que ella recordaba. La condujo a la mesa de la cocina, acercó una silla para que se sentara a su lado y empezó a contarle en voz baja lo que sabía.

—Por lo que he podido deducir de lo que me han contado —dijo, siempre en voz baja—, Garrett salió con el *Happenstance* más tarde de lo normal…

Tenía que hacerlo. Garrett sabía que las grandes nubes negras en el horizonte presagiaban una tormenta. Sin embargo, parecían estar todavía lo bastante lejos como para darle tiempo a salir. Además, solo se alejaría unas cuantas millas. Aunque le sorprendiera la tormenta, estaría lo bastante cerca como para conseguir regresar a puerto. Se puso los guantes y maniobró el

Happenstance a través del oleaje creciente, con las velas en la posición correcta.

Durante los últimos tres años, cada vez que había salido a navegar hacía la misma ruta, llevado por el instinto y los recuerdos de Catherine. Había sido idea suya poner rumbo al este la primera noche que sacaron el *Happenstance* después de repararlo. En su imaginación, navegaban hacia Europa, donde ella siempre quiso viajar. A veces Catherine compraba revistas de viajes y miraba las fotografías con Garrett sentado a su lado. Quería verlo todo, los famosos castillos del valle del Loira, el Partenón, la región de los Highlands en el norte de Escocia, la basílica de San Pedro y todos aquellos lugares sobre los que había leído. Su ideal de unas vacaciones cambiaba según la revista que tuviera entre manos, del concepto más clásico al más exótico.

Pero, por supuesto, nunca fueron a Europa.

Era una de las cosas de las que Garrett más se arrepentía. Si lanzaba una mirada retrospectiva a su vida junto a Catherine, ahora se daba cuenta de que tendrían que haberlo hecho. Podía haberla complacido por lo menos en eso perfectamente. Tras un par de años ahorrando tenían bastante dinero y habían considerado la posibilidad de hacer el viaje, pero al final habían empleado el dinero para comprar la tienda. Cuando Catherine se dio cuenta de que la responsabilidad de llevar un negocio nunca les permitiría viajar, su sueño empezó a desvanecerse. Cada vez compraba menos revistas. Después de algún tiempo, nunca volvió a mencionar Europa.

Pero la primera noche que salieron con el *Happenstance* después de restaurarlo, Garrett supo que su sueño seguía ahí. Catherine estaba en la proa, con la vista clavada en el horizonte, apretando la mano de Garrett.

—¿Iremos algún día? —preguntó con dulzura. La imagen de Catherine en ese momento quedaría grabada en la retina de Garrett para siempre: sus cabellos flotando al viento, la expresión radiante e ilusionada de su cara, como un ángel.

—Sí —prometió Garrett—, en cuanto tengamos tiempo.

No había transcurrido ni un año, cuando Catherine, embarazada, murió en el hospital con Garrett a su lado.

Después, cuando empezó a soñar con ella, no sabía qué hacer. Durante algún tiempo, intentó reprimir aquellos sentimientos que le atormentaban. Pero una mañana, en un arrebato desesperado, intentó encontrar consuelo en la escritura. Escribió frenéticamente, sin pausa, la que sería la primera de sus cartas, de cinco páginas de extensión. Llevaba la carta consigo cuando salió a navegar aquel mismo día. Entonces, cuando la releyó, de repente tuvo una idea. Puesto que la corriente del golfo, que se dirigía hacia el norte resiguiendo la costa de los Estados Unidos, en un momento dado giraba hacia el este al llegar a las aguas más frías del Atlántico, con un poco de suerte, si lanzaba la carta dentro de una botella, tal vez esta podría llegar hasta Europa y arribar a las costas que ella siempre había querido visitar. Una vez tomada la decisión, metió la carta en una botella y la arrojó por la borda con la esperanza de poder cumplir de algún modo la promesa que le había hecho. De eso modo se inició una rutina que Garrett repitió en varias ocasiones.

Desde entonces, había enviado dieciséis cartas. La que llevaba consigo ahora era la número diecisiete. Mientras estaba de pie ante el timón, dirigiendo el barco al este, inconscientemente se llevó una mano al bolsillo de su chaqueta, en el que se encontraba la botella. Había escrito la carta aquella mañana, al amanecer.

El cielo empezaba a tornarse plomizo, pero Garrett mantuvo el rumbo hacia el horizonte. A su lado, la radio advertía entre interferencias de la proximidad de una tormenta. Tras un momento de vacilación, la apagó y escrutó el cielo. Determinó que tendría tiempo suficiente. El viento era constante y soplaba con fuerza, pero todavía no era impredecible.

Había escrito una segunda carta, después de escribir a Catherine, que ya se había ocupado de echar al correo. Por eso sintió la obligación de enviar aquella carta a Catherine aquel mismo día. Un frente de tormentas cruzaba el Atlántico, avanzando poco a poco hacia el oeste, en su marcha hacia la Costa Este. Por los pronósticos de la televisión, seguramente no podría salir durante una semana, y no podía esperar tanto tiempo. Para entonces ya se habría ido.

La mar estaba cada vez más rizada: las crestas de las olas cada vez más altas, los valles entre ellas un poco más profundos. Las velas empezaban a resentirse por el fuerte y constante viento. Garrett evaluó su situación. Estaba en una zona de aguas profundas, pero no lo suficiente. La corriente del golfo, puesto que es un fenómeno estival, ya no tenía fuerza, y la única posibilidad de que la botella consiguiera cruzar el océano era lanzarla lo suficientemente mar adentro. De otro modo la tormenta podría devolverla a aquellas costas al cabo de pocos días. De todas las cartas que le había escrito a Catherine, esa era la que más le importaba: deseaba por encima de todo que llegase a Europa. Había decidido que sería la última que enviaría.

En el horizonte se veían unas nubes amenazadoras.

Garrett se puso el chubasquero. Tenía la esperanza de que cuando empezase a llover le protegiera por lo menos durante un rato.

El *Happenstance* empezó a cabecear a medida que se adentraba en mar abierto. Garrett sostenía el timón con ambas manos, para mantenerlo lo más firme posible. Cuando el viento cambió y empezó a arreciar, señal de que la tormenta se acercaba, empezó a hacer bordos, avanzando en diagonal a través del oleaje, a pesar del peligro. Hacer bordadas era bastante complicado en aquellas condiciones y ralentizaba el avance, pero ahora prefería navegar contra el viento, para no tener que hacer bordos a la vuelta, si la tormenta le alcanzaba.

Era un esfuerzo agotador: cada vez que cambiaba las velas de posición, tenía que hacer uso de todas sus fuerzas para no perder el control de la embarcación. A pesar de los guantes, sentía que se le quemaba la piel de las manos debido a la fricción cuando los cabos se deslizaban entre ellas. En dos ocasiones, un inesperado viento racheado estuvo a punto de hacerle perder el equilibrio, pero por suerte se trataba de ráfagas que enseguida bajaron de intensidad.

Durante casi una hora siguió haciendo bordos, sin perder de vista la tormenta que tenía delante. Parecía que había pasado, pero Garrett sabía que se trataba tan solo de una ilusión. Llegaría a la costa al cabo de pocas horas. En cuanto llegara a aguas menos profundas, la tormenta avanzaría rápidamente, por lo que navegar sería imposible. Ahora estaba cogiendo fuerza, como un fusible que empezara a quemarse, a punto de estallar.

Garrett ya había sido sorprendido por fuertes tormentas antes. Sabía que no debía subestimar la que tenía ante sí. Bastaba una simple maniobra incorrecta para que el océano se lo llevase. Estaba decidido a impedir tal cosa. Podía ser testarudo, pero no tonto. En cuanto sintiera que se encontraba en peligro, daría media vuelta y regresaría a puerto a toda velocidad.

Por encima de su cabeza, las nubes se hacían más densas, extendiéndose y adquiriendo nuevas formas. Empezó a lloviznar. Garrett miró hacia arriba, consciente de que solo era el principio.

—Unos cuantos minutos más —masculló entre dientes. Necesitaba solo un par de minutos más...

Un relámpago iluminó el cielo. Garrett contó los segundos hasta oír el estruendo del trueno. Dos minutos y medio después lo oyó. Retumbó en toda la extensión del océano. El centro de la tormenta se encontraba a unas veinticinco millas. Calculó que, con la velocidad del viento en aquel momento, disponía de más de una hora antes de que la tormenta desplegase toda su fuerza. Para entonces ya debería haber regresado.

Seguía lloviendo.

Empezó a oscurecer. Garrett seguía avanzando. A medida que el sol se ocultaba, unas nubes impenetrables comenzaron a bloquear la exigua luminosidad restante, haciendo que la temperatura del aire descendiera rápidamente. Diez minutos después, la lluvia se intensificó y las gotas eran más frías.

«¡Maldita sea!» Se le acababa el tiempo, pero todavía no había llegado.

Las olas parecían ahora más grandes en aquel océano agitado, mientras el *Happenstance* se abría paso a través de ellas. Garrett separó las piernas aún más para afianzarse y mantener el equilibrio. Seguía manteniendo firme el timón, pero las olas empezaron a romper contra el velero en diagonal. Lo mecían como en una cuna inestable. Sostuvo con fuerza el timón, decidido.

Poco después volvió a verse un relámpago..., pausa..., trueno. La tormenta estaba a veinte millas. Miró el reloj. Si seguía avanzando a ese ritmo, le iría de poco. Podría volver a puerto justo a tiempo, siempre que el viento siguiera soplando en la misma dirección.

Pero si el viento cambiaba...

Evaluó la situación. Se había adentrado en el mar durante dos horas y media; con el viento a favor, necesitaría una hora y media como mucho para volver a puerto, si todo salía según lo previsto. La tormenta llegaría a la costa al mismo tiempo que él.

283

—Maldita sea —dijo, esta vez en voz alta. Tenía que arrojar la botella, aunque no se hubiera adentrado tanto como quería. Pero no podía arriesgarse más.

Sostuvo el timón, que ahora daba sacudidas, con una mano, mientras se llevaba la otra a su chaqueta y sacaba la botella del bolsillo. Apretó el corcho para asegurarse de que estaba bien sellada y la sostuvo ante la luz menguante, para ver la carta que había en su interior, enrollada fuertemente.

Al mirarla, se sintió completo, como si hubiera llegado al final de un largo viaje.

—Gracias —susurró, su voz apenas audible por encima del estruendo del oleaje.

Arrojó la botella lo más lejos que pudo y siguió con la mirada su trayectoria, hasta que cayó al agua. Ya estaba hecho.

Ahora tenía que dar media vuelta.

En aquel momento, dos relámpagos iluminaron el cielo simultáneamente. Quince millas. Garrett vaciló, preocupado.

No podía acercarse tan rápido, pensó. Pero la tormenta aparentemente estaba ganando velocidad e intensidad, expandiéndose como un globo, avanzando directo hacia él.

Fijó el timón con unos cabos mientras volvía a la proa. Perdió un tiempo precioso luchando con todas sus fuerzas para mantener la botavara bajo control. Los cabos le quemaban las manos y desgarraban los guantes. Al final consiguió cambiar la posición de las velas. El velero escoró considerablemente cuando las velas se hincharon con el viento. Al volver hacia el timón, una gélida ráfaga sopló en otra dirección.

«El aire caliente se desplaza hacia el aire frío.»

Encendió la radio justo en el momento en que se emitía un aviso para embarcaciones pequeñas. Subió el volumen de inmediato, escuchando atentamente la transmisión que describía el repentino cambio de la situación meteorológica: «Repetimos…, aviso a las pequeñas embarcaciones…, formación de fuertes vientos…, se esperan intensas lluvias».

La tormenta ganaba intensidad.

La temperatura descendía rápidamente y, como consecuencia, el viento había arreciado. En los últimos tres minutos, había aumentado en intensidad hasta llegar a los veinticinco nudos.

Se apoyó en el timón con desesperación.

No pasó nada.

De pronto se dio cuenta de que el oleaje alzaba la popa, ahora fuera del agua, por lo que el timón no respondía. El barco parecía haberse quedado inmóvil en la dirección errónea, balanceándose precariamente. El velero se alzó con una nueva ola. Al descender, el casco colisionó con fuerza contra las aguas, de modo que la proa quedó casi sumergida.

—Venga…, responde —susurró Garrett, que ya sentía los primeros síntomas del pánico en el estómago. Estaba tardando demasiado. El cielo estaba cada vez más oscuro y la densa e impenetrable cortina de lluvia empezaba a azotar el velero empujada por el viento lateral.

Un minuto después, el timón al final respondió y el velero empezó a virar…

Despacio…, muy despacio…, el barco seguía escorando demasiado…

Horrorizado, Garrett vio el océano alzarse a su alrededor para formar una gigantesca ola que con gran estruendo se dirigía directamente hacia él.

No lo conseguiría.

Se preparó para recibir el impacto del agua en el casco, que hizo que se alzaran columnas de espuma blanca. El *Happenstance* escoró aún más; las piernas de Garrett cedieron, pero seguía manteniendo firme el timón. Volvió a ponerse en pie justo cuando otra ola golpeaba el barco.

El agua inundó la cubierta.

El barco luchaba por mantenerse a flote en medio de las ráfagas de viento, pero estaba empezando a inundarse. Durante casi un minuto, el agua cayó sobre la cubierta con la fuerza de un río desbordado. A continuación, de repente, los vientos amainaron un instante; milagrosamente, el *Happenstance* empezó a enderezarse y el mástil se alzó hacia el cielo de ébano. El timón respondió de nuevo y Garrett giró la rueda con fuerza, consciente de que tenía que hacer virar el velero rápidamente.

Otro relámpago. Siete millas.

La radio emitía el aviso entre interferencias: «Repetimos…, aviso para pequeñas embarcaciones…, se espera que el viento llegue a los cuarenta nudos…, repetimos…, vientos de cuarenta nudos, con ráfagas de cincuenta nudos…».

285

Garrett se dio cuenta de que estaba en peligro. No podía controlar el *Happenstance* con vientos tan fuertes.

El velero siguió virando, luchando contra el exceso de lastre y el despiadado oleaje oceánico. Garrett tenía los pies casi quince centímetros bajo el agua. Estaba a punto de conseguirlo...

De pronto, una ráfaga con la fuerza de un vendaval empezó a soplar en dirección contraria, inmovilizando al *Happenstance* y haciendo que se balanceara como un juguete. Justo cuando el barco era más vulnerable, una enorme ola rompió contra el casco. El mástil se inclinó, apuntando ahora al océano.

Esta vez, aquella ráfaga no amainó.

La lluvia helada soplaba de forma lateral y lo cegaba. El *Happenstance*, en lugar de enderezarse, empezó a escorar aún más, con las velas llenas de agua. Garrett volvió a perder el equilibrio. El ángulo de inclinación del velero hacía vanos sus esfuerzos por ponerse en pie. Si venía otra ola...

Garrett no la vio venir.

Como el golpe de gracia de un verdugo, la ola colisionó contra el velero con una determinación terrible y obligó al *Happenstance* a ladearse; el mástil y las velas se sumergieron en el agua. Se iba a hundir. Garrett se aferró a la rueda, consciente de que, si la soltaba, el mar se lo tragaría.

El *Happenstance* empezó a inundarse rápidamente, resollando como una enorme bestia que se estuviera ahogando.

Tenía que llegar hasta el equipo de emergencia, que incluía una balsa, su única posibilidad de salvarse. Garrett se abrió paso hasta la puerta de la cabina, agarrándose a todo lo que podía, luchando contra la lluvia cegadora, luchando por su vida.

Sobrevino un relámpago y enseguida un trueno, casi simultáneos.

Por fin llegó a la escotilla y accionó la manilla. No cedía. Desesperado, colocó los pies para hacer palanca y volvió a tirar. Al abrirse, el agua empezó a inundar el interior; de pronto Garrett se dio cuenta de que había cometido un terrible error.

El océano se precipitaba hacia el interior de la cabina y la oscureció rápidamente. Garrett vio que el equipo de emergencia, que solía estar dentro de un contenedor fijado a la pared, ya estaba sumergido bajo el agua. Se dio cuenta, como una revelación, de que no podía hacer nada para impedir que el océano se tragara el barco.

Presa del pánico, intentó cerrar la puerta de la cabina, pero le resultó imposible, debido a la fuerza del agua y a la imposibilidad de hacer palanca. El *Happenstance* empezaba a hundirse rápidamente. Al cabo de pocos segundos, la mitad del casco se encontraba sumergida. De repente se le ocurrió otra posible solución.

«Los chalecos salvavidas…»

Estaban bajo los asientos al lado de la popa.

Miró hacia allí. Todavía estaban por encima del agua.

Luchó con todas sus fuerzas por llegar a la barandilla, el único asidero todavía por encima del agua. Cuando consiguió aferrarse a ella, el agua le llegaba al pecho. Garrett empezó a patalear con fuerza bajo el agua. Se maldijo a sí mismo, consciente de que tenía que haberse puesto antes el chaleco.

Tres cuartas partes del velero ya estaban bajo el agua. Seguía sumergiéndose.

Intentó llegar a los asientos con todas sus fuerzas, colocando una mano encima de la otra y luchando contra la fuerza de las olas y sus propios músculos, que ahora sentía muy pesados. A medio camino, el agua le llegaba al cuello. Entonces se dio cuenta de que era inútil seguir luchando.

No lo conseguiría.

El agua le llegaba a la barbilla cuando dejó de intentarlo. Miró hacia arriba, con el cuerpo exhausto, pero todavía negándose a aceptar que todo acabaría de ese modo.

Soltó la barandilla y empezó a alejarse del barco nadando. La chaqueta y los zapatos entorpecían sus movimientos en el agua. Se quedó flotando en el agua, subiendo y bajando con las olas mientras veía cómo el *Happenstance* finalmente se hundía en el océano. Después, mientras el frío y el agotamiento empezaban a entumecer sus sentidos, dio media vuelta y empezó a nadar para iniciar el lento e imposible regreso a la costa.

Theresa estaba sentada al lado de Jeb. Hablando desordenadamente, le había llevado un buen rato contarle lo que sabía.

Más tarde, Theresa recordaría que, mientras escuchaba su relato, no tenía miedo, sino más bien curiosidad. Sabía que Ga-

287

rrett había sobrevivido. Era un navegante experto y un excelente nadador. Era demasiado precavido, demasiado vital, como para que algo así pudiera acabar con él. Si alguien podía conseguirlo, era él.

Theresa se acercó hacia Jeb por encima de la mesa, confusa.

—No lo entiendo... ¿Por qué salió a navegar si sabía que se aproximaba un temporal?

—No lo sé —contestó él en voz baja, sin poder mirarla a los ojos.

Theresa frunció el ceño. Su desconcierto hacía que la situación le pareciera surrealista.

—¿Te dijo algo antes de salir?

Jeb negó con la cabeza. Estaba lívido, con la mirada fija en el suelo, como si estuviera ocultando algo. Theresa recorrió con la mirada la cocina, con aire ausente. Estaba muy ordenada, como si acabaran de limpiarla poco antes de que llegara. A través de la puerta abierta del dormitorio vio el edredón de Garrett sobre una cama impecable. Le sorprendió la presencia de dos grandes arreglos florales sobre él.

—No entiendo nada. Garrett está bien, ¿no?

—Theresa —dijo finalmente Jeb, con los ojos anegados en lágrimas—, le encontraron ayer por la mañana.

—¿Está en el hospital?

—No —dijo en voz baja.

—Entonces, ¿dónde está? —preguntó, negándose a aceptar lo que, de algún modo, ya sabía.

Jeb no respondió.

De repente sintió que casi no podía respirar. Empezaron a temblarle las manos, seguidas por todo su cuerpo. «¡Garrett!», pensó. «¿Qué ha pasado? ¿Por qué no estás aquí?» Jeb agachó la cabeza para ocultar el llanto, pero Theresa pudo escuchar su sollozo entre hipidos.

—Theresa... —murmuró, sin poder seguir hablando.

—¿Dónde está? —dijo, casi exigiendo una respuesta, poniéndose en pie de un salto, sintiendo una oleada de adrenalina. Como un rumor lejano, oyó el ruido de la silla al desplomarse tras ella.

Jeb la miró a los ojos en silencio. Después, con un solo y lento movimiento, se enjugó las lágrimas con el dorso de la mano.

—Encontraron su cuerpo ayer por la mañana.

Ella sintió que se le encogía el pecho, como si se estuviera ahogando.

—Nos ha dejado, Theresa.

En la playa en la que todo había empezado, Theresa dedicó un rato a recordar todo lo que había pasado el año anterior.

Enterraron a Garrett cerca de la tumba de Catherine, en un pequeño cementerio situado no muy lejos de su casa. Jeb y Theresa estuvieron juntos durante el servicio religioso, rodeados por las personas que habían acompañado a Garrett en vida: amigos del instituto, antiguos alumnos de buceo y empleados de la tienda. Fue una ceremonia sencilla; a pesar de la lluvia que empezó a caer justo cuando el sacerdote acabó de hablar, la gente permaneció allí hasta mucho después de que la ceremonia hubiera concluido.

El velatorio se celebró en casa de Garrett. Los asistentes les dieron el pésame uno por uno y recordaron momentos compartidos. Cuando se fueron los últimos, dejando a Jeb y Theresa a solas, él sacó una caja del armario y le pidió a Theresa que se sentara con él para ver su contenido juntos.

En la caja había cientos de fotografías. Durante las siguientes horas, Theresa vio desplegarse ante sus ojos la infancia y la adolescencia de Garrett, aquellos retazos de su vida que ella hasta entonces solo había podido imaginar. También había fotos más recientes, las ceremonias de graduación del instituto y de la universidad; el *Happenstance* restaurado; Garrett delante de la tienda acabada de remodelar, poco antes de su inauguración. Theresa advirtió que su sonrisa siempre era la misma en todas ellas. También se dio cuenta de que, además de su sonrisa, su forma de vestir en casi todas las fotos tampoco había cambiado. Con excepción de algunas fotos tomadas en ocasiones especiales, desde su más pronta infancia Garrett parecía vestirse siempre igual: pantalones vaqueros o bermudas, camisetas y náuticos sin calcetines.

Había muchas fotografías de Catherine. En un primer momento, Jeb pareció sentirse incómodo al mirarlas junto a Theresa. Sin embargo, curiosamente, a Theresa no parecía importarle. No le hacían sentirse triste ni enojada. Pero formaban parte de otra etapa de la vida de Garrett.

Cuando caía la tarde, mientras miraban las últimas fotos, Theresa reconoció a aquel hombre del que se había enamorado. Una foto concretamente le llamó la atención. Se quedó mirándola un buen rato. Cuando Jeb reparó en su expresión, le explicó que la habían tomado el Día de los Caídos, unas cuantas semanas antes de que Theresa encontrara la botella en Cape Cod. En ella, Garrett estaba de pie en la terraza de su casa, con un aspecto muy parecido al que tenía cuando ella le visitó por primera vez en su casa.

Cuando por fin la dejó sobre su regazo, Jeb se la quitó con delicadeza de las manos.

A la mañana siguiente, Jeb le dio un sobre. Al abrirlo, Theresa reconoció aquella foto, que le regaló junto con unas cuantas más. También había las tres cartas gracias a las cuales Theresa y Garrett habían llegado a conocerse.

—Creo que le hubiera gustado que las tuvieras tú.

Demasiado emocionada como para responder, asintió con un gesto silencioso de gratitud.

Theresa no podía recordar gran cosa de los días inmediatamente posteriores a su regreso a Boston, pero ahora se daba cuenta de que, en realidad, no deseaba hacerlo. Se acordaba de que Deanna la esperaba en el aeropuerto de Logan cuando su avión aterrizó. Solo con mirarla, Deanna decidió llamar enseguida a su marido para pedirle que le llevara un poco de ropa a casa de Theresa, donde pensaba quedarse algunos días. Ella pasó la mayor parte del tiempo en la cama, sin levantarse siquiera cuando Kevin volvía a casa de la escuela.

—¿Mamá se pondrá bien? —preguntaba Kevin.

—Necesita un poco de tiempo, Kevin —respondía Deanna—. Sé que también es duro para ti, pero te aseguro que se pondrá bien.

Los sueños de Theresa, en caso de que pudiera recordarlos, eran confusos y fragmentados. Curiosamente, Garrett no aparecía en ellos. Theresa no sabía si se trataba de una especie de presagio, o si debía intentar encontrarles un significado. En su aturdimiento, le resultaba difícil pensar en nada con claridad. Se acostaba temprano. Prefería quedarse en la cama, acurrucada en la balsámica oscuridad durante todo el tiempo posible.

A veces, al despertarse, durante apenas una fracción de segundo, experimentaba una sensación de confusa irrealidad en la que todo parecía un terrible error, demasiado absurdo para haber ocurrido en realidad. En aquella fracción de segundo, todo era como tenía que ser. Se esforzaba por escuchar los movimientos de Garrett en el apartamento, segura de que su hueco en la cama simplemente significaba que había ido a la cocina para tomar un café y leer el periódico. Enseguida se reuniría con él y le diría, sacudiendo la cabeza como para librarse de aquel sueño: «He tenido una pesadilla horrible…».

El único recuerdo de aquella semana era su necesidad obsesiva de comprender cómo podía haber ocurrido. Antes de irse de Wilmington, había hecho prometer a Jeb que, si llegaba a conocer más detalles sobre el día en que Garrett había salido a navegar en el *Happenstance*, la llamaría de inmediato. Con un razonamiento curiosamente distorsionado, creía que, al saber más, al averiguar por qué, de algún modo se sentiría aliviada. Se negaba a creer que Garrett había navegado hacia la tormenta sin intención de regresar. Cada vez que sonaba el teléfono, tenía la esperanza de escuchar la voz de Jeb. «Ahora lo entiendo», se imaginaba diciendo. «Sí… Claro. Eso lo explica todo…»

Por supuesto, en el fondo sabía que eso nunca sucedería. Jeb no llamó para darle una explicación aquella semana y la respuesta tampoco llegó en un momento de iluminación. No, la respuesta llegó finalmente de una forma que Theresa nunca hubiera podido prever.

Un año después, en la playa de Cape Cod, reflexionó sobre el giro inesperado de los acontecimientos que la habían llevado hasta ese lugar. Por fin se sintió preparada y rebuscó en la bolsa. Sacó el objeto que había traído consigo y lo miró, reviviendo el instante en que finalmente obtuvo una respuesta. A diferencia de los recuerdos de aquellos días después de volver a Boston, todavía era capaz de evocar aquel momento con suma nitidez.

Después de que Deanna pasara unos cuantos días con ella,

Theresa había intentado restablecer una especie de rutina. Debido a la confusión en la que había estado sumida durante una semana, había ignorado aspectos prácticos de la vida, que, sin embargo, seguía su curso. Deanna la había ayudado con Kevin a mantener limpio el apartamento, pero se había limitado a amontonar el correo en un rincón de la sala de estar. Una noche, mientras Kevin estaba en el cine, Theresa empezó a revisar distraídamente el montón.

Había una docena de cartas, tres revistas y dos paquetes. Supo que uno de ellos contenía un regalo para el cumpleaños de Kevin que había pedido por catálogo. Pero el otro estaba envuelto en un papel de embalaje marrón y no aparecía el nombre del remitente.

De forma rectangular, alargado, estaba sellado con cinta adhesiva. Había dos pegatinas que advertían que su contenido era «frágil», una cerca de la dirección y la otra en la parte posterior, además de otra etiqueta que decía «Manejar con cuidado». Incitada por la curiosidad, decidió abrirlo.

Fue entonces cuando vio el matasellos de Wilmington, Carolina del Norte, con fecha de hacía dos semanas. Rápidamente volvió a mirar la dirección escrita a mano en la parte delantera del paquete.

Era la letra de Garrett.

—No… —Dejó el paquete sobre la mesa, de repente con un nudo en el estómago.

Buscó en un cajón unas tijeras y empezó a cortar la cinta adhesiva con pulso tembloroso, tirando a la vez del papel con cuidado. Ya sabía qué encontraría en su interior.

Tras extraer el objeto y comprobar que ya no quedaba nada más dentro del paquete, retiró con delicadeza el envoltorio acolchado protector, fuertemente pegado con cinta adhesiva en los extremos, por lo que tuvo que recurrir de nuevo a las tijeras. Al final, tras quitar los restos de embalaje, puso el objeto sobre la mesa y se quedó mirándolo durante un buen rato, incapaz de moverse. Lo levantó para ponerlo bajo la luz y vio su propio reflejo.

La botella estaba cerrada con un corcho y pudo ver un papel enrollado descansando en la base. Tras sacar el corcho, que Garrett no había apretado demasiado, giró la botella y la carta salió fácilmente. Al igual que la que había encontrado hacía apenas unos meses, estaba atada con un cordel. La desenrolló con mucho cuidado para no desgarrar el papel.

Había utilizado una pluma para escribirla. En la esquina superior derecha había un dibujo de un barco antiguo, con las velas hinchadas por el viento.

Querida Theresa:
¿Podrás perdonarme?

Dejó la carta sobre el escritorio. Sintió un doloroso nudo en la garganta que le hacía respirar con dificultad. La luz sobre su cabeza convertía sus espontáneas lágrimas en un extraño prisma. Cogió un pañuelo y se secó los ojos. Intentó serenarse y siguió leyendo.

¿Podrás perdonarme?

En un mundo que casi nunca acierto a comprender, el viento del destino sopla cuando menos lo esperamos. A veces con la furia del huracán, otras apenas podemos percibirlo en nuestras mejillas. Pero no podemos negar su existencia, ni el futuro que a menudo trae consigo, imposible de ignorar. Tú, mi amor, eres el viento que no supe prever y que ha soplado con más fuerza de lo que nunca hubiera imaginado. Tú eres mi destino.

Me equivoqué al hacer caso omiso de algo que era obvio, tanto que te suplico que me perdones. Al igual que un precavido viajero, intenté protegerme del viento, y perdí mi alma en el intento. Fui tonto al ignorar mi destino, pero hasta los tontos tienen sentimientos. Al final me he dado cuenta de que, para mí, eres lo más importante del mundo.

Sé que no soy perfecto. He cometido más errores en los últimos meses que otras personas en toda su vida. Me equivoqué al reaccionar como lo hice al encontrar las cartas, y también al ocultarte la verdad sobre el sufrimiento que me producía pensar en el pasado. Mientras te perseguía cuando te alejaste en el coche, mientras observaba cómo despegaba tu avión en el aeropuerto, tuve la certeza de que tenía que haberlo impedido. Pero, sobre todo, me equivoqué al negar lo que me dictaba mi corazón: no puedo vivir sin ti.

Tenías razón en todo. Cuando estábamos en la cocina, me resistí a creer en tus palabras, aunque sabía que eran ciertas. Como si en un viaje me limitara a mirar lo que queda atrás, ignoré lo que quedaba por recorrer. Me perdí la belleza del próximo amanecer, la maravilla de la ilusión por el porvenir, que es lo que hace que la vida valga la pena. Me equivoqué con mi actitud, que era un producto de mi confusión. Desearía haber entendido antes todo esto.

Sin embargo, ahora tengo la vista puesta en el futuro, y lo que veo es tu rostro, y lo que oigo es tu voz, y estoy seguro de que ese es el camino que debo seguir. En lo más profundo de mi ser, lo que más deseo es que me des otra oportunidad. Como tal vez hayas adivinado, tengo la esperanza de que esta botella sea la artífice de la magia, al igual que sus predecesoras, y que de algún modo consiga volver a unirnos.

Durante los primeros días después de tu marcha, quise creer que podría seguir con mi vida como había hecho hasta antes de conocerte. Pero me resultó imposible. Cada vez que contemplaba el ocaso, pensaba en ti. Cuando veía el teléfono, me sorprendía deseando llamarte. Incluso cuando salía a navegar, solo podía pensar en ti y en los buenos momentos que pasamos. Mi corazón sabía que mi vida nunca volvería a ser como antes. Anhelaba tu regreso, más de lo que creía posible; sin embargo, cada vez que evocaba tu imagen, en mi mente se repetía nuestra última conversación. Por mucho que te quiera, sabía que nuestro amor no sería posible a menos que ambos estuviéramos seguros de que yo podía involucrarme por completo en el camino que quedaba por recorrer. Estos pensamientos siguieron atormentándome hasta anoche, cuando la respuesta por fin se me hizo evidente.

Espero que, después de contarte mi sueño, este signifique tanto para ti como para mí: en mi sueño, Catherine y yo estábamos en la playa, en el mismo lugar al que te llevé después de comer en Hank's. La luz del sol era cegadora y la arena reflejaba sus rayos con mucha intensidad. Paseábamos. Ella me escuchaba con atención mientras le hablaba de ti, de nosotros, de los momentos maravillosos que habíamos compartido. Al final, no sin vacilación, reconocí que te quería, pero que me sentía culpable por ello. Ella no dijo nada, simplemente siguió caminando, hasta que en un momento dado se volvió hacia mí y me preguntó: «¿Por qué?». «Por ti.»

Al escuchar mi respuesta, esbozó una sonrisa paciente y pícara a la vez, como solía hacer antes de morir. «Oh, Garrett —dijo por fin mientras me acariciaba la cara—, ¿quién crees que hizo que el mensaje en la botella llegara hasta ella?»

Theresa dejó de leer. El leve zumbido del frigorífico parecía repetir el eco de las palabras de la carta: «¿Quién crees que hizo que el mensaje en la botella llegara hasta ella?».

Se reclinó en la silla y cerró los ojos, intentando reprimir el llanto.

—Garrett —murmuró—, Garrett... —A través de la ventana podía oír el ruido del tráfico. Muy despacio, retomó la lectura.

Al despertar, me sentí solo y vacío. El sueño no me reconfortó. En vez de eso, sentí un dolor profundo, por el daño que le había hecho a nuestra relación. Empecé a llorar. Cuando por fin me tranquilicé, supe qué tenía que hacer. Con el pulso aún tembloroso, escribí dos cartas: una es la que tienes entre tus manos; la otra estaba dirigida a Catherine y representa mi último adiós. Hoy saldré con el *Happenstance* para enviársela, tal como hice con las demás. Será la última carta. Catherine, a su manera, me ha hecho llegar su deseo de que siga adelante. He elegido escuchar no solo sus palabras, sino también a mi corazón, que me conduce a ti.

Lo siento, Theresa; siento mucho haberte hecho daño. Viajaré a Boston la semana que viene con la esperanza de que hayas encontrado el modo de perdonarme. Quizá sea demasiado tarde. No lo sé.

Theresa, te quiero y siempre te querré. Estoy cansado de estar solo. Cuando veo a los niños riendo y gritando mientras juegan en el patio, me doy cuenta de que quiero tener niños contigo. Quiero ver cómo Kevin crece y se convierte en un hombre. Quiero darte la mano y verte llorar cuando se case algún día, quiero besarte cuando sus sueños se hagan realidad. Me mudaré a Boston si me lo pides; no puedo seguir así. Me siento triste y enfermo sin ti. Aquí, sentado en la cocina, rezo para que me dejes volver a ti, esta vez para siempre.

GARRETT

Anochecía. El cielo gris oscurecía rápidamente. Aunque había leído la carta mil veces, su contenido seguía despertando en ella los mismos sentimientos que la primera vez que la había leído. Durante todo un año, aquellos sentimientos la habían atormentado en cada momento de vigilia.

Sentada en la playa, intentó de nuevo imaginar a Garrett mientras escribía aquella carta. Recorría los renglones con los dedos, rozando levemente el papel, segura de que su mano había dejado su impronta en él. Luchando por contener las lágrimas, examinó la carta, como era su costumbre cada vez que la leía. En algunos puntos había borrones, como si la pluma hubiera goteado un poco mientras escribía; aquello le daba un aspecto característico, casi como si hubiera sido escrita con urgencia. Seis palabras aparecían tachadas. Eran a estas a las que Theresa prestaba mayor atención, preguntándose qué habría querido escribir. Como siempre, no podía distinguirlas. Como muchos otros detalles de su último día de vida, era un secreto que se había llevado con él. Theresa también había advertido que hacia el final de la carta le costaba entender su caligrafía, como si hubiera agarrado con mucha fuerza la pluma.

Una vez que hubo acabado de leer, volvió a enrollar la carta y a atarla con el cordel, con cuidado de que tuviera el mismo aspecto. La devolvió a la botella y la dejó a un lado, cerca de la bolsa. Sabía que, cuando llegara a casa, volvería a ocupar su lugar en el escritorio, donde la guardaba. Por la noche, cuando el resplandor de las luces de la calle entraba de forma rasgada en su dormitorio, la botella brillaba en la oscuridad. Normalmente era lo último que veía antes de cerrar los ojos.

Después cogió las fotos que Jeb le había dado. Recordó que al volver a Boston las había estudiado concienzudamente una por una. Cuando vio que empezaban a temblarle las manos, las guardó en un cajón y no volvió a mirarlas nunca más.

Pero ahora las pasó rápidamente y buscó aquella en la que Garrett estaba en el porche trasero de su casa. La sostuvo ante ella y evocó todo acerca de él: su forma de caminar y moverse, su sonrisa desenfadada, las arrugas de las comisuras de sus ojos. Quizá mañana, se dijo a sí misma, encargaría una ampliación de veinte por veinticinco que pondría en su mesita de noche, tal como él había hecho con la foto de Catherine. Luego se dibujó una sonrisa triste en sus labios, al darse cuenta en ese mismo momento de que no lo haría. Las fotos volverían al cajón del que habían salido, debajo de los calcetines y cerca de los pendientes de perlas que habían sido de su abuela. Le haría demasiado daño ver su cara todos los días; todavía no estaba preparada para ello.

Desde el funeral, había mantenido contacto con Jeb, aunque de forma esporádica. Le llamaba de vez en cuando para ver cómo estaba. La primera vez que le llamó, le explicó cómo había descubierto por qué Garrett había salido con el *Happenstance* aquel día. Ambos acabaron la conversación telefónica entre sollozos. A medida que pasaban los meses, sin embargo, por fin fueron capaces de mencionar su nombre sin llorar; entonces Jeb acababa contando sus recuerdos de la infancia de Garrett o relatando una y otra vez lo que su hijo decía sobre Theresa durante los largos períodos en los que estaban separados.

En julio, Theresa y Kevin volaron a Florida y fueron a bucear a los Cayos, donde las aguas eran cálidas, al igual que en Carolina del Norte, pero mucho más claras. Pasaron allí ocho días, buceando por la mañana y relajándose en la playa por la tarde. De regreso a Boston, decidieron que repetirían el año siguiente. Para su cumpleaños, él pidió como regalo una subscripción a una revista de submarinismo. Curiosamente, el primer número contenía un artículo sobre los barcos hundidos en la costa de Carolina del Norte, en el que figuraba el que habían visitado con Garrett en aguas poco profundas.

Aunque algunos hombres habían mostrado interés, no había salido con nadie desde la muerte de Garrett. Los compañeros de trabajo, con excepción de Deanna, intentaban continuamente organizarle citas con distintos hombres, a quienes describían como atractivos y buenos partidos, pero ella siempre declinaba, no sin amabilidad, aquellas propuestas. De vez en cuando escuchaba por casualidad los comentarios de sus compañeros: «No entiendo por qué se ha dado por vencida»; «Sigue siendo muy atractiva y todavía es joven». Otros, más comprensivos, simplemente comentaban que lo superaría cuando llegase el momento.

Fue una llamada de Jeb, unas tres semanas antes, lo que la había hecho volver a Cape Cod. Cuando oyó aquella voz agradable que la intentaba convencer de que ya era hora de mirar hacia delante, los muros que Theresa había erigido a su alrededor por fin empezaron a derrumbarse. Lloró durante casi toda la noche, pero a la mañana siguiente supo lo que tenía que hacer. Enseguida lo tuvo todo arreglado para volver a Cape Cod, lo que no resultó demasiado difícil, puesto que era temporada baja. Y fue entonces cuando por fin empezó a curarse.

De pie, en la playa, se preguntó si alguien podría verla. Miró a un lado y a otro, pero la playa estaba desierta. Solo el océano parecía estar en movimiento. Theresa se sintió atraída por su furia. Las aguas parecían airadas y tenían un aspecto peligroso: no era el lugar romántico que recordaba. Contempló el mar durante un buen rato, pensando en Garrett, hasta que oyó el retumbar de un trueno que reverberó en el cielo invernal.

El viento arreció. Theresa sintió que su mente se dejaba llevar por él. Se preguntaba por qué había tenido que acabar así. No lo sabía. Otra ráfaga de viento. Sintió que Garrett estaba junto a ella, apartando un mechón de cabello de su cara. Era lo último que él había hecho al despedirse. Theresa sentía que ahora podía volver a notar el roce de sus dedos. Había tantas cosas que hubiera deseado cambiar de aquel día, tantas cosas de las que se arrepentía...

Ahora, a solas con sus pensamientos, pensó que todavía le amaba. Siempre le amaría. Lo supo desde el momento en el que le conoció en el puerto. Seguía sintiendo lo mismo. Ni el paso del tiempo ni su muerte podrían cambiar sus sentimientos. Cerró los ojos, murmurando unas palabras para Garrett.

—Te echo de menos, Garrett Blake —dijo con ternura. Y por un momento, se imaginó que él podía oírla, porque el viento cesó súbitamente y el aire se quedó inmóvil.

Empezaron a caer las primeras gotas de lluvia al mismo tiempo que Theresa quitaba el corcho de la botella transparente que sostenía con fuerza en sus manos, para sacar la carta que había escrito a Garrett el día anterior, la carta que había traído consigo para arrojarla al mar. Tras desenrollarla, la sostuvo ante ella, tal como hizo con la primera carta que había encontrado. Bajo la exigua luz apenas podía leer las palabras, pero no importaba, puesto que conocía de memoria su contenido. Cuando empezó a leer, notó que le temblaban las manos.

Mi amor:

Ha pasado un año desde aquel día en que estuve hablando con tu padre en la cocina de tu casa. Es tarde y, aunque apenas encuentro palabras, no puedo evitar tener la sensación de que ya ha llegado la hora de que responda a tu pregunta.

Por supuesto que te perdono. Te perdoné en el mismo instante en que leí tu carta. En lo más profundo de mi corazón, no tenía otra opción. Te dejé una vez, y ya resultó bastante duro; no hubiera podido hacerlo una segunda vez. Te quería demasiado para haberte dejado marchar de nuevo. A pesar de que sigo afligida por lo que hubiera podido ser, siento que tengo que darte las gracias por haber entrado en mi vida, aunque fuera por poco tiempo. Al principio, supuse que el destino nos había unido para ayudarte a superar tu pena. Pero ahora, transcurrido un año, he llegado a creer que fue justo al revés.

Aunque parezca irónico, ahora me encuentro en la misma situación que tú cuando nos conocimos. Mientras escribo, estoy enfrentándome con el fantasma de alguien a quien amé para después perderlo. Ahora entiendo mejor por lo que estabas pasando y me doy cuenta de lo doloroso que debió de ser para ti seguir adelante. A veces, el dolor es insoportable y, aunque sepa que nunca volveremos a vernos, una parte de mí quiere permanecer unida a ti para siempre. Sería fácil hacerlo, porque amar a otra persona podría relegar mis recuerdos al olvido. Y sin embargo, esa es la paradoja: aunque te echo muchísimo de menos, precisamente gracias a ti no temo el futuro. Porque fuiste capaz de enamorarte de mí, cariño mío, me has dado esperanza. Me has enseñado que es posible seguir adelante, por muy terrible que sea la pena. Y a tu manera, me has hecho creer que no es posible negar el amor verdadero.

Todavía no creo estar preparada, pero eso es decisión mía. No tienes que sentirte culpable por ello. Gracias a ti, tengo la esperanza de que algún día mi tristeza se vea reemplazada por la belleza. Gracias a ti, tengo fuerzas para continuar.

No sé si los espíritus pueden regresar a nuestro mundo, invisibles para aquellos que los amaban, pero, en caso de que así sea, sé que siempre estarás conmigo. Cuando escuche el ruido del océano, oiré tu voz susurrando; cuando la fresca brisa me acaricie las mejillas, sabré que es tu espíritu pasando a mi lado. No te has ido para siempre, aunque haya otras personas en mi vida. Estás con Dios y con mi alma, ayudándome, guiándome hacia un futuro que no puedo predecir.

Esta carta no es una despedida, mi amor, es una carta de agradecimiento. Gracias por formar parte de mi vida y por darme tantas alegrías; gracias por amarme y recibir mi amor; gracias por los hermosos recuerdos que conservaré para siempre. Pero, sobre todo, gracias por demostrarme que llegará el día en que por fin podré dejarte marchar.

Te quiero,

T.

299

Tras releer la carta por última vez, Theresa la enrolló y selló la botella. La giró varias veces, mientras pensaba que había vuelto al punto de partida. Finalmente, consciente de que no podía esperar más, arrojó la botella lo más lejos que pudo.

Justo en ese momento, el fuerte viento arreció y la niebla empezó a disiparse. Theresa permaneció de pie, en silencio, sin perder de vista la botella mientras esta empezaba a adentrarse en el mar. Y aunque sabía que era imposible, imaginó que nunca arribaría a otras costas, sino que viajaría para siempre por todo el mundo y que flotaría a la deriva en mares lejanos que ella nunca podría visitar.

Cuando la botella desapareció de la vista a los pocos minutos, emprendió el regreso al coche. Caminando en silencio bajo la lluvia, Theresa esbozó una sonrisa. No sabía dónde ni cuándo quedaría varada la botella, pero eso en realidad no importaba. De algún modo sabía que Garrett recibiría el mensaje.

Agradecimientos

Este libro no existiría si no hubiese tenido la ayuda de muchas personas. Quiero agradecer especialmente su ayuda a Catherine, mi mujer, quien me apoya con la medida justa de amor y paciencia.

También quiero dar las gracias a mi agente, Theresa Park, de Sanford Greenburger Associates, y a mi editor, Jamie Raab, de Warner Books: mis maestros, compañeros de trabajo, además de amigos, sin cuya colaboración este libro no habría visto la luz.

Por último, hay otras personas que también merecen mi más sincera gratitud: Larry Kirshbaum, Maureen Egen, Dan Mandel, John Aherne, Scott Schwimer, Howie Sanders, Richard Green y Denise DiNovi. Cada una de estas personas es consciente de su contribución a este proyecto. Deseo darles las gracias por todo.

ESTE LIBRO UTILIZA EL TIPO ALDUS, QUE TOMA SU NOMBRE
DEL VANGUARDISTA IMPRESOR DEL RENACIMIENTO
ITALIANO ALDUS MANUTIUS. HERMANN ZAPF
DISEÑÓ EL TIPO ALDUS PARA LA IMPRENTA
STEMPEL EN 1954, COMO UNA RÉPLICA
MÁS LIGERA Y ELEGANTE DEL
POPULAR TIPO
PALATINO

***

**

*

MENSAJE EN UNA BOTELLA
SE ACABÓ DE IMPRIMIR
EN UN DÍA DE PRIMAVERA DE 2012,
EN LOS TALLERES GRÁFICOS DE RODESA,
VILLATUERTA (NAVARRA)

***

**

*